欲望是名女巫
分秒必争。
它能解开
时空相连处
那得体的褶边；
也能打开
神秘潘多拉的魔盒。

Desire is a witch

And runs against the clock.

It can unstitch

The decent hem

Where space tacks on to time;

It can unlock

Pandora's privacies.

桂冠诗人诗选

尼古拉斯·布莱克 **桂冠推理全集**

The Case of the Abominable Snowman

雪藏祸心

尼古拉斯·
布莱克——著
颜朝霞——译

上海文艺出版社
上海故事会文化传媒有限公司

尼古拉斯·布莱克桂冠推理全集（全16册）
编委会

总策划：夏一鸣

主　编：黄禄善

副主编：陶云韫

编辑成员

（按姓氏笔画为序排列）

丁娴瑶　王琦　田芳　吕佳　朱虹　孟文玉

赵媛佳　夏一鸣　陶云韫　黄禄善　曹晴雯　彭元凯

名家导读

提起英国黄金时代侦探小说的代表性作家，很多人马上就会想到阿加莎·克里斯蒂（Agatha Christie, 1890-1976）。确实，这位昔时光顾伦敦侦探俱乐部的"常客"，自出道以来，累计创作悬疑探案小说81部，总销售量近20亿册，是地地道道的"侦探小说女王"。不过，在当时的英国，还有一位男性侦探小说家，其创作才能一点也不亚于阿加莎·克里斯蒂，只不过他的身份比较显赫，甚至有点令人生畏。尼古拉斯·布莱克（Nicholas Blake, 1904-1972），这个生于爱尔兰、长于伦敦、后来活跃在诗坛的"怪才"，不但拥有牛津大学和哈佛大学教授、英国桂冠诗人、大不列颠功勋骑士、战时宣传口掌门、左翼社会活动家等多种显赫身份，还在出版大量彪炳史册的诗歌集、论文集、译著的同时，客串侦探小说创作，成就十分突出。说来让人难以置信，他创作侦探小说的原因竟然是囊中羞涩，无法支付居住已久的房屋的维修费。在给自己的诗友、同为桂冠诗人的斯蒂芬·斯潘德（Stephen Spender, 1909-

1995)的信中,他坦言,因为担心失业,一直想写些可以盈利的书。于是,一套以"奈杰尔·斯特雷奇威"(Nigel Strangeways)为业余侦探主角的悬疑探案小说诞生了。

该套小说共计16部,始于1935年的《罪证疑云》(*A Question of Proof*),终于1966年的《死后黎明》(*The Morning after Death*),陆续问世后,均引起轰动,一版再版,畅销不衰,并被译成多种文字,风靡欧美多地。直至今天,这套作品依然作为西方犯罪小说的经典被顶礼膜拜。《纽约时报》《泰晤士报文学增刊》《每日电讯》等数十家报刊连篇累牍地发表评论,称赞这套小说是西方侦探小说的"杰作","值得倾力推荐"。知名小说家伊丽莎白·鲍恩(Elizabeth Bowen)说,尼古拉斯·布莱克"拥有构筑谜案小说的非凡能力","在英国侦探小说史上独树一帜"。当代著名评论家尼尔·奈伦(Neil Nyren)也说,尼古拉斯·布莱克不愧为"神秘小说大师","在西方侦探小说从通俗到主流的文学转型中起着重要作用"。[①]

人们之所以热捧尼古拉斯·布莱克,首先在于这套悬疑探案小说构筑了16个扑朔迷离的故事情节。尼古拉斯·布莱克熟谙黄金时代侦探小说的各种创作模式,在他的笔下,既有引导读者亦步亦趋的"谜踪",又有适时向读者交代的"公平游戏原则";既有转移读者注意力的"红鲱鱼",又有展示不可能犯罪的"封闭场所谋杀"。而且,一切结合得十分自然,不留任何痕迹。譬如,该系列的第二部小说《死亡之壳》(*Thou*

---

① Neil Nyren. "Nicholas Blake: A Crime Reader's Guide to the Classics", https://crimereads.com, January 18, 2019.

Shell of Death),功勋飞行员费格斯不断收到匿名威胁信,断言他将在节日当天毙命。以防万一,费格斯请来了破案高手奈杰尔·斯特雷奇威。然而,劫数难逃,在节日家宴后,费格斯还是神秘死亡。凶手究竟是谁?为何要选择节日当天谋杀他?谋杀动机又是什么?种种线索指向参加节日家宴的、有可能从谋杀中获益的一些嘉宾,其中包括富有传奇色彩的女探险家乔治娅·卡文迪什,她与费格斯来往甚密。与此同时,奈杰尔·斯特雷奇威也开始调查死者费格斯鲜为人知的过去。又如该系列的第四部小说《禽兽该死》(*The Beast Must Die*),故事以侦探小说家弗兰克的日记开头,讲述他 6 岁的儿子突遇车祸,肇事司机逃逸,由此他悲愤交加,展开了追查禽兽的历程。故事最后,复仇者锁定嫌疑人,并潜入嫌疑人家中,准备实施谋杀。然而,当东窗事发,弗兰克却坚称自己无罪。事情真相究竟如何?弗兰克是有罪,还是无罪?奈杰尔·斯特雷奇威依据严密的推理,做出了出乎众人意料的判断。再如该系列的第 14 部小说《夺命蠕虫》(*The Worm of Death*),开篇即以死者之口预告了自身的死亡,设置了"自杀还是谋杀"的悬念。死者名为皮尔斯·劳登,是一个医学博士,他的尸体突然出现在泰晤士河中,全身只穿有一件粗花呢大衣,手腕处还有数道相同的刀伤。奈杰尔·斯特雷奇威奉命介入调查,似乎所有家庭成员都对死者抱有敌意,所有人都有强烈的作案动机,包括深受博士喜爱的养子格雷厄姆,次子哈罗德,还有小女儿瑞贝卡——死者曾坚决反对她与艺术家男友的婚恋。随着调查深入,家中发生的又一起死亡事件陡然加剧了紧张局势。恶意谋杀仍在继续,奈杰尔·斯特雷奇威不得不加快脚步。与此同时,他也在一艘腐烂的驳船上发现了

令人毛骨悚然的事实真相。

不过，尼古拉斯·布莱克毕竟是驰骋在诗坛多年的"桂冠诗人"，他在构筑上述扑朔迷离的故事情节的同时，还有意无意地融入了许多纯文学技巧。故事行文优美，引语典故不断，清新、优雅的风韵中又不乏幽默，尤其是在刻画人物的心理和展示作品的主题方面狠下功夫。一方面，《酿造厄运》(There's Trouble Brewing)通过一家酿酒厂里的奇异命案，展现了资本家的贪婪、人性的扭曲和底层劳动者的苦苦挣扎；另一方面，《深谷谜云》(The Dreadful Hollow)又通过偏僻山村一系列匪夷所思的恐怖事件，展示了一幅幅极其丑陋的贪婪、嫉恨、复仇的图画；与此同时，《雪藏祸心》(The Corpse in the Snowman)还通过侦破豪华庄园一起诡异的"闹鬼"事件，反映了二战期间英国毒品的泛滥和上流社会的骄奢淫逸、人性丑陋。最值得一提的是《游轮魅影》(The Widow's Cruise)，该书的故事场景设置在希腊半岛东部的爱琴海上，与阿加莎·克里斯蒂的《尼罗河上的惨案》有异曲同工之妙，两者均通过游轮上一起离奇古怪的命案，揭示了人性的弱点与步入歧途的道德激情。

一般认为，尼古拉斯·布莱克对英国黄金时代侦探小说的最大贡献是塑造了栩栩如生的学者型业余侦探奈杰尔·斯特雷奇威这个人物形象。在他的身上，几乎汇集了之前所有业余侦探的人物特征。他既像吉·基·切斯特顿(G. K. Chesterton, 1874-1936)笔下的"布朗神父"，善于同邪恶打交道，洞悉罪犯的犯罪心理；又像阿加莎·克里斯蒂笔下的"前比利时警官波洛"，在与人的交往中十分随和，富有人情味；还像多萝西·塞耶斯(Dorothy Sayers, 1893-1957)笔下的"彼得·温西勋爵",风度翩翩,敏感、睿智、耿直的外表下蕴藏着几丝柔情。然而,比这些更重要的是,他还像尼古拉斯·布莱克及其几个诗友,温文尔雅,具有牛津大学教育背景,是个学者,以中古时期英格兰和苏格兰诗歌为研究对象,出版有多部相关专著,断案时喜欢"引经据典"。每每,他卷入这样那样的复杂疑案调查,或受朋友之嘱、亲属之托,如《罪证疑云》《雪藏祸心》;或直接听命于警官,如《饰盒之谜》(*The Smiler with the Knife*)、《谋杀笔记》(*Minute for Murder*);或路见不平,拔刀相助,如《暗夜无声》(*The Whisper in the Gloom*)、《游轮魅影》。

如此种种不凡的作者自身形象和人生轨迹,还屡见于小说的场景设置和其他人物塑造。譬如《亡者归来》(*Head of a Traveler*)和《诡异篇章》(*End of Chapter*),两部小说均设置了文学领域的疑案场景,而且案情也以"诗歌"为重头戏。前者描述奈杰尔·斯特雷奇威敬仰的大诗人罗伯特·西顿的美丽庄园发生的无头尸案,其人物原型正是尼古拉斯·布莱克昔时崇拜的偶像威·休·奥登(W. H. Auden, 1907-1973);而后者聚焦某出版公司编辑的一部书稿,许多细节描写来自尼古拉斯·布莱克二战期间担任国家宣传口负责人的经历。又如《罪证疑云》和《死后黎明》,两部小说也都以尼古拉斯·布莱克熟悉的校园生活为场景,案情分别涉及英国的一所预备学校和一所以哈佛大学为原型的卡伯特大学,其中,前者的嫌疑人迈克尔·埃文斯的不幸遭遇,与尼古拉斯·布莱克早年在中学从教的经历不无相似。他被指控谋杀了校长的侄子,还与校长的年轻妻子有染。正是这些原汁原味、源于生活又高于生活的描写，使它们被誉为"校园谜案小说的经典"。

自20世纪30年代起，尼古拉斯·布莱克的这套悬疑探案小说被陆续改编成电影、电视和广播剧，有的还被改编多次，如《禽兽该死》，其中包括1952年阿根廷版同名电影和1969年法国版同名电影，后者由克劳德·夏布洛尔（Claude Chabrol, 1930-2010）任导演。出演奈杰尔·斯特雷奇威一角的则分别有格林·休斯顿（Glyn Houston, 1925-2019）、伯纳德·霍斯法（Bernard Horsfall, 1930-2013）和菲利普·弗兰克（Philip Franks, 1956- ）。2018年，迪士尼公司宣布将依据《暗夜无声》改编的电影《知道太多的孩子》列为常年保留剧目。2004年，BBC公司又再次宣布将《罪证疑云》和《禽兽该死》改编成广播剧，导演为迈克尔·贝克威尔（Michael Bakewell）。甚至到了2021年，英国的新流媒体BriBox和美国的AMC还宣布再次将《禽兽该死》改编成电视连续剧，由知名演员比利·霍尔（Billy Howle, 1989- ）出演奈杰尔·斯特雷奇威。

在我国，由于种种原因，尼古拉斯·布莱克的这套悬疑探案小说一直未能译成中文，同广大读者见面，但学界、翻译界、出版界呼声不断。2021年5月，尼古拉斯·布莱克逝世50周年纪念之际，上海故事会文化传媒有限公司的夏一鸣先生慧眼识珠，开始组织精干人马，翻译、出版这套小说。经过一年多的准备和努力，这套图书终于面世。尽管是名家名篇、精编精译，缺点仍在所难免，敬请广大读者不吝指正。

黄禄善

奈杰尔侦探小传

奈杰尔·斯特雷奇威，是推理大师尼古拉斯·布莱克小说中虚构的一位私人侦探。在 1935 年至 1966 年间，作为重要角色出现在 16 部尼古拉斯的小说中。

奈杰尔年轻俊朗，不拘小节，常以苍白凌乱的形象示人。他是智商超群的学霸，却因性格过于叛逆被牛津大学开除。他性格幽默，行动力超强，气质温文尔雅。稚气面容与老道头脑形成戏剧化的反差。奈杰尔周身散发出儒雅的学者气息，在调查过程中，他喜欢借角色之口，引经据典，让人不知不觉靠近他，信任他，将案子交到他的手中。

在系列小说中，奈杰尔的情感故事同样精彩，他的妻子乔治娅是一名探险家，不幸死于闪电战。之后，奈杰尔又邂逅了雕塑家克莱尔。在奈杰尔生命中出现的两位女性，都是具备智慧、勇气、思想的"独立女性"，在古典推理小说中难得一见。

在侦探小说的王国中，奈杰尔这样的侦探形象，可谓独一无二。

人物关系

奈杰尔·斯特雷奇威： 私家侦探
乔治娅： 奈杰尔·斯特雷奇威的妻子
赫里沃德·里斯托里克： 伊斯特汉庄园的男主人
约翰·里斯托里克： 赫里沃德·里斯托里克的儿子
普丽西拉·里斯托里克： 赫里沃德·里斯托里克的女儿，和约翰是双胞胎兄妹
克拉丽莎·卡文迪什： 乔治娅的堂姐
夏洛特·里斯托里克： 赫里沃德·里斯托里克的妻子
伊丽莎白·里斯托里克： 赫里沃德·里斯托里克的妹妹，被家人称呼为"贝蒂"
安德鲁·里斯托里克： 赫里沃德·里斯托里克的兄弟

丹尼斯·博根： 伊丽莎白·里斯托里克的医生

尤妮斯·安斯利： 伊丽莎白·里斯托里克的朋友

威尔·戴克斯： 小说家,爱慕伊丽莎白·里斯托里克

梅杰·狄克森： 警察局局长

布朗特： 伦敦警察厅侦缉处探长,奈杰尔的老朋友

目 录

第一章 解冻…………………………… 1

第二章 来信…………………………… 12

第三章 猫咪…………………………… 22

第四章 初见…………………………… 33

第五章 凋零…………………………… 49

第六章 诊断…………………………… 60

第七章 线索…………………………… 74

第八章 破绽…………………………… 87

第九章 情人…………………………… 101

第十章 暗示…………………………… 113

第十一章　拼写……………………………… 125

第十二章　递烟……………………………… 139

第十三章　雪人……………………………… 152

第十四章　坦白……………………………… 164

第十五章　下毒……………………………… 176

第十六章　聚集……………………………… 190

第十七章　信息……………………………… 205

第十八章　失踪……………………………… 219

第十九章　布局……………………………… 231

第二十章　追踪……………………………… 242

第二十一章　往事…………………………… 251

第二十二章　真相…………………………… 263

第一章

解冻

啊！但愿我是一尊用白雪堆成的国王塑像。[①]

——莎士比亚

1940年的极寒霜冻期结束了，大规模的解冻已经开始。近两个月以来，大雪一直覆盖着伊斯特汉庄园周边的平坦土地。它一成不变，就像是个巫师，把最为人所熟知的标志性建筑幻化成了陌生又安静的

---

①《理查二世》第四幕第一场。

模样。儿童房里，约翰·里斯托里克和普丽西拉·里斯托里克兄妹俩趴在窗台，从窗口向外望去，能看到一英里①外的伊斯特汉村，村子在一片令人恍惚的雪白中似隐似现。在这片区域，田地平整，弯弯绕绕的道路两旁连树篱都没有，除了一个个村落，很少再有别的什么来阻挡暴风雪的持续肆虐。伊斯特汉村就掩映在一处处的雪堆中，从自家后院到村里唯一的街道之间，常常是人们刚挖出一条通道来，大雪就又把那里填满。此刻，伊斯特汉村就仿佛是大雪中的沙漠，沙漠里纵横交错着开挖后没完工的坑道。雪从红色屋顶的斜坡上滑落，融入村民们踩踏过的黄泥雪水中；从牧师宅邸的榆树上"扑簌簌"落下，暴露出一块块寸草不生的园地。皑皑白雪覆盖下的伊斯特汉村，逐渐显露出了孩子们认得出的轮廓面貌。

不过，约翰和普丽西拉抽不出什么注意力给村子里，他们两个正盯着窗户正下方的雪人嘀嘀咕咕。

"维多利亚女王②正在遭受'蹂躏'。"约翰嘟囔道。这孩子有一种本领，能把大人们时常挂在嘴边的话搬过来，并赋予其新的含义。他说这个词的时候暗戳戳的，他知道父亲完全不认可他说这个词。毫无疑问，这个词就和"荡妇""该死的"一样——这类词，莎士比亚和大人们用着完全可以，但是不适合孩子们说。记得有一天午餐的时候，

---

① 英制长度单位，1 英里约为 1.6 千米，下同。
② 维多利亚女王（1819—1901），1837 年至 1901 年在位。1861 年，她的丈夫阿尔伯特亲王去世，此后她一直穿着丧服。本书中，维多利亚女王是雪人的名字。

母亲的朋友——住在他们家的威尔·戴克斯说了这样的词,父亲立马做出了约翰熟悉的动作——他一脸震惊,然后非常痛苦地、缓缓地闭上眼睛,仿佛在说:你怎么能当着孩子们的面说这些?

"维多利亚女王正在遭受蹂躏。"约翰又嘟囔了一遍。他愉快地咂摸这个词在舌尖上的感觉,看着又一片雪从正在分解中的孀妇身上滑落。

"维多利亚女王在'解毒'。"普丽西拉大声说道,像是不想让自己处在下风。她擦了擦窗户上的雾气——刚才她把短翘的鼻头贴在窗户上了。

"你个傻瓜,"约翰亲昵地说,"你中了芥子毒气①的时候,他们才会给你解毒。要不然你身上就会长出血淋淋的大水疱,水疱还会裂开。"

"你不应该用那个词。"

"我才不管呢!再说了,贝蒂姑姑总是说这个词。"

"她是大人。另外,她死了。"

"我看不出有什么不一样的。嗨,小老鼠,你不觉得贝蒂姑姑的事非常古怪吗?"

"古怪?你说的是什么意思,大老鼠?"

"噢,就是警察来了,家里所有的人像疯了一样地来回奔走。"

"他们没有来回奔走。警察来了,他们全都坐着没事干,看着就好像……就好像他们在等火车一样……"普丽西拉耐心地解释了一下,"就好像我们出发去过暑假一样。每个人都坐着,然后站起来奔向别的地方。他们太忙了,没有时间和我们玩耍,而且你根本不知道,他

---

① 因具有芥末气味而得名。纯品是无色油状液体,有毒,用作化学战制剂。

们是会对你特别亲切友善呢,还是会把你的脑袋给拧断!"

"可是你在出门度假的时候,并没有警察在来回奔走。"

"说起来,我喜欢斯特雷奇威先生,他是最好的警察。"

"他不是警察,你看到的是有斑点的豹子①,是伪装。他是个私家侦探。"

"私家侦探是什么?"

"是……呃,私家侦探就是私家侦探咯,像夏洛克·福尔摩斯一样。在警察没有办法的时候,他戴上一副假胡须,一路追踪到罪犯的老巢。"

"他为什么要戴假胡须才能追踪到罪犯的老巢?我不喜欢胡须。博根医生亲我的时候,他的胡须扎得我痒痒。"

"别傻了,他戴的是假胡须——呃,好吧,这种事情你长大就明白了。"

"我从来没看过斯特雷奇威先生戴假胡须。还有,我和你一样大,我们是双胞胎老鼠。"

"你比我晚出生十分钟。"

"同样的年纪,女人总是比男人们成熟。每个人都知道这一点。"

"哦,无聊的蠢话!你不是女人,你是个还没脱奶腥味儿的小屁孩呢!"

"别学安斯利小姐说的话,她是个高傲自大的吸血鬼。"

"她不是,她帮过安德鲁叔叔和我们堆雪人。"

---

① 英国作家约瑟夫·鲁德亚德·吉卜林(1865—1936)的儿童故事集《原来如此》(1902)中有一篇《豹子身上的斑点是怎么来的》,讲述豹子如何学会伪装并成功捕猎的故事。

"她是!她有血淋淋的指甲和尖尖的白牙。"

"是为了用来更好地吃了你。贝蒂姑姑以前就把指甲涂红过,而且脚指甲也涂了红色呢。那天晚上她进来的时候,我看见了。"

"哪天晚上?"普丽西拉问。

"她过世上天堂的那个晚上,她进来看我,然后她又出去了。她以为我睡着了,而我借着月光看到她了,她的脸色白得像个死人,看起来像冻僵了似的,就像一个雪人。"

"我希望那是她的鬼魂。"

"别傻了,"约翰说,但语气有一点点儿不那么坚定,"她还活着的时候怎么会变成鬼魂?"

"哎呀,这不是第一次有鬼魂在这个老掉牙的大宅子里走动了。"

"我说,你在讲什么乱七八糟的?"

"这是个秘密。我听到爸爸和斯特雷奇威先生说的——嘘,有人来了!"

这时,赫里沃德·里斯托里克走进了儿童房。这位双胞胎的父亲已经从军中退役,现在一身的乡绅气派。他的唇上留着亚麻色的八字胡,胡髭往两侧延伸垂下,比军人留的胡须长多了,不由得让人想到他的某一位撒克逊祖先——伊斯特汉的里斯托里克家族,其历史比《末日审判书》[①]还要久远。

[①] 威廉一世(1066年至1087年在位)钦定的最终税册(即英国土地调查清册)。威廉一世在1066年加冕成为英格兰国王,标志着英国从此进入诺曼王朝,终结了7世纪初以来的盎格鲁-撒克逊时代。

里斯托里克心事重重地扫了一眼儿童房：他的神情如同在检查士兵而脑子里却同时想着别的事情的长官。

"这是怎么回事？"他指着地上堆在一起的玩具和游戏用具问道。

约翰噘着下嘴唇，仿佛在鼓起勇气面对麻烦。普丽西拉却压根不在意，她把自己黑色的头发猛地往后一甩，以承袭自她母亲的那种讨人喜欢的独特姿态，说道："我们在整理玩具柜，爸爸。"

"整理？好吧，约翰可以完成这件事。现在是你的音乐课时间了，小乖乖。"

由于大雪堆积深厚，还有麻疹隔离等原因，孩子们这个学期没法去学校，父母便偶尔给他们上一些课。普丽西拉跟着父亲学弹钢琴这件事，让很多人都很诧异，因为多数认识赫里沃德·里斯托里克的人只知道他是个户外运动高手。

普丽西拉跑到父亲跟前，挽住他的手，兴奋地拖着他向房门走去。跨过门口时，赫里沃德回头瞥了一眼儿子，约翰这时又在盯着窗户外面看。

"把你的活儿干完，小家伙。"赫里沃德说道，口气并非不温和，不过他的声音里带有压抑的、不耐烦的口吻，听得男孩儿身子僵了一下，"收拾好东西，你不可以一上午都这么懒散拖沓。"

"我们刚才在看雪人融化。"

"噢，是吗？等你收拾好了，雪人还会在那儿的。你的气枪没有装子弹，是吧？你确定吗？"

"安德鲁叔叔把气枪给我的时候，说我可以对着窗户外面的小鸟射击。"

"我问你枪里装没装子弹,儿子。"

"我必须得要枪里有子弹,要是我突然看到了一只小鸟,我可以射击,而且——"

"我以前告诉过你,约翰,永远不要在枪里装上子弹,我讲过没有?你十岁了,该知道一些武器的常识了。很好,现在当着我的面把子弹卸掉,省得待会儿你忘了。"

约翰听话照做。他是一个胆大无畏的孩子,但是他更知道,不能因为一点点不听话而惹他父亲发脾气,那将是一件很可怕的事。他本能地意识到,尽管他的父亲一贯是个耐心十足的温和男人,但他的暴脾气是一丁点儿小事就能触发的。最近,这一点更是确凿无疑。不过他的父亲还是变得有些不一样了,这全都是因为贝蒂姑姑死了之后,家里的气氛变了——家里出现了一些令人困惑不已的场面,其中包括约翰不能去学校、警察们在附近穿梭往来、爆裂开的管道和雪人以及压低声音交谈的大人们在他或者普丽西拉进入屋子里时却都停了口。往常运转得和八缸发动机一样顺畅的庄园一片动荡不安。

把气枪往角落里一塞,约翰回到了窗前。他打开窗户向外探身,处处都可以察觉到解冻的迹象:网球场后面常青树上的积雪在剥离脱落,温凉的湿气轻轻柔柔地吹拂在脸上,而最明显的,是那排水槽里"汩汩"流动的水声,流水落入假山庭院的尽头,形成微缩瀑布坠下,极目之处尽是一派冰雪融化的景象。

只有那个雪人似乎还在抵御着无处不至的消融。雪人的表面开始显得坑坑洼洼，不过它那笨重的身形仍旧保持着当时它的造物主们赋予它的轮廓；它四周的雪地被踩踏得硬邦邦的，令约翰想起了雪人堆起来时的情形，想起了自己的梦。他想起来，几个星期之前的那个下午，安德鲁叔叔、普丽西拉、斯特雷奇威先生，还有他一起堆成了这个雪人。安斯利小姐也在场，她戴着一双红色的羊毛手套，穿着毛茸茸的雪地靴，说着很多他听不懂的无聊又奇怪的话。她是那种坐在那儿指手画脚的女人，她甚至搬出了一张餐椅坐着，然而安德鲁叔叔很快把椅子一推，让她滚到了雪地里。安斯利小姐"哈哈"大笑，在雪里嬉戏玩耍了好一会儿，虽然约翰觉得她并没有真的像看上去的那样开心。随后，安德鲁叔叔把椅子搬去给雪人坐了。他说那是王座，雪人则将会是维多利亚女王。那会儿，安斯利小姐说了一些对仁慈的女王不敬的话，说什么若是坐在冰冷的雪上她会得痔疮。孩子们从堆积得厚厚的雪里滚出几个大大的雪球，安德鲁叔叔把雪球堆起来，抹一抹，拍一拍，直到终于做出一个雪人，确实真的像约翰在历史书上看到的维多利亚女王。接着，他们在雪人的脸上嵌入半便士硬币作为眼睛，安斯利小姐从道具柜里找到一顶老寡妇用的软帽和面纱，戴到了雪人的脑袋上。然而不知什么原因，出来观看的爸爸并不喜欢这副打扮，他们就把帽子又放了回去。

现在，盯着下面的雪人，约翰有一种奇怪的欢欣鼓舞的感觉。就仿佛他是上帝，从天堂俯视下方，命令雪人融化。一枚半便士硬币不声不响地从眼眶里掉了下来。"这是耶和华所做的，在我们眼中看为稀奇①……"似梦似幻中,他喃喃说道。他意欲雪人的脑袋上出现裂缝:不一会儿,确定了,裂缝确实出现了。"瞧啊,小老鼠,维多利亚女王裂开了!"他惊呼,忘了自己的妹妹不在房间里。

约翰再一次想起了自己的那个梦。那是一个多星期以前了,但是他记忆犹新。他梦到自己半夜醒来走到窗户前,那个晚上没有月光,不过星光照亮了夜空。几英里之外,在外围防御工事里,密密麻麻高耸入云的探照灯洒下一片栅栏似的灯光。窗户下面的草坪上,他正好能看见那个雪人闪烁着微光的粗壮身形。但是在他的梦里,那个雪人一会儿在,一会儿不在,好似有人在它前面来来回回地走动,几乎就像是在那儿堆起了另一个雪人。第二天早上,维多利亚女王却仍然在原处,没有多出来一位伴侣。女王块头大了一点点,外表粗糙了一点点,也许是因为晚上又下了场雪,不过能认得出女王陛下的身形还是和原来一样。

约翰没有和任何人提及这个梦,除了普丽西拉。从安德鲁叔叔那儿得到一把气枪后,他激动得暂时忘记了这个梦。然而今天早上,由于气温回暖,冬天的小鸟们恢复了正常的生活习性。草坪上没有了羽毛蓬松、胖乎乎的小鸟让他去瞄准射击,一时之间,约翰似乎又回到了他的那个梦里。

模糊回想起来,奇怪的是,约翰之前完全没有感到害怕,只有好奇,以及若有似无的兴奋,就仿佛在窗户前往外看的同时,自己有个

---

①《圣经·旧约·诗篇》118:23。

分身在楼下的草坪上。

楼下的客厅里，普丽西拉弹钢琴的声音停了下来。除了雪水融化时有韵律的"窸窸窣窣"和"潺潺"流动，一切又归于寂静。右面，马厩里，约翰的小马驹突然扬起马蹄，向围栏奔去，雪花被踢了起来，像海浪溅开一般。普丽西拉往楼上跑去，穿着惠灵顿靴[①]的妈妈在和园丁说话。

约翰想起来他有话想问普丽西拉来着。

"喂，"约翰在普丽西拉进入儿童房后叫住她，"关于鬼魂的瞎胡说都是什么？"

"瞎胡说的是你自己，我是听他们说的。好吧，妈妈说至少涂涂见过鬼魂。"

"猫咪看不见鬼魂。"

"涂涂是一只非常聪明的猫。"

"涂涂是一只邋遢淘气的老猫。不过它在哪儿见到的鬼魂？"

"在主教房间，我听到的就是这些了。他们发现我在听他们说话就住了口。哦，对，还有人说涂涂不停往墙上撞的样子很滑稽。"

"往墙上撞？啊，你精神分裂了吧！我说，小老鼠，过来瞧瞧维多利亚女王，她也分裂了。"

孩子们肩并肩地探身往窗外看，看到雪人脑袋上面的裂缝更深了。一块雪片像照相机的快门一样"唰"地从雪人脸上滑下——雪人的五

[①] 原指由惠灵顿公爵改造、穿着并推广的军用长靴，后代指橡胶制成的防水靴。

官应该是没了,但它的脸却还在。那个蹲坐着没有什么形状的雪人仍旧还有一张脸——一张和覆盖在上面的雪几乎一样白的脸,一张根本就不应该出现在那里的、一个死人的脸。

约翰和普丽西拉惊恐地对视了一眼,然后他们冲向房门,"咚咚咚"地朝楼下奔去。

"爸爸!爸爸!"约翰叫道,"快来!雪人里有一个人!是……"

第二章

来信

> 奇思妙想充斥佳人居所,
> 当是时也,无上愉悦油然而生。
>
> ——威廉·柯珀[①]

在雪人暴露出其内部秘密的数周以前,奈杰尔·斯特雷奇威的妻子乔治娅收到了一封信,这封信拉开了诸多惊悚而又悲戚事件的序幕。

[①] 威廉·柯珀(1731—1800),英国诗人。文中所引诗句出自《沙发》(1785)。

奈杰尔后来将案件命名为"恐怖雪人案"。在德文郡[1]的宅邸里,乔治娅笑容愉悦地将信递给早餐桌对面的奈杰尔。这封信写在厚实的浅黄色纸笺上,信的抬头写的是"埃塞克斯郡[2]伊斯特汉村多弗尔庄园",信上的字迹典雅秀美,个性鲜明。奈杰尔开始大声地读信——

亲爱的堂妹乔治娅,若能蒙你和你爱人屈尊拜访,我将不胜喜悦。如你所知,我避居一隅,与世无涉,若能请你们在如此糟糕的时机下不惮奔波,得你们相伴一周我将大为感念。我并非不知我的请求对你们所造成的不便,除了对你们将要来拜会我的感激之情外,我另有一个小问题,并窃以为你的爱人(他的声名之广,连隐居乡间的我都有所耳闻)会发现一些有趣的情况。这个问题,简明扼要地说,关乎一只猫——

"哇,这是真的吗?"奈杰尔抗议道,"我不能为找一只走失的猫就辛苦奔波到埃塞克斯郡。"

"接着读,信里还有更多的内容呢!"

于是,奈杰尔接着念道——

此猫属于伊斯特汉庄园的赫里沃德·里斯托里克。希望我并非

---

[1] 德文郡位于英格兰西南部,郡首府为埃克塞特。
[2] 埃塞克斯郡位于英格兰东部,郡首府为切姆斯福德。

是异想天开，可套用一句时髦的话来讲，我得说，这只猫的行为并没有表面看上去那么简单。猫要做什么，常常让人无法预料。不过，一个生灵通过化身为精神错乱的自虐狂来引起大众的警觉，这还是让我们感到好奇的。尽管我已进入人生迟暮之秋，但相信我还没有昏聩到把理性完全可以解释的现象当成超自然的东西。假若足智多谋的斯特雷奇威先生能够点拨我贫乏的观察力，毫无疑问，他将给我带来黑暗中的光明，他的点拨将给我释疑解惑——不，是纠正我糟糕的理解。

对你感激不尽的堂姐，
克拉丽莎·卡文迪什

拜读完这封特别的信件后，奈杰尔歇了一口气，对乔治娅点评道："呵，说真的，你的亲戚确实古怪至极。这位18世纪的奇人异士是何方神圣？"

"我已经很多年没见过她了，从她去伊斯特汉生活后就没见过。我的一位伯祖父给她留下了一笔巨额遗产，她买下了多弗尔庄园，他们因此试图把她关到精神病院里。"

"亲爱的乔治娅，请不要在早晨这个时候把话说得这么跳跃。他们为什么因为她买下了多弗尔庄园就要把她关到精神病院里？还有，'他们'是谁？"

"当然是那些以为自己应该拿到遗产的堂亲们了，而且不是因为她买下了多弗尔庄园，而是因为她在买下庄园之后的举动太奇怪了。"

"比如说……"

"噢,等我们到了那里,你就会明白。"

"现在,乔治娅,拜托。足智多谋的斯特雷奇威先生不打算在战争期间一路奔波到埃塞克斯郡,去和一位精神错乱的老年人一块儿调查一只变成精神错乱的受虐狂的猫。"

"猫是精神错乱的猫,但人可不是。在我记忆中,她是个十分清醒理智的人,而且总体来说是个自有魅力的人。哪怕她像多数年长的夫人一样更愿意生活在乔治三世时代①而非维多利亚女王时代,那也不代表她的头脑就混沌了。"

于是事情定下来了。几天之后,他们抵达切姆斯福德。在那儿,按照卡文迪什小姐电报里郑重强调的那样,他们可以租一辆交通工具以完成最后一段旅程。不过,即便德文郡的天气已经够寒冷,他们还是没有预料到英格兰这个地区的天气是如此极端。刚到车站,冰冷的风就向他们的脸上抽来,到处都是积雪,青灰色的天空下,一切生机似乎都静止了。

"嘶——"奈杰尔低声抽气,"看来我们还没见到那疯猫,就要被活活冻死了。我们掉头回家吧!"

哪怕是乔治娅,有着冒险家经历的她或许能适应这样的酷寒,但有一瞬间,她也后悔离开了他们在英国西南部那间温暖的茅草屋。不

---

① 乔治三世(1738—1820),1760年至1820年在位。1811年后他经常精神错乱,其长子乔治四世摄政。

过，他们找到了一个出租车司机，他愿意拼上一把，把车开去伊斯特汉。于是，他们出发了，十英里的路程用了一个多小时。这段时间里，他们几次走偏了方向又改道回头。还有一次，车向右直转弯的时候差点打滑开进河里。等终于到了伊斯特汉时，天色已近黄昏。

多弗尔庄园居高临下俯视着村子里，它正对着的原本是绿色的田野，但现在这片景象已经被无所不在的雪景遮盖得严严实实。然而，雪景无法遮盖卡文迪什小姐的美丽住宅——这是一座红砖建筑，上面有对称分布的窗户和烟囱，有尖耸的斜坡屋顶，有能够抵风挡雨的天窗，有门廊、门顶气窗以及铁艺大门。大门上裹着一层雪，仿佛一位优雅的女士穿着厚厚的毛皮大衣，给这份美丽附上了一层必要的保障。

"我和你说过什么来着？"乔治娅耳语道，"没有人能够住在这么完美的房子里还保持着清醒。"

奈杰尔对这话的逻辑表示怀疑，但是他的脑子已经被冻得麻木，只剩下了一个想法——这么大的一栋房子，却只住这么一个小小的女人。因为在大厅里迎接他们的克拉丽莎·卡文迪什是一个玲珑、纤弱、娇小的女子，戴着精细首饰的她如雪花一般精巧易碎，银发在头上高高堆起，表情喜悦。奈杰尔无法确定是客气的喜悦，还是发自真心的喜悦。

"雪大得恐怖，不是吗？"她的声音十分清脆，和她的外表完全相符，"你们一路劳顿必定累了，我会先带你们去房间，然后，我们喝杯茶，乔治娅。斯特雷奇威先生想必更青睐红酒。"

奈杰尔反驳道，他不在下午四点半的时候喝红酒。

16

"那么，那瓶酒就留到晚饭时再用。"卡文迪什小姐说。这个回复的含义，奈杰尔很快就明白了。

用过茶后，女主人提出要带他们在房子里看一看，奈杰尔兴致盎然地接受了提议。在客厅的时候他就已经注意到了四周繁多的漂亮物件——几把赫波怀特[①]风格的椅子，一幅巴尔托洛兹[②]的版画，一套科斯威[③]袖珍肖像画，一张摆放了数件巴特西[④]珐琅样品的墙边桌，一架满是扇子、玩具、鼻烟盒和精巧摆件的柜子，还有各色丝绸帷帐以及亚当壁炉[⑤]。

房子自然非常大，比他想象中还要大。小小的个子，身材笔直得如同枪杆的卡文迪什小姐走在前面，领着他们看过一间又一间屋子。每一间屋子都有一种可爱的时代特色。就算是卡文迪什小姐无视灯火管制禁令[⑥]，打开了电灯——那水晶吊灯光芒闪耀，就像是冻

[①] 赫波怀特风格是18世纪英国的一种家具式样，以轻巧、雅致著称。
[②] 弗朗切斯科·巴尔托洛兹（1727—1815），意大利人，乔治三世御用版画家。
[③] 理查德·科斯威（1742—1821），袖珍肖像画画家，为当时很多王室成员和社会名流作过肖像画。
[④] 18世纪中期，巴特西珐琅器在英国盛极一时，一般在铜质白底上覆以手绘或转印的各种精美图案。
[⑤] "亚当式"新古典主义建筑风格主要运用古典罗马装饰图案、壁柱及柔和的色彩和装饰，简化了洛可可风格和巴洛克风格。
[⑥] 二战中，为了应对德军空袭，英国政府要求，从1939年9月1日起，无论城乡，所有住户、商铺都需要在日落之前将门窗用窗帘、挡板或上漆的方式遮挡，避免灯光漏出。路灯和行驶车辆也要将灯光熄灭或是限制在最低程度。

住了的小瀑布，也没有毁去对另一个时代的臆想：房间门是桃花心木的，墙壁颜色柔和，是由绿色、黄色、蓝色和浅灰色调配后涂刷而成的。

"很好，"奈杰尔机械地重复道，"完美的房间。"说话时他还不停地掐自己，确认不是在做梦。他也不敢给乔治娅使眼色，因为除了客厅、小起居室、卡文迪什小姐的卧室以及他们自己的卧室，他们进入的每一个房间全是光秃秃空荡荡的一片——没有一件家具，没有一片窗帘，也没有一块地毯来装点这些精致的对称美。等返回客厅，奈杰尔思来想去也没找出什么能够恰当评价眼下情况而又不冒犯卡文迪什小姐敏感神经的话来。不过，习惯了直来直往的乔治娅直截了当地问到了关键。

"您为什么空着那些房间，克拉丽莎堂姐？"她问道。

"因为我承担不起那些房间应有风格的装饰费用，亲爱的。"这个回答理由充分，卡文迪什小姐说道，"我住的房子宁愿只有局部的美丽，也不要完整的丑陋。你会允许一位老妇人拥有自己喜好的权利吧？"

"我认为这非常合乎情理，"奈杰尔说，"您的府邸您可以自由安排。您可以按照自己的收入变化，在相应范围内增添或缩减府上的装饰。"

"斯特雷奇威先生，"卡文迪什小姐说道，"我确信我们会逐渐了解对方的。"

"您可以在这些房间里各放上一架钢琴，另外再从城里招十个演奏师过来，并且同时弹奏这些钢琴。到时候，高高的屋子里将会到处是回声。"乔治娅畅想着。

"我厌恶钢琴,斯皮奈琴①就很好,羽管键琴②也可以。钢琴这种乐器只适合贸易商的女儿练练手,我认为钢琴发出的都是极度粗俗、做作的噪音。里斯托里克竟然会弹钢琴,我很惊讶。"

"里斯托里克?"

"赫里沃德·里斯托里克是伊斯特汉庄园的主人。伊斯特汉庄园在他的家族手里到如今已经传承很久了,多弗尔庄园也是他们家族建造的。"

"啊,是的,"奈杰尔说,"就是这个伙计,他的猫把我们聚到一起,是他吧?您能和我说说猫的事情吗,卡文迪什小姐?"

"晚饭后吧,斯特雷奇威先生。故事得等在饭吃好了之后再说。我是个老太太了,做事不能过于着急。"

两个小时后,卧室里,着装完毕准备去用晚饭前,乔治娅对奈杰尔说:"是我硬让你来这儿的,我希望我没有做错。"

"亲爱的,我并不会因此而有任何损失,但是,她怎么是这样一个人?"

"我想起来了,克拉丽莎是最早的女先生之一,她是格顿③的教师。她是作为历史学家而出名的,她研究的历史阶段是18世纪,而且她沉迷于其中。之后她就完全崩溃了——因为用脑过度,但我认为这中

---

① 18世纪流行的小型拨弦键琴。
② 一种拨弦古钢琴。
③ 剑桥大学格顿学院成立于1869年,是英国第一所寄宿制女子学院。

间发生过不幸的感情事件。在她恢复后,她的一部分心神永远陷在了乔治王朝时期[1]。当然,她不得不辞去她的工作。她度过了一段艰难的时光,靠做家庭教师谋生,直到遗产落到了她的头上。"

一阵微弱、飘零的铃声,像是音乐盒里发出来的音符,从楼下传到楼上。乔治娅和奈杰尔下楼用晚饭。面庞高雅、聪慧的女主人从白色镶板装饰的小起居室出来,她的眼睛里闪耀着平和愉悦的光彩。看着这位年长的女士显露出的聪慧和快乐自主,正如她青春年少时的那般,奈杰尔心有所感。想到她曾经做过家庭教师,在或粗鲁无礼、或以恩人自居的雇主们手下讨生活,确实让人心中涌上难受和担忧。

一个穿戴着室内女软帽、细布短围裙的乡间妇人等候着他们。食物很美味,即使分量到了卡文迪什小姐体量一样玲珑的程度——一份板鱼,一小块圆圆的牛里脊扒,以及一小片薄薄的腓力牛扒。

"我们必须庆祝你们在这里的第一个夜晚,"女主人说道,"安妮,那瓶红酒。"

很显然,那瓶酒是她地窖里唯一的红酒。不过事实证明那是味道不错的龙船庄园红葡萄酒[2],奈杰尔就此向她表示恭维。

"我记得这是哈里[3]最钟情的红酒,"卡文迪什说着,一丝痛苦的情绪出现在她如瓷釉般的脸庞上。她接着说道:"请您原谅,我喝的

---

[1] 指英国乔治一世至乔治四世在位时间(1714—1830)。
[2] 法国波尔多著名葡萄酒庄园,以出产口味优雅且顺滑的葡萄酒著称。
[3] 即后文提到的哈罗德·里斯托里克。

是香槟。除了香槟,我喝不下任何红酒。"

安妮将她的酒杯斟到半满,酒是今晚之前就开过瓶的,香槟的味道寡淡似水一般。克拉丽莎·卡文迪什往酒里注入一些苏打水,郑重其事地向奈杰尔举起酒杯,说道:"喝一杯红酒,斯特雷奇威先生。"

百叶窗外,暴风雪在呼号,这栋老旧的大宅岿然不动。屋外荒凉凄清,屋里温暖安心,这是个看起来适合讲鬼故事的夜晚。仿佛是看到了他脑子里的想法,克拉丽莎·卡文迪什领他们走进客厅,这位女先生用启发她的学生们获取知识的嗓音清脆地说道:"斯特雷奇威先生,我亟待知道您是否接受超自然现象的存在。"

第三章

猫咪

一只有益无害的猫。①

——莎士比亚

"我相信,天地之间有许多事情②——"

"得了吧,先生,"卡文迪什小姐打断了奈杰尔的话,她那戴着珠

---

① 《威尼斯商人》第四幕第一场。
② 《哈姆雷特》第一幕第五场。

宝的手指轻快地拍着墙边桌,"你不能拿书里的话来逃避我的问题。"

奈杰尔再次尝试:"哦,这么说吧,我相信我们还没有完全了解自然的规律。这个自然,甚至还会在自身的规律之外创造一些例外,但是我们有责任在所有的现象中寻求理性的原因。"

"这个回答好多了。那么我的结论是,如果你看见一只猫一个劲儿地往墙上撞,撞得脑浆都要迸出来,你首先不会想到它是落到了魔鬼的手里,或是它在攻击某个只有它自己才能看见的幽灵幻影。你会更倾向于认为它是受到了某种内在的精神错乱的影响。"

"猫狂犬病。"乔治娅脱口而出。

"是的,"奈杰尔附和道,"那只猫一定是生病了,或者它正处在剧痛之中。"

"涂涂从来不生病。"卡文迪什小姐严正地说,"在结束了离奇的表现之后,它没几分钟就睡着了。"

"我想您最好是从头说起。"奈杰尔说。

这位老夫人将身板抻得更加挺拔了一些,她将手放到膝上,手指时不时地做些小动作,仿佛在把玩一把扇子。在她后来令人称奇的讲述中,除了嘴巴说话和眼睛眨动,她的身体再没有其他的动作。

"事情要从圣诞节的前四天说起。当时我正在和夏洛特·里斯托里克喝茶,哦,夏洛特是赫里沃德的太太。虽然她是一个……一个美国人,但是我发觉她还挺懂礼数,而且大致算得上是个端庄的女子。天知道她为什么会嫁给里斯托里克!这是一个可怜的家伙,满嘴的胡髭,一本正经。当然,可悲的是,里斯托里克家族都是近亲结亲。不一会儿,家庭聚会开始了,话说着说着就说到了鬼魂。庄园里有一个房间,叫作主教房间,因为闹鬼而知名。伊丽莎白·里斯托里克提议我们找个晚上聚到那间屋子里,并且……用她的话来说,要狠狠揍那个主教一顿。"

"伊丽莎白·里斯托里克?"奈杰尔问道,"她是谁?"

"她是个奔放的丫头,"卡文迪什小姐轻快俏皮地答道,"赫里沃德的妹妹,但比他小了很多岁,是个放肆大胆的冒失姑娘。如果说赫里沃德继承到的是里斯托里克家的好运,那么伊丽莎白继承到的则是厄运。她在美国上学,必须承认,我们绝不能太苛刻地评判她。你们要知道哈罗德·里斯托里克,也就是赫里沃德的父亲,被派遣到华盛顿大使馆工作,由于他要常年在那里生活,他有必要携家带口地去往美国。因此,他的孩子们只是受到了在那个国家能够受到的基础教育。可惜啊!伊丽莎白和安德鲁都是很有天分的孩子呀!"

"安德鲁?这是另一个兄弟,是吗?"

"是的。他是哈里最喜欢的儿子,尽管赫里沃德才是理所当然的继承人。安德鲁,唉!他令他的父亲失望。他成了一个四处漂泊的浪子,成了一个甘于和狐朋狗友厮混的人。不过,他是个相当英俊的小伙儿,而且他的性格里没有真正的恶,除非这个恶是没有听从他兄长的说教训诫。他和伊丽莎白从前总是亲密无间,形影不离。"

"他也参加了圣诞节的家庭聚会吗?"

"他参加了。聚会者里有伊丽莎白最新的爱情俘虏,一个叫戴克斯的人——他毫无趣味,举止粗鲁,是个写爱情小说的作家;还有安斯利小姐，她是一个蠢人，她的蠢无法形容。啊，对了，我差点忘了博根医生！就我的理解，博根医生是个庸医。"

"在一个这么传统的屋檐下，这似乎是个组合怪异的家庭聚会。"乔治娅议论道，"一个奔放的姑娘，一个乡绅，一个美国人妻子，一个浪子，一个蠢人，还有一个庸医。"

克拉丽莎·卡文迪什颔首赞同。她用手指拍打了一会儿，随后又将手放到膝上，说道："哈里不会支持这样的聚会，但是赫里沃德没有这样的坚持。假使夏洛特要邀请某个人来，那么邀请最后就会发出来。她以为自己什么都懂，可怜的姑娘，她相信每个其貌不扬的丑小鸭都是天鹅。总而言之，我们定下来在圣诞夜的晚上在主教房间集合。"

"你们期望看到什么？"奈杰尔插嘴问道。

"这是一个愚蠢的、无聊的故事。1609年的时候，伊斯特切斯特的主教就住在庄园里。一天早上，人们发现他死在了那个房间里。有些心怀不轨的人指控他是被庄园的主人毒死的，随之就有谣言传播。当时里斯托里克确认，那位众所周知的大胃王主教的死因是，他死前一天的晚上吃了太多的鹿肉。我毫不怀疑事情的真相就是如此，但不管真相如何，迷信的说法是，晚上的时候能听到从主教房间里传出的呻吟声，还说主教曾穿着麻纱睡衣，抱着肚子，痛苦万分地哀号着在容易上当受骗的人面前现过身。"

"在我听来，这更像是个毫无价值的鬼故事。"乔治娅说。

"圣诞夜离子夜还有半小时的时候，我们全去了主教房间。那是一个冷得要命的房间，现在用作为小图书室。夏洛特调好了一碗潘趣酒①，让我们暖暖身子。晚饭的时候我们已经喝了非常多的红酒，喝了红酒和潘趣酒的伊丽莎白和安斯利小姐开始醉意上涌。我记得安德鲁斥责贝蒂不应该坐到戴克斯先生的大腿上，她则回嘴说主教在活着的时候做的事比那糟得多。她的唐突无礼让场面开始变得非常奇怪、非常不像话，她的举动有时候激烈得莫名其妙。她是个真真正正的泼妇，可她还是个大美人！唉！吵嚷得最厉害的时候——虽然都是伊丽莎白单方面在争吵，安德鲁仅仅是努力让她安静下来。当钟敲了十二下，安德鲁说道，'安静下来吧，贝蒂，要不然主教就要取消他的拜访了。'那之后，她安静下来不说话了。安德鲁的话似乎也让参与聚会的其他人清醒了过来。我们沿着墙壁在壁炉对面坐成一排，突然有人出声说，'快看涂涂！'"

克拉丽莎·卡文迪什的停顿很有效果。静默中，乔治娅和奈杰尔能听见房子外面东风呼啸而过的怒吼。卡文迪什小姐身形微颤，随着动作，她的项链发出轻微的、如同冰柱碰撞的清脆声响，然后她继续说着她的故事。

"先前有人端了一碟牛奶给那只猫，它当时正在舔牛奶。那时候，它发出很大的呼噜声——这声音非常刺耳，非常难听，就好像这只猫是一只生锈了的钟表齿轮,有人正在给它上弦。随后，它走到房间中央，四条腿突然变得僵硬，它弓起后背，还在发出阴森森的呼噜声。我们全都惊呆了，涂涂紧紧地贴着地面，此时它蹲伏着，像老虎那样，爪

---

① 一种用葡萄酒或烈性酒掺水、果汁、香料等调成的饮料。

子抓着地毯，目光瞪向房间远处的角落。它冷不丁地向那个角落蹿了过去。我真希望我没有看到它那个样子，它弹跳起来，用脑袋撞着墙，像一个橡胶球一样弹了回来。这样怪异的行为它重复了三次或四次，每一次都凶险得很。它用力把自己抛向光溜溜的墙壁，又或者是撞向书架，我们都以为它一定是把自己的脑浆都给撞出来了。大家都对这个场景感到惴惴不安。女士中有一位——我想是安斯利小姐，她开始呜咽、啜泣、惊声叫喊，说这只猫看到了我们中间有无形可怕的东西。"

"那您是什么看法呢？"奈杰尔突然提问。

"我认为那只猫不是受到了惊吓，而是在享受它的捕猎。"

不知什么原因，卡文迪什小姐用轻柔而清脆的声音说出来的这话让乔治娅浑身一凉。

"过了一阵，"这位老夫人接着说了下去，"涂涂仿佛厌倦了这样莫名其妙的攻击。它往房间中央潜行过去，突然又开始绕着自己的尾巴急速地打转，就像是一个疯了的转圈苦行僧，或是一个陀螺。接着它在我们所有人面前蜷起身子睡了。"

沉默持续了挺长时间。奈杰尔垂眸低视，不愿意看向那位老夫人的眼睛。乔治娅则烦躁不安地抚弄着香烟嘴，难得一次地说不出话来。

"您为什么要和我说这些呢？"终于，奈杰尔抬起头来，问道。克拉丽莎·卡文迪什亮闪闪的眼睛看向他。她的眼神里有一种奈杰尔感到无法理解的激情：那双眸子仿佛在期待从他那里也获得一些什么，就像她是一位老师，无法抑制自己去启发学生寻求正确的答案。她说道："首先，斯特雷奇威先生，你自己对该事件的看法是什么？"

"那只猫既不是见到了鬼魂,也不是见到了什么其他东西。如果是鬼魂,它应该会被吓到,把背弓起来,嘴里'呲呲'发声,而绝不是发动一连串的攻击。另外,我们都同意了先将超自然现象的可能搁置起来,除非我们确定了找不出理性的原因。那只猫的激烈行为——对了,它几岁了?"

"三岁了。"卡文迪什小姐说。

"杜绝了我们将其归咎为单纯的幼崽习性。假设有人对它下药,您说它只喝过喂给它的一碟牛奶?我不知道什么样的毒药能够造成那样的症状而不留下更严重的后遗症。但是假设有人在牛奶里添加了兴奋剂,或者在你们的降神会①之前,有人给猫进行了注射……那个人为什么这么做呢?给聚会者们一个惊吓,似乎是唯一可能的答案。或者这只是一个恶作剧,又或者是为了真真正正地恐吓聚会里特定的某个人。"

"如果是一个普普通通的恶作剧,那在我听来也太处心积虑,太残酷无情了,"乔治娅说,"倘若开玩笑的人穿着睡衣,抱着肚子呻吟的话——但是大家似乎把那个幽灵主教忘到了脑后。"

卡文迪什一个劲儿地点头,手拍到椅子的扶手上赞叹。

"如果这个笑话多了真心实意,"奈杰尔接着说道,"针对的是聚会成员里某个特定的人,那就说明那只猫的行为一定可以让受害者明白其中的含义,并且相比其他人,这更能吓唬到受害人。除了安斯利小姐,有没有谁尤其忐忑不安?"

---

① 指试图通过鬼魂附体者与死者接触的集会。

"你很熟悉《哈姆雷特》这部戏,是吗,斯特雷奇威先生?"

奈杰尔承认了。

"你想起来那出戏中戏了吗——国王观看演员表演,哈姆雷特观察国王的那一出。在圣诞节前夜,我们并不是所有人都沉浸在关注那只猫的荒唐举动上。我恰巧转头,看到了安德鲁正专注地盯着聚会者中的另一个人。"

"哪一个人?"

"那我无法告诉你。椅子排列成了弧形,安德鲁坐在最左边,他盯着的人在另一侧,可能是他的妹妹伊丽莎白,或者博根医生,又或者是戴克斯先生。"

"那么,您自己也没有全情投入地观看演出吧,卡文迪什小姐?"

"啧,先生,你真是锲而不舍!"她不失风情魅力而又适可而止地感叹道,"我希望我仍旧保持着我自己的洞察力。我应该用我自己的眼睛观察。"

"那么他们三个人中有谁表现出特别忐忑不安吗?"

"我不能佯称有。贝蒂看起来闷闷不乐,我想她是因为醉意上头,没有注意到猫撞墙的警告。戴克斯似乎是在自言自语,低声咒骂。博根医生始终保持着矜持的姿态。不过我后来看到他和贝蒂的脑袋凑到了一起。"

"那之后的事态如何?"

卡文迪什小姐茫然地看着他,恍若"事态"这个词不在她的词汇表里。

"您在您的信中忧虑重重，"奈杰尔继续说道，"除了猫生出了幻觉之外，您是否在担忧别的事情？担忧这是否仅仅只是个开端？"

很奇怪，这位老夫人似乎不愿意说话。此时，她的双眸游离不定，迷迷瞪瞪而又痛苦地盯着前方，看着仿佛失了魂一般。最后，她从椅子上起身，重重地倚着缀着流苏的象牙手杖，走到屋子里最远的那头，手指拂过墙上的一幅画，然后转身面向奈杰尔和乔治娅，说道："是的，我担忧那个庄园里有一些腐朽堕落的东西。我不能确切地指出来是什么，但是我知道事实如此。我有……"她略带犹豫地继续说道："我有特别的理由去关心那个家庭，特别是伊丽莎白和安德鲁。我的理由是什么无关紧要，请允许我就此不再多说。我可以告诉你的是，我宁愿面对魔鬼和他所有的堕落天使，也不愿面对正在对伊斯特汉庄园施加作用的影响力，不管那是什么样的影响力。"

"我理解，"奈杰尔温和地说，"您希望我——"

卡文迪什突然从墙壁那里转身，用她的象牙手杖指着奈杰尔，仿佛那是一把剑。她的声音此时尖锐得令奈杰尔从椅子上坐直了身子。

"我希望你查清楚问题所在。我希望你查清楚博根医生在庄园里做什么，我笃定他是个让人感觉不对劲的家伙。查清楚是什么让赫里沃德·里斯托里克有所忌惮。查清楚安德鲁·里斯托里克那天晚上在想什么，他当时没有注意猫，却紧紧地盯着房间里的另一个人。我还希望，"她低声补充了一句，奈杰尔差点没听清，"你可以将伊丽莎白从永世地狱之苦中解脱出来。"

她坐回到椅子上，期待地注视着奈杰尔。

"他们——参加庄园聚会的那些人都还在吗？"

"他们来去自由，但是目前他们都在庄园里，并且乐意停留。冬天的道路是非常泥泞的。"

"但是，您知道，"奈杰尔温和地指出，"我没有权限——"

"我已经安排好了。我知道一个做通灵研究的学会，你将成为其会员。我已经请求你在此停留，这样你就可以调查主教房间的猫那件事了。一切都已安排妥当。"

"可是我对通灵研究毫无所知。"

"我从书店买了一些文集。你可以明天研究研究，到了晚上，我们将接受邀请，去庄园用晚餐。"

卡文迪什的颐指气使让奈杰尔小小地噎了一下。她陈述的内容极其特别，奈杰尔原本持有的态度更多是疑虑，但是她对他的发号施令却改变了他的想法。此外，她已经激起了他强烈的好奇心，他迫不及待地想把她描述过的人物的模糊部分了解得更清楚。

"这个博根医生的行医领域是什么？"奈杰尔问道。

"我敢说是内科学。希望我不会有一天要吃他开的药。"

"谁邀请的他，您知道吗？"

"伊丽莎白带回来很多不合时宜的人，把他们留在了庄园里。"

"那她自己经常回来吗？"

"是的，我觉得她是个不幸的姑娘，脾气变化无常，捉摸不定，但是赫里沃德丝毫不会对她关上庄园的大门。"

卡文迪什小姐的回答暴露不出什么来，奈杰尔想道。于是，他换了一种方式。

"对那只猫的行为，当时有人提出过什么解释吗？有没有人想到去检查一下那只碟子？"

"我不知道聚会的参与者后来都有什么说法。那个时候，赫里沃德出面中断了聚会的进行。他是那种对弄不明白的事情选择视而不见的人——他宁愿铺上一百层垫子也不会去找那颗豌豆[①]。我不知道那只碟子有没有被检查过。"

"您说博根医生和伊丽莎白在事件发生后，把脑袋凑到了一起。您听到他们说了什么吗？"

"没有什么具体的内容，我肯定。我有一点耳背，但是唇语很娴熟。我估计博根医生对伊丽莎白说的话是，'继续，伊（Stick it, E）'，但是我没有太过关注他们。现在，贤伉俪，我们已经劳累一天了，请原谅，我要先行离开。如果你们想要一盘巧克力再就寝，务请摇铃召唤安妮。我很高兴你们二位能到寒舍来。"

这位老夫人站起身，姿态尽显端庄持重，她亲了亲乔治娅，把自己羸弱、戴着珠宝的手伸向奈杰尔，然后扶着象牙拐杖前去就寝了。

---

① 安徒生童话故事。真正的公主皮肤娇嫩敏感，哪怕在豌豆上铺了二十层床垫和二十张鸭绒被，她仍旧觉得硌得难受，无法入睡。

第四章

初见

悬挂在那里的只有暗影和恐惧。

——托马斯·胡德[1]

翌日傍晚,奈杰尔夫妇被赫里沃德·里斯托里克派去的汽车接到了伊斯特汉庄园。黑黢黢的夜幕下,伊斯特汉庄园也不过是一块更加漆黑的物体罢了。奈杰尔不由得信了卡文迪什的话——她说这栋庄园

---

[1] 托马斯·胡德(1799—1845),英国诗人。文中所引诗句出自《鬼屋》(1844)。

建于伊丽莎白女王①统治时期，而且自那之后，几乎不曾有过改变。童贞女王和她的臣民们，奈杰尔心中思忖，倒是从没有经历过灯火管制。汽车驶离，附在轮胎上的一圈铁链"当啷"作响，微弱的尾气喷到雪地上，留下不明显的车辙痕迹。前门打开了——显而易见，伊斯特汉庄园不是那种必须摁门铃才能打开前门的庄园。今天的晚餐必然丰盛。奈杰尔拉紧了乔治娅的手臂，小步快走进入房内，男管家在他们身后迅速将门关上。

一名女仆将乔治娅和卡文迪什小姐往楼上领，方便她们脱去身上的外衣。显然，对卡文迪什小姐来说，这会是个艰难的任务——就是这样一段短短的、从一扇门走到另一扇门的路途，她也把自己裹了一层又一层，像是要去北极探险。她戴着束带帽子，穿了一身皮毛大衣，在宴会礼服外还穿了一件皮夹克，另外，从她像女大力士一样的身形上可以看出来，在宴会礼服里面，她还穿了六七件衬裙。

在女士们更衣的时候，奈杰尔有了空闲来观察大厅。这个大厅的规模大到好像把它放到世界博览会上也完全可以占据一席之地。这里温暖舒适，奈杰尔忍不住自言自语道："妻子是美国人，房子有中央供暖，家里有大量现金……"大厅里的伊丽莎白风格几乎无处不在——栎木和雪松木大柜子，灯芯草坐垫，铁制大烛台，还有墙上的盾形徽章……这样的大厅在夏洛特·里斯托里克口里会被说成"真

---

① 伊丽莎白一世（1533—1603），英格兰及爱尔兰女王，1558—1603 在位。她终身未婚，因此被称为"童贞女王"。

是太迷人了"。

是的，她肯定会这么说，奈杰尔想。过了片刻，里斯托里克夫人穿着一身灿烂的金色锦缎礼服缓缓走了出来。奈杰尔竭尽全力，好不容易才克制住自己不要称呼她为"里顿豪斯夫人[①]"，因为她模仿了《动物饼干》里那位高贵威严、傲慢无礼、被狠狠欺骗了的女主人。

"很高兴你来到这里，克拉丽莎，"她的声音低沉，如同呦呦鹿鸣，"这位就是著名的乔治娅·斯特雷奇威了。赫里沃德，我是不是一直说我非常想见一见斯特雷奇威先生？"

赫里沃德·里斯托里克给出确认，他捋着自己的胡须，彬彬有礼，声音含糊。

"我的荣幸，"赫里沃德说，"了不起的女子，我读过你写的小说。"

"哦，男人真是让人上火！"里斯托里克夫人故作调笑地叫道，"斯特雷奇威夫人可不是小说家，赫里沃德。她是一位探险家，你也清楚。欢迎来到伊斯特汉庄园，斯特雷奇威先生。我认为通灵研究真是太迷人了。赫里沃德，上雪莉酒[②]来，这些可怜的人要冻坏了。现在，斯特雷奇威夫人，我想请你认识一下戴克斯先生。你知道，威尔·戴克斯是一名工人阶级小说家。我敢保证你们有很多共同点，你们都是年轻人。尤妮斯，这位是斯特雷奇威先生，他将为我们查清楚所有和鬼魂有关的事儿。斯特雷奇威先生，这是安斯利小姐。"

[①] 1930年发行的一部美国喜剧电影，里顿豪斯夫人是影片中的贵夫人角色。故事围绕着里顿豪斯夫人举行宴会的别墅里一幅丢失的油画展开。
[②] 原产于西班牙南部的一种烈性葡萄酒，常作开胃酒饮用。

此时，就听到一声锣响，其引起注意的能力几乎不比大本钟逊色，但还不能完全成功地和里斯托里克夫人铃铛似的音色相媲美。有两个男子走进屋里，一人身材细长，肤色黝黑，步伐轻快矫健；另一人面色灰黄，驼背弓腰，长了一副络腮胡须。他们被介绍为安德鲁·里斯托里克和丹尼斯·博根医生。正在这时，在一片含混的、热闹的说话声中，卡文迪什清脆的声音响了起来。

"伊丽莎白在哪儿？"她说道，"她不来和我们一起吗？"

这个直率的问题效果很不一般，它造成了片刻的寂静，使奈杰尔的神经突然紧绷了起来，仿佛卡文迪什做出了某种毫不宽宥的指控。他注意到聚会里有几个人在不动声色地相互打量，仿佛在估量卡文迪什小姐的问题对邻近之人所产生的影响。所有的一切，在那一瞬间，似乎冻结在一场无能为力的虚妄梦魇里。接着，他们的女主人说道："太抱歉了，伊丽莎白身体不适。她病了，今晚无法下楼来。不能见到她真是太遗憾了，她怎么样了，博根医生？"

"脉搏还是有一些快，但是我想，我们明天就能让她起床了。"医生的嗓音平和极了，仿佛尽力在平息事态。按理说，这场意料之外的小风波应该到此为止了，可是卡文迪什却说道："她喝了太多鸡尾酒[①]了。你们应该禁止她喝酒，酒会伤身。"

这是一句无所顾忌的评论，由于评论的人是克拉丽莎·卡文迪什，所以效果是加倍的。奈杰尔想，她就是这样一个掌控场面的女子。她

[①] 由两种或两种以上的酒或饮料、果汁、汽水混合而成的酒水饮料。

的这句话所得到的反应,显示了她和这户人家的关系——比奈杰尔原以为的更亲近。这句话似乎缓和了紧张的气氛而不是加剧了紧张,尽管奈杰尔觉得这话很不符合她的性格。屋子里有几个人已经开怀大笑,而赫里沃德·里斯托里克则说道:"卡文迪什小姐,你真是禀性难移。我相信你宁愿看到我们全喝雪莉酒,或者波尔多红酒,喝到醉倒在桌子底下,也不想看我们喝加了水的杜松子酒①和安哥斯图拉②。"

"我年轻的时候,"这位老夫人轻快地回应道,"杜松子酒只有下等人才喝,一便士一夸脱③。据说一便士可以喝到醉意上头,两便士则可以喝得酩酊大醉。"

再一次,奈杰尔感到头皮发麻。这很怪异,那句"我年轻的时候",指的可是两百年前,克拉丽莎·卡文迪什现在穿着有花卉图案的礼服,身姿笔挺地坐在优雅高贵的气氛中,也许真的是从那个世纪转世重生而来。

"一便士一夸脱!"安斯利小姐惊叹,"那可是个好时候!不过我还以为切片大面包也是按照夸脱卖的。"

透过长柄眼镜,卡文迪什小姐扫视了一眼这个脸色绯红、身材瘦长又干瘪的年轻女人,露出一副鄙夷的神情,但并没有回应她。威尔·戴克斯则用让人听得见的声音嘟囔着:"就像有人说的那样,任何人都

---

① 杜松子酒,又称琴酒、金酒。谷物发酵蒸馏后制成,是一种烈酒。
② 安哥斯图拉苦酒,一种由植物和香料与酒精调配成的鸡尾酒原料。
③ 英制容量单位,1夸脱约为1.136升(液量)或1.10升(干量)。下同。

会认为贝蒂酗酒成性。"

"说真的，戴克斯，"赫里沃德反驳道，抚摸自己胡须的动作更大了，"我不知道有人说过——"

"噢，不。我们什么也没说，我们只是坐在一起，做有教养的淑女和绅士，假装没有察觉到房间里出现了不好的苗头。"

"外粗内秀，"夏洛特在乔治娅的耳边低声轻语，"可是却这么有才华，这么质朴实诚，可怜的家伙。他出身卑贱，是字面意义上的卑贱，亲爱的。真是奇妙极了，你不这么以为吗？"

此时，男管家宣布晚餐开始，乔治娅得以避免不得不对戴克斯先生的奇妙出身表达意见。奈杰尔发现自己坐在女主人旁边，戴克斯先生坐在他对面，这令他有了更多空闲来观察这位小说家。一群人中，戴克斯显然不在舒适圈，像一条出了水的鱼，而他也没有做任何事来掩藏自己与众人的格格不入。他的头发抹了油，额发搭在宽阔的脑门上，粗糙的皮肤和突出的下嘴唇让他缺乏魅力，但是灵动、敏锐的眼神以及非同一般低回深沉的声音弥补了他的不足。奈杰尔判断他既没有在这里兜售他的无产阶级出身，也丝毫没有感受到他周围的一切对他的压制，而他对伊丽莎白·里斯托里克的坚定维护则颇有一些让人动容之处。或许他爱上了她？还有什么其他原因导致他走进这个对他明显不友好的圈子？此外，一个更加棘手的问题，为什么一提到伊丽莎白的缺席，这些人就有那么剧烈和异样的反应？是的，在这张盛宴餐桌上有一个幽灵。奈杰尔认为这个幽灵和那只叫涂涂的猫所看到的幻象毫不相干。

奈杰尔有一种天赋，一种通常是在女人中更常见的天赋，那就是能够在积极参与谈话的同时把注意力放在别的事物上面。此时，尽管他对其他用餐者抱持着戒备，但仍然非常流畅地和里斯托里克夫人交流着。实际上，他刚一摆脱初始时候对"里顿豪斯夫人"的联想，就发现她是个真真切切的人。她的功利是正大光明的功利，比暗地里的市侩更加令人愉快，因为那是为了获得经验而出自热情和欲望的功利。

"我们应该在晚餐后上楼去主教房间，"里斯托里克夫人正说着话，"我想你会想去重建犯罪场景，斯特雷奇威先生。"

这话说出来的时候伴随着轻快的、平常的笑声，但是她那蓝宝石一般的眼睛里投来的目光使得奈杰尔猛地一惊。她这话是什么意思，奈杰尔寻思着。谈起那只见到鬼魂的猫，她的话真是怪异。他说道："恐怕我只是个业余爱好者，里斯托里克夫人，您千万不能对我有太高期望。若是我没能把您说的鬼魂给揪出来，让它现形，请您别失望。"

"啊，是的，鬼魂。我认为这个国家每个古老的家族都有……"她停顿了一下，"一副骨架[①]。"

"根据各种传闻来看，主教一定有一副分量很实在的骨架。您是否在那个房间里亲眼见过或亲耳听过什么呢，里斯托里克夫人？"

"没有，恐怕我没有通灵的体质。"她转过头，请威尔·戴克斯也加入谈话中来，"您相信有鬼魂吗，戴克斯先生？"

奈杰尔竖起一只耳朵，要听听这个小说家争强斗胜的回答。不过

[①] 双关语，也指家族罪恶或丑闻。

他也在听着桌子另一边的谈话,坐在那边的是赫里沃德、安德鲁、乔治娅和克拉丽莎。里斯托里克夫人有关"犯罪场景"的话语一定是打开了那边的话匣子。赫里沃德和乔治娅讨论起一本他们都读过的侦探小说。安德鲁冷不丁地插了一句话:"侦探小说家的不足令他们逃避现实问题。"

"现实问题?"乔治娅问道。

"有关罪恶的问题。关于犯罪,唯一真正有意思的就是这个了。那些普普通通的、买酒也买一便士四夸脱的犯罪者,他们做的是行窃的勾当,因为他们发现这是最简单的谋生方式。他们杀人,或是为了夺财,或是出于一时愤怒——没有什么趣味。在一般的侦探小说里,犯罪者就更加枯燥乏味了,只有一个主脑人物勾连起一场复杂机巧的谋划,而论据的最大前提假设却让破案毫无进展。然而……"这个时候,安德鲁不再低声说话,他放大了声音,吸引大家注意,让所有人都听他说,"然而那个沉迷在罪恶深渊中的人如何了呢?那个把自己的存在似乎寄托在伤害或侮辱他人的人,那个男人或女人,如何了呢?"

大家默不作声,一片愕然。"沉迷在罪恶的深渊中"这句话使得所有人像变身成了石头一般安静,仿佛安德鲁在他的餐巾纸上制造出来一颗戈耳工的脑袋[①]。奈杰尔甚至还感觉到大家全畏缩了起来——这样的畏惧远超这句话本应有的效果。也许,也不是那么地畏惧,而

---

① 指蛇发女怪之一。希腊神话中蛇发女怪有三人:斯忒诺、欧律阿勒和美杜莎,任何看了她们一眼的人都会变成石头。

是一种对他们全都预判到了某种事物的出现感到惊恐。"扯远了,"奈杰尔恼火地对自己说,"你变得和涂涂一样昏头昏脑的了。"接着,就听见赫里沃德说道:"哦,得了吧,安德鲁,兄弟。没有那样的人,现实生活里可没有。即使是人类中最坏的人也有很多好的品质——"

"那希特勒如何?"安斯利小姐令人厌烦地问。

威尔·戴克斯说道:"里斯托里克是对的,这样的人是书里面才有的。你在现实生活中碰不到那样的人——没有像《螺丝在拧紧》[①]里的贴身男仆和女家庭教师那样的人。"

安德鲁却把螺丝拧得更紧了一点,把气氛烘托得更加紧张,他说道:"哦,可你错了。我也漂泊过不少地方,我告诉你,我遇见过这样的家伙。说得更确切一点,是三个这样的家伙。一个是美国人,我在君士坦丁堡[②]认识了他,他是个敲诈犯;第二个人我是在布雷斯劳[③]认识的,他是个纳粹冲锋队[④]队员,是个施虐狂。有一天晚上,他喝得醉醺醺的,对我酒后吐真言,说他活着就是为了能得到许可对囚犯进行折磨。"安德鲁停顿下来。

"那第三个人呢?"卡文迪什小姐沉着地问,"你把恐怖的气氛一层层叠加,要推向最高潮,我敢肯定。"

"第三个人,"安德鲁意味深长地说道,"第三个人,既然你们问

---

①《螺丝在拧紧》(1898),美国作家亨利·詹姆斯所著中篇小说。
② 土耳其最大城市。曾经是东罗马帝国、拉丁帝国和奥斯曼帝国的首都。
③ 波兰城市,位于波兰西南部的奥得河畔。
④ 德国纳粹党的武装组织,因队员穿褐色制服,又称褐衫队。

到了我，那我就说了，除非我错得离谱，这个人就在今晚的这栋房子里。"

"噢，嗨，安德鲁！"卡文迪什喊了起来，"你真是太讨厌了！我说，你可让我起了一身的鸡皮疙瘩。"

"安德鲁，你可真是调皮！"里斯托里克夫人说，像一个淘气的提坦巨神①一样插话救场，"安德鲁耍了一个非常糟糕的恶作剧。他现在试图使我们渐渐地惊慌，因为我们今天晚上有一场小小的降神会。我不会办一场让大家惶恐的降神会，安德鲁。斯特雷奇威想让我们大家以镇定、科学的态度参与这场降神会。"

"抱歉，夏洛特，我放纵了我的想象力。"安德鲁说道，轻松地迎合了她救场的努力，"不过我仍旧坚持有那样的人存在。你怎么说，博根医生？你一定有非常丰富的经验可以让我们借鉴吧？"

博根医生刚才一直专注地听着这些对话，不停地轻轻捋着自己的胡须。这时，他的目光开始迷离，好似在脑海中翻找病历。

"我倾向于赞同你的意见，里斯托里克。当然，做我这一行的，我们秉持的是不同的观点。对我们来说没有善或恶，只有疾病或者健康，我们从不下判断。不过是的，我相信有的人已经病得无法治愈了，他们，用你的说法，活着就是为了作恶。我赞同。"

这个时候，他们的女主人坚决终结了这场病态的讨论。男士们被留在原地，奈杰尔有了更多空闲来观察周围。这间餐厅大得很，足以

---

① 希腊神话中第一代神王天空之神乌拉诺斯和大地女神盖亚所生的子女。

称之为宴会厅。演奏乐池设在餐厅尽头。餐桌上亮着电灯，电灯被装饰成铁烛台里正在燃烧蜡烛的式样。巨大的壁炉中，似乎正有几块木材在燃烧。

"这必定是一座非凡的老建筑。"他客气地对赫里沃德说。

"我愿意带你在里面走一走，不过现在确实有一些拥挤局促，你知道的。请务必明天早上来，带上你的夫人乔治娅，你们一定也得见见孩子们。"

奈杰尔之前并没有把高挑端庄的夏洛特和孩子们联系起来。他说，他会很乐意来。

"说起来，斯特雷奇威，"男主人接着说道，他看起来更像是一只忧愁的、被抓到在玩忽职守的小狗，"我的夫人对你们今天晚上的这场聚会极其上心，要不然我会……我的意思是，每个人都有一点焦虑——因为这场战争，你知道的，而我们并不想让一众女流们受到惊吓，所以我想……嗯，你怎么看？"

奈杰尔从这不连贯的含混之辞里领会到，男主人想取消这次的通灵研究，但又不想承担由其本人来取消的责任。奈杰尔原本做好准备屈从这位男主人的意愿了，特别是在考虑到从博根医生的眼睛里看到的那种敏锐、怀疑的眼神——这种眼神对他这个冒名顶替者来说是个不好的兆头。然而伊斯特汉庄园的情况太过神秘了，谨小慎微没能克制住好奇心旺盛，于是他折中了一下，对赫里沃德说，他认为应该继续进行通灵研究，因为女主人希望他进行研究，但是研究完全可以非常平和并且避免大动干戈——仅仅只是对于事实的初步探究。

43

于是一个小时后，他们全集结到了楼上的主教房间。这是一间让人喜欢不起来的套房，阴森寒冷，即使壁炉的炉膛里燃着火。书架沿着墙壁间隔着摆放，装满了霉味儿扑鼻、蒙着小牛皮的经卷，以及装订好封面、字迹都模糊不清了的19世纪的期刊。天花板太低了，低得奈杰尔不得不弓身低头，防止脑袋撞到粗厚的顶梁。寒风像老鼠似的从地面一卷而过，又急速爬上人的膝头。

然而，这没能制约夏洛特·里斯托里克的风格。她从椅子上起身，两手合在丰满的胸脯上，脸上一副有所期待的迷醉神情。她对围成半圆形的众人说道，她非常高兴可以将斯特雷奇威先生介绍给大家，他是通灵研究领域的知名专家，在诸位的协助下，他将揭开主教房间的神秘面纱。

这一番言论和房间本身让奈杰尔血管里的血忽冷忽热。尽管如此，他还是忽略掉乔治娅明晃晃的眨眼示意，也坚定地避开了博根医生的眼神，说起了开场白。里斯托里克夫人对他的能力谬赞过甚。他不过是一个通灵研究的业余人士，但是他对圣诞节前夜的事件产生了奇异的兴趣——顺便一说，涂涂在哪里？

夏洛特脸一红，说并非是由于她讨厌那只猫，只是在兴奋之间，她完全忘了把猫给带上楼来。她拿起内线电话吩咐下去。奈杰尔猜测大概是男管家把猫放到托盘上带进来，但其实涂涂是被一个女仆搂在怀里抱上来的。女仆看上去惊惶不安，显然因为想到了要来的是这间闹鬼的屋子。她弯下腰来，把怀里的猫往地上一扔，便匆匆下楼去了。那只猫立刻蜷起身子，在奈杰尔脚边睡着了。

与此同时，奈杰尔想好了掩盖他无知的最简单的办法，他开始要求在场的每个人给出对涂涂事件的描述。他们的证词不尽相同，但差异很小。尤妮斯·安斯利小姐是真真切切地全身颤抖——从头顶的金发到脚上的脚趾头。她声称，在涂涂自己把自己往墙上摔的时候，她看到了一个邪恶无比的影子在墙上飘过。"自我暗示。"博根咕哝道，他说出了奈杰尔想说的话。安德鲁对涂涂行为的描述经过了加工，假如他当时是在观察圣诞夜警告所引发的效果，而不是这次警告的载体，那么正如卡文迪什小姐所说的那样，他的描述一定是二手的。赫里沃德对主教房间发生过的事情做了一个干巴巴的概述。每个人似乎都有一点泄气，对前一次情景下自己的强烈反应感到一丝丝的不好意思。奈杰尔的感受是，有什么重要的东西缺失了——或许是没有现身的伊丽莎白·里斯托里克的在场情况。

"好了，实际的情况就是这些了，"他说道，"现在我们要考虑一下整件事是恶作剧的可能性。最开始是谁提议做这个实验的？"

"贝蒂提议的，"夏洛特说。她伸出手指，对丈夫的弟弟淘气地摇了摇，"安德鲁，你真的确定这不是你和贝蒂的一个恶作剧吗？你们两个孩子可是很调皮的。"

"这次是清白的。"安德鲁说道，笑得温和。

"可是，该死的，"赫里沃德说，"不管是谁都不可能让猫做出那样的举动。那太反常了，让人毛骨悚然。"所有的聚会者们突然都浑身一寒，赫里沃德连忙接着说道："我的意思是，不是说这里有什么事情。那只猫一定是误食了什么有害的东西。"

"那碟牛奶是谁喂给涂涂的?"奈杰尔询问。大家犹豫了片刻后,威尔·戴克斯说:"是贝蒂。"

"噢,可是很荒谬,"安斯利小姐说,"贝蒂从不会喂猫,她厌恶动物。"

"没办法,我看见是她。"威尔·戴克斯没有改口。

"也许是有人要求她那么做的。"奈杰尔问询似的看了一圈宾客们。他们全都摇了摇头,或者保持沉默。

"好吧,我应该亲自去问问她。"

"他妈的!"威尔·戴克斯突然发了火,"这是警察审讯,还是什么?所有事总是怪罪到贝蒂头上。"

"别犯蠢了,戴克斯,"安斯利小姐语气不善地说,"就因为贝蒂叫你神魂颠倒,你就幻想她是个圣洁的天使。我可以告诉你——"

"闭嘴,你个蠢女人!"威尔·戴克斯喊道。

场面让人难以置信,就像晴空里炸出响雷。这一回,奈杰尔感到完全不知所措。即使不祥之兆的微风之前吹拂过餐桌,可那也并没有让他预备好应对这样的大风暴。这栋房子里的人神经这么敏感,稍一触碰就被刺激得大喊大叫。然而,里斯托里克夫人恢复了镇定并且顺势驾驭了这场旋风,或者不如说是刻意显得完全没有察觉。一众人受引导下楼,最后大家喝了一杯酒。赫里沃德的司机把多弗尔庄园的来宾送回家。奈杰尔和乔治娅得到第二天上午再来拜访的邀请。

半个小时后,在卧室里,奈杰尔夫妇开始交流各自掌握的线索。

"亲爱的,我更希望我们没有来,"乔治娅说,"我不喜欢这里,我这一生还从来没有这么害怕过。"

这对乔治娅来说可算得上是一种败退,在三十五年的生命里,她曾经面临过很多危险,比大多数男人一辈子遇到过的危险还要多,奈杰尔对她的话信以为真。

"什么让你最害怕?"

"安德鲁·里斯托里克,他说那栋房子里有人'存在就是为了作恶'的时候,说的就是他举的三个例子之一。你瞧,那就是他的真实意思,他那个时候不是在说笑。"

"我也是这么想。"奈杰尔清醒地说。

"克拉丽莎清楚这一点。猫的问题只是让你到这里来的一个借口罢了。"

"我在想安德鲁指的是谁。伊丽莎白吗,你认为呢?克拉丽莎说过什么来着?'我希望你可以将伊丽莎白从永世地狱之苦中解脱出来。'我觉这有点难为我了。"

"你注意到了吗,就在我们到达的时候,克拉丽莎问伊丽莎白晚上是否会和我们一起——这话问过之后造成的效果怪不怪异?每个人互相对视的样子都很奇怪。"

"是的。这让我觉得他们每个人都有关于她的秘密,而且都在心底暗暗估量其他人是否猜到了那个秘密。我指的是,在每个人都有一个同样的秘密时,他们的防护措施都是非常刻意地去避开他人的眼神。"

"这就排除了是由于共谋而让我们无法接触伊丽莎白的猜想。她一定是个了不得的人物。今天晚上，凡是提起她名字的时候，几乎所有人不是反应奇怪，就是大发脾气。"

"嗯，除非我们了解更多前情，否则猜来猜去没有什么用处。我在想她明天是否可以恢复良好，让我见她一面。我得说，我还想知道博根医生给她做的是什么治疗。"

奈杰尔第二天将会见到伊丽莎白·里斯托里克，不过是在与他的想象完全不同的情况下。翌日，经过在雪中的一路崎岖跋涉，他们到了伊斯特汉庄园。男管家打开房门，他那白胖的面庞像是牛奶冻一般颤动着。他用几乎失控的声音说道："里斯托里克夫人希望我带你们去她的房间。啊，先生，最恐怖的事情发生了，伊丽莎白小姐……"他的声音哽咽了。

"她的病情加重了吗？"

"死了，夫人。米莉今天早上发现她死了。"

"很抱歉，我们没想到她会这么不幸。我相信他们不会想让我们……请将我们最深切的哀悼之情转达给……"

"里斯托里克夫人特地要求请您进去。先生，因为……"男管家抽噎道，"伊丽莎白小姐是……是悬梁自尽。"

第五章

凋零

上帝造出脖子自有用场，

非是要人绳索勒颈而亡。

——A.E. 豪斯曼[①]

等候在里斯托里克夫人的房间时，奈杰尔回想起他早期办过的一

[①] 阿尔弗雷德·爱德华·豪斯曼（1859—1936），英国古典学者、诗人。引文出自诗集《西罗普郡少年》（1896）。

件案子。那是多年前在另外一个国家,案子的侦破靠的是一个爱尔兰姑娘的自杀[①]。起初,他对朱迪斯知之甚少,就和他对伊丽莎白的了解一样少。朱迪斯已经成为一张陈旧的快照,伊丽莎白则仍是一团模糊的暗影。奈杰尔对她没有什么了解,除了之前卡文迪什小姐告诉他的——她继承了里斯托里克家族的罪恶,以及她是个美人。另外就是,前一天晚上在这个地方,每当她的名字被提及时引起的那些强烈反应。

这时,夏洛特·里斯托里克出现了。震惊和悲伤带走了她那些稍嫌惺惺作态的言辞和姿态,只余下了庄重和沉稳,令奈杰尔大为震撼。看着她憔悴的面孔,奈杰尔想到,她承担了这场家庭悲剧的大部分压力。乔治娅努力表达了她和奈杰尔的哀悼之意,夏洛特谦恭有礼地接受他们的慰问情谊,但似乎觉得还有所欠缺,她对着奈杰尔转过头来。

"斯特雷奇威先生,我有一个不情之请,你也尽可以拒绝,随你的意。既是请求也是坦白。对不起,我昨晚在这里邀请你时用的是托词。卡文迪什小姐已经告诉过我,你是一位私家侦探,所以我请她邀你来多弗尔庄园。主教房间发生的事情似乎是个最好的借口。据我所知,只有卡文迪什小姐和我本人知道你的真正职业。"

"你是预见到……有事发生吗?"

"我不知道,我太难过了!不过这些我们可以稍后再谈,我想让你做的是——"她的双手用力地抓住椅背,指关节都发白了,"是去看看伊丽莎白,仅此而已。我知道有什么地方不对劲,但是我不知道

[①] 本系列第二册作品《死亡之壳》(1936)中的人物。

是哪里不对劲。然后，请你回来找我。可能是因为我这两个星期一直胡思乱想，什么都是一团乱……我……"

说着说着，她渐渐有些语无伦次，并且，仿佛是为了让自己镇定下来，她又略显唐突地转头对着乔治娅，说道："我想你是否可以去陪孩子们待一会儿，那将帮上大忙。普丽西拉的家庭教师在休假，而他们也不喜欢安斯利小姐。我不想让他们这个时候在庄园里闲逛。"

乔治娅欣然同意。夏洛特先是给她的丈夫送了个信，随后领着乔治娅上了楼。很快赫里沃德来了，并把奈杰尔引向伊丽莎白的房间。路上，对将给奈杰尔造成的麻烦，他表达了歉意，言辞含糊又蹩脚。他似乎比他的妻子还要忧心，仿佛除了一贯的良好教养，他没有别的办法来应对这场悲剧，并且没有能力来抗衡压力。

"我猜你已经去请警察了？"奈杰尔问。

赫里沃德的脸皱了起来，带着轻微反感的表情："是的，我担心会出现可怕的丑闻。你是知道乡下的风气的，丑闻和流言蜚语那些。当然，狄克森会竭尽全力地把消息压下来——他是警察局局长，我的朋友，一个大好人。对了，进门的时候小心碰头。"

楼上，正如赫里沃德之前所言，有一些拥挤局促。漆黑的过道曲折蜿蜒，让人失去方向感。房门低矮，一个不注意就有个台阶需要你登高踩低。

"也去请医生了吗？"

"噢，不必了吧。请了博根过来，你知道，他在为她治疗。"

赫里沃德疑惑地瞅了奈杰尔一眼，目光直白：这该死的尴尬场面，完全的陌生人，为什么夏洛特想把他给拖进来，我想象不出。赫里沃德看起来可怜兮兮，甚至还不知道奈杰尔是要帮他。

"我的叔父在苏格兰场①任职，他是伦敦警察厅的助理警察总监。我在这种事情上有一定的经验，或许我可以提供一些帮助。"

"怪不得，怪不得，你真是太好心了。好的，我们到了。安德鲁说我们应该什么都不要动。我会……呃……由你处置。罗宾斯，他是我们这儿的警员，他很快就会到。我打电话的时候他在外面办事。到处是雪，出行不便……"说着，赫里沃德打开了一扇门并快速地让开了，屋里的情景得以展现。

眼前的场景或许是奈杰尔见过的最奇怪的一个，因为这里的一切，甚至连中心人物，都让人联想不到"悲剧"这两个字。这是一间绚烂的房间，屋里的天花板比这栋房子里的多数房间都要高，房间里贴着花朵图案的墙纸，挂着同样款式的窗帘。遮光帘已经拉开，因此，洒在雪地上的日光反射进来，让屋内弥漫着一种神秘的光芒。椅子上杂乱放着色彩绚丽的衣服，屋子中间，一只绯红色的拖鞋吸引了人们的目光。梳妆台上的镜子映照出一排亮晶晶的香水瓶和梳妆用具。空气中悬浮着某种白檀香的清新味道。这大概是一个年轻姑娘的闺房，充满了纯真和无忧无虑。

而伊丽莎白·里斯托里克挂在屋子中间的横梁下，一根细细的绳子绕成两圈套住她的脖子——她似乎仍旧是昔日那个小姑娘。她一丝

---

① 伦敦警察厅的代称。

不挂,即使已经死亡,她的尸体也仍然青春完美,令人呼吸为之一滞。在白雪反射的日光下,她抹了红色指甲油的脚趾离地面非常近,几乎像是脚尖提起来站在地上,她的身体摄人心魄,让人不敢把目光投过去。奈杰尔明白了这个姑娘活着的时候产生的破坏力。

但是她是一个女人,不是个小姑娘。她的脸是这么说的。虽然死亡几乎没有造成面部扭曲——尸体面容平和,实际上,还有一丝若隐似无的微笑,但面部的神情显示出了岁月的痕迹。一双褐色的眼睛下有细微的皱纹,太阳穴处的皮肤可以看出疲乏脆弱的样子。有那么一会儿,奈杰尔着实沉迷于她的美丽,凝视她的目光没有了好奇探究,她身上最奇特的事也不再使他惊愕。她的脸上妆容俱全。一旦意识到了这点,奈杰尔就不停地思索着,甚至在做例行调查的时候也在思索。伊丽莎白的脸上妆容俱全,哪怕不是非常完美——因为唇膏没有完全贴合她嘴上的唇线。

好吧,你不能指望她在那个时候手仍然很稳。这似乎可以透露出很多关于伊丽莎白的信息——在和死亡约会之时,她已经厌倦了她的那张脸。

但是也许她并没有,也许是她没有卸去白天的妆容。事实上,在她起了赴死的念头时,她为什么还会不嫌麻烦地化好妆?不,这没有意义,奈杰尔认定。刚刚那一瞬间,看到她那张黑发凌乱,打扮过的可爱面庞,看到她那不受拘束的脑袋低垂向身体——那个曾经是个纯真姑娘的身体,他忘记了轻重缓急。

赫里沃德说,所有东西都没有人动过。另外,她没有写下任何告别信——除非对于丑闻有着病态恐惧的赫里沃德之前发现了这样的信，并且决定将其藏匿起来。一页来自伊丽莎白的自杀留言可能会轻松毁掉不止一个人——赫里沃德，或者其他某些相关方，奈杰尔心想。好吧，自杀但不留下遗书，又不是没有先例可循，而且或许伊丽莎白的性格就是要赤身裸体上吊自杀，至死也要在人前炫耀自己的美丽。奈杰尔没有什么可做的了，直到他能发现某些真相。他离开房间，找到路下楼。

往里斯托里克夫人的房间走去时，奈杰尔在楼下的大厅里看到了她的丈夫，他正在和一个警察说话。那个警察在悄悄地踢掉自己靴子上的雪块。既然赫里沃德对说服警察局局长低调处理那么乐观，那么似乎他更有可能会让村子里的警察为自己所用。那么博根医生呢？他也会三缄其口吗？奈杰尔预估到工作会很艰难。但是，当然了，目前还没有什么理由让他相信有事情需要遮掩——有什么比一个变化无常的亲人自杀更需要遮掩呢？还是说，赫里沃德想把这件事运作成一场意外？

夏洛特坐在桌前。"你的妻子是个贴心的人。"她说，"孩子们对她简直服气极了。来，请这里坐，告诉我你都有什么想法。"

"我能先问你几个问题吗？"

"哦，当然可以。"

"发现尸体的是谁？"

"米莉，她是照顾贝蒂的女仆。她今天早上9点叫贝蒂起床——贝蒂喜欢晚睡。米莉发现贝蒂成了现在那个样子，然后我们就听到了她的尖叫。"

"那之后发生了什么？你们都朝楼上跑去了是吗？"

"赫里沃德、安德鲁，还有我上了楼。我们看见了——已经发生了的一幕。我想把可怜的人儿放下来，但是安德鲁说房间里的所有东西都绝对不能动。"

"她没留下告别信给谁吗？"

"没有。至少，我们没有找到，也许是锁在了什么地方。我们想最好还是别打开任何东西，等警察来了再说。"

"你们确定她死了吗？马上确认的吗？"

"呵，斯特雷奇威先生，我们懂，但是安德鲁几乎是第一时间让赫里沃德去叫了博根医生来。"

"米莉进屋的时候，房间是锁着的吗？"

"我不清楚。她有自己用的钥匙，这是肯定的。要我摇铃叫她来吗？"

很快，那个姑娘就来了，眼眶通红，浑身发抖。她说，门是锁着的。她没有碰房间里的任何东西，她从不敢那么做，即使给她一百英镑她也不会。

"那么遮光帘呢？当时是拉开的，还是合上的？"奈杰尔问。

米莉说她被吓得够呛，压根儿没有注意。

"遮光帘是合上的，"夏洛特说，"门打开的光亮让我们能看见伊丽莎白，但是安德鲁把窗帘拉开，好更亮堂。"

"这么说房间里很暗吗？我是说，你们进去的时候房间的电灯没有开吗?"

米莉和夏洛特都确认电灯没有开。

"好,米莉,"奈杰尔问,"你最后见到里斯托里克小姐是什么时候?"

"昨天晚上 10 点钟,先生。我上楼去伺候她上床睡觉,可怜的小姐。"

"哦,她不在床上吗?我知道她昨天晚上不舒服。"

夏洛特眼神警惕地看了奈杰尔一眼:"她精神不佳,晚饭时没有和我们一起用餐,然而她昨天并没有卧床,她只是待在房间里。博根医生希望她不要受到温度变化的影响。"

"我明白了。你协助她上床就寝了是吗,米莉?不过,我注意到,你没有把她的衣服整理好。"

"她叫我不要整理,先生。"

奈杰尔扬了扬眉:"你还记得她具体是怎么说的吗?"

"她说,'你今天晚上不用操心我的衣服,米莉。去休息吧,乖孩子。'然后我自然就下楼了,但我觉得不对劲儿——伊丽莎白小姐总是喜欢让人把她的衣服打理得整整齐齐。"

"她看上去累不累?情绪是否低落?"

这姑娘想了一会儿,说道:"嗯,先生,想到可怜的小姐要做的是那样的事情,是有个不对劲儿的地方——她似乎并不悲伤,我感觉她像是兴奋。"

"这是你今天早上之前最后一次看到她是吗?你离开的时候她穿

着睡裙吗?"

"是的,先生。她在对着镜子往脸上涂涂抹抹,穿着睡裙和罩衣。"

奈杰尔的眼睛突然一亮,他的语气让这个姑娘吓了一跳,他说道:"'往脸上涂涂抹抹'?你的意思是化妆吗?"

"哦,不,先生。她已经卸了妆,正在抹润肤霜。她每天晚上都那么做。"

"我知道了。是的,"奈杰尔停顿了一下,"好的,米莉,你能保密吗?"

"呀,行,先生。您指的是——"

"我希望你和谁都不要讲,和任何一个人都不要讲我们刚才说过的话,你明白吗?"

这个姑娘答应了,然后离开。奈杰尔注意到夏洛特在用锐利的眼神打量米莉。奈杰尔站起身,走向壁炉架,开始心不在焉地摆弄立在上面的一个拉利克鱼[①]摆件——一个精工制作的奇形怪状的玻璃制品,但那个摆件再奇怪也没有他脑子里刚冒出来的念头奇怪。

"你想的那个方向,毫不意外,我怕我是知道得太清楚了,"夏洛特低声说,"但是那不可能呀!你一定是错的,斯特雷奇威先生。"

"你对里斯托里克小姐了解得多深呢?她有对你袒露过心事吗?你有什么理由认为她是自杀呢?"

[①] 勒内·拉利克(1860—1945),法国珠宝设计师,玻璃制造商和装饰艺术家。拉利克的作品以新艺术派胸针和装饰玻璃制品著称。

"我对她了解得并不深,但是我喜欢她。她是个可爱的人,生气勃勃,但是我不认为有任何女人,"夏洛特稍稍加重了她的语气,"能够对她了解得深刻。我想对你坦诚相告。再说,你自己也会发现的,伊丽莎白浑身上下都是男人梦想的样子。我们女人有些喜欢这样的,有些不喜欢。不,她从来没有和我说过心事。我们和她相处的时间从来不长。当然,这里总会有一个房间留给她,但是她反复无常而且嘴很紧,她常常是来去匆匆。她有自己的收入,那份收入来自她父亲的遗嘱,大多数时候,她不是在伦敦,就是在旅行。"

"你从不怀疑她可能会自我了结吗?"

"她最近身体不适,并且非常焦虑。"

"最近?"

"我们发觉是这次回来后的特别情况。她圣诞节前才回来。"

"她患了什么病?"

夏洛特的表情有一些迷惘:"关于她的病,我想你最好问一下博根医生。"

"我会的。我是否可以认为他是伊丽莎白的正式照护医生?他之前一直在此地行医吗?你是否以前就认识他?"

"我对他了解不多。伊丽莎白常常很随性地带人来这里。他是伊丽莎白的私交,我确定,伊丽莎白也会向他寻求专业的帮助。他是某一类专家吧,伦敦的专家。自从伊丽莎白回来之后,他每个周末都来这里一趟。"

"那么参加家庭聚会的其他人——他们也只是从圣诞节之前开始

待在这里,是吗?"

"安德鲁比其他人早来一个星期。威尔·戴克斯和安斯利小姐是与伊丽莎白同一天来的。他们已经来了有两周左右了,但是现在——"

"他们以前互相认识吗?"

夏洛特从椅子上起身,走向奈杰尔。她精致、圆润的面庞保持着镇定,尽管她并没有试图掩饰她的悲伤。

"斯特雷奇威先生,"她说道,"所有这些你的问题——让我们别再互相装模作样了,你不相信贝蒂是自杀?"

奈杰尔稳稳地和她对视着:"你也看到了尸体,她的脸是化好妆的。米莉告诉我们,她离开的时候,里斯托里克小姐正在卸妆。米莉说她的声音听上去带着'兴奋'。你相信伊丽莎白,或是任何一个想要自杀的姑娘在自杀之前会先把妆卸了,然后重新在脸上化妆吗?"

夏洛特双手握紧身后写字台上的书架。

"我想,你最好还是一口气把想说的话都说出来吧。"她低声说道。

"伊丽莎白当时是'兴奋',而非低落的状态。她想让米莉快点离开房间,就好像是在等一个拜访者,这个拜访者说不定什么时候就到了,所以她对米莉说不用操心那些衣服。她在那之前已经开始了卸妆,因为她并不想让米莉猜到——猜到她在等待一个访客。你们早晨发现她的尸体时,她的脸上妆容齐备,身上不着寸缕。那么只有一个解释,她昨晚一定是在等待某人去见她,而且"某人"也的确去见了她——她的情人。正是这个人取了她的性命。"

第六章

诊断

> 这世上还有比摸女人的脉更糟糕的职业。
>
> ——斯特恩[1]

几分钟之后,里斯托里克夫人领着奈杰尔去见庄园中的众人。这

---

[1] 劳伦斯·斯特恩(1713—1768),英国小说家。引文出自他的另一部小说《多情客游记》(1768)。

一回的情景，奈杰尔暗想，和昨天晚上相比，真是一个天上，一个地下，反转得太过可怕：大客厅里，此时聚集起来的一众人等，照样那般客套地相处着，夏洛特·里斯托里克也一如之前那般略带正式地向他们介绍奈杰尔。而奈杰尔，他本人此时此刻的心情起伏也只比前一天晚上略微少了那么一丁点儿而已。里斯托里克夫人已经和他商量好，他们谁都不要把他之前有关伊丽莎白之死的极端推断露出丝毫端倪。所以当下，在介绍他的时候，里斯托里克夫人在言辞之间既不是很随意，也不是那么古板正经，但这样的神态也是她保持体面，刻意为之，方才勉强做到。她说，作为一个朋友，奈杰尔在这方面有一些经验，并蒙他惠允，他将提供尽己所能的帮助。

"斯特雷奇威先生看来是个多面手啊！"等里斯托里克夫人介绍完毕，安德鲁嘟囔了一句，"是通灵侦探，是雪中送炭的朋友，还是一个……刑侦方面的专家。"

赫里沃德在椅子上挪了挪屁股，瞥了他弟弟一眼。安斯利小姐瞪着奈杰尔，嘴巴不雅地大张着，那被烟草熏得焦黑的手指正扒拉着下嘴唇。博根医生盯着地板，用手捋着自己的胡须。奈杰尔环视了一眼众人，认为威尔·戴克斯似乎是受到打击最沉重的一位——他正直愣愣地看向窗外，独自沉浸在悲伤中，泪珠从脸颊上滚落。其他人则努力绷着，假模假样地装作没有看到这般场景。如此看来，戴克斯是爱上了伊丽莎白，奈杰尔心想，现在这点是没有疑问的了。他把注意力从这位小说家身上挪开，对着众人发言——

"希望你们不会把我当作一个搅局者。稍后警察也一定会过来找大家讯问,如果你们能做好应对的准备,那么各方面都会更加顺畅。这个准备当然不是要你们捏造出一个故事来,而是要让你们对一些重点信息做到心中有数。"

奈杰尔停顿了足够长的时间,意识到这个开场白有多难以使众人信服,他继续说道:"首先,你们有谁曾怀疑可能会发生这件事?有谁听到里斯托里克小姐扬言要自杀吗?她这么做,有什么缘由?"

回答他的是一阵压抑的、令人不自在的沉默。赫里沃德仿佛是觉得自己作为主人有义务缓解此时的尴尬,最后出声说道:"我个人从没有任何印象。不过,当然了,贝蒂是一个相当……嗯,我的意思是,她是一个相当……"

"一个相当神经质的姑娘。"安德鲁补充道,口气难听得连奈杰尔都吓了一跳,吃惊地瞧了他一眼。安德鲁瘦削、黝黑的脸庞上表情冷峻,如同外面冬日的天空一般。他的话就像抽走了圆木堆里那根关键的圆木,把一切都搅动起来。

"贝蒂的经历造就了她如今的模样。生活在一个腐朽堕落的环境里,她不由自主地受到了玷污,但是她的本性是纯洁健康的。我可以肯定地说,她的内心还很单纯幼稚。只要能摆脱困境,她从来不缺胆量去选择最简单的那条路。我不懂她为什么这么做。"

威尔·戴克斯似乎是在自言自语。他的声音低沉单调,没有起伏,就像是一个人在噩梦中的呓语。等说完,他才似乎察觉自己刚才说了话,从梦中清醒过来。他呆愣愣地四下环顾,猛然意识到了脸颊上的泪水,抬起袖子将其擦干。接下来是片刻的死寂,随后,尤妮斯·安斯利说道:"那个,就在一个星期前,我听到伊丽莎白对戴克斯先生说,她不能如期举行婚礼。考虑到这话,我应该早想到……不过她总是能让男人们把黑的信成白的。"

"好啦,宝贝,你激动过头了。"夏洛特强硬地说道。

"是真的吗,戴克斯?"安德鲁问。

这位小说家坐在椅子上一动也不动,额发抹过发油、衣着朴素的他与这里的其他人格格不入。

"安斯利小姐从钥匙孔里听来的话不足以作为证据,不过贝蒂确实对我说过这话。"

"什么?我的天啊!可是你为什么没有……"赫里沃德结结巴巴地说不出话来。

"这话和现在这件事不相干。"戴克斯执拗地说。

"不相干?"安德鲁问,"肯定是警察或者斯特雷奇威先生才是做判断的最好人选吧?"

"贝蒂说她不能再忍受下去了,她当时说的不是关于自杀的事情,她说的是结婚。"

"结婚?"夏洛特的语气明显说明这是她第一次听说此事。

"是的,"戴克斯说着,猛地抬起头,回视在场的所有人,"她要嫁给我,然而——"

"嫁给你?"安斯利小姐"咯咯咯"地笑着,声音高扬,近乎尖叫,"贝蒂嫁给你?"

戴克斯瑟缩了一下,但是仍旧保持着蔑视一切的神态。奈杰尔则在心中思忖,他说的是实话吗?又或者他是在捍卫她的"清名",代价就是让他自己显得荒谬可笑?后一种像是更符合他的性格。奈杰尔想象着这样的景象:楼上那位挂在梁下的人,站在这个小说家旁边——精心保养、美妙绝伦的身体旁边站着的是一个粗鲁不雅、教养不足的人。

赫里沃德勉勉强强地说道:"当然,当然,戴克斯,这对你是一个惊天噩耗。没想到事情的状况竟到了如此地步,对我们所有人来说都是糟透了。可怜的贝蒂……"

"现在我们已经澄清了误会,"安德鲁尖锐的声音冒了出来,"我们可以转移一下视线了,也许博根医生能够给出他的见解。"

博根医生缓缓地抬眼看向安德鲁,那是一双既忧郁又矜持的眼眸。奈杰尔揣测博根医生医治的绝大多数病患必定是女人——这忧郁的眼神必定会唤起她们的母性,而深邃的矜持感则会触发她们内心作为潘多拉[①]的一面。

"我的见解?"医生慢吞吞地问。

"你觉得伊丽莎白是那种会自杀的人吗?"

"我并没有意愿去思考'是不是有自杀倾向'这种问题。如果你们问我,昨天是否有前提条件生成,导致里斯托里克小姐的头脑里形成自我毁灭的想法,那么,我只得给出肯定的回答。"

[①] 希腊神话中,为了惩罚普罗米修斯盗火帮助人类,众神造出了一个女人,众神赐予她天赋、技能和美貌,宙斯赐给她一个罐子,并一再叮嘱她不得打开罐子,但最终她还是打开了罐子,放出了疾病、暴力、欺骗、悲伤和欲望,偏偏锁住了希望。

"你的意思是说,她的头脑和她的身体一样得了病?"奈杰尔问,"还是说,你对她所做的治疗仅限于精神疾病?"

"现在我们越来越触及实质问题了,"安德鲁说道,"贝蒂到底出了什么问题?或者,让我们换一个问法,博根医生的诊疗领域是什么?"

奈杰尔的思绪瞬间闪回到不久前的一个场景,当时同样的问题也有人问了,问的人是卡文迪什小姐。博根医生并没有因为安德鲁咄咄逼人的口吻而恼怒,他心平气和地回答道:"我专治女性精神类疾病。"

"啊哈!"安德鲁忍无可忍地高喊一声,"一个挺赚钱的行业啊!劳伦斯·斯特恩有过一句话是什么来着——'这世上还有比摸女人的脉更糟糕的职业。'①"

"真是的,安德鲁!博根医生是来家里做客的客人,我请你务必记住这一点!"夏洛特说。

"是啊,你这样太失礼了。"赫里沃德也在一旁搭话,"我们必须试着控制住自己的情绪,不要对别人阴阳怪气,反唇相讥。"

"我很能理解您弟弟的感受,"博根医生的语气一如既往的平和轻快,"他对我有一种厌恶的心理,这是因为他对他亲妹妹有着依恋之情。由于我对里斯托里克小姐施加了专业的影响力,看到我在这里,

---

① 《多情客游记》中,主人公约里克牧师在巴黎选择一家有漂亮老板娘的铺子进去问路,随后对老板娘奉承不已,直至可以对老板娘捉臂把脉,肌肤相触。过后他对同行者说:"这世上还有比摸女人的脉更糟糕的职业——不过,那是摸女店员的脉。"

他心中生出对我的怨恨。就他的角度来说，这是极其寻常，极其普遍的反应。"

这一回，安德鲁似乎彻底闭了嘴。显然，说他表现出的任何反应都是普遍现象，这话他并不乐意听。

"我们能稍稍回到正题吗？"奈杰尔提议，"假如你能就你的病人的疾病性质对我们做出更加精确的描述，并且解释你的看法——你称之为什么来着？就是导致里斯托里克小姐的头脑里形成自我毁灭想法的前提条件，或许这件事就会不言自明，水落石出了。"

博根医生考虑了一会儿才开口："里斯托里克小姐除了一直是我的朋友，她还在我的专业领域内向我求诊。她不希望透露她处于精神错乱的状态，否则她本人就会对你们和盘托出。因此，我如果泄露了她连自己的亲人都不愿意告诉的事情，那么我就是既背叛了我和她的友谊，也破坏了我的职业操守。至于——"

"稍等一下，医生。"奈杰尔打断他的话，"你是里斯托里克小姐的老朋友吗？那你一开始是在美国认识的她吗？"

现在轮到医生表现出一副忐忑不安的模样了，这还是头一次。他双眼有轻微的茫然无神。

"在美国？怎么——"

"你是美国人，是不是？"奈杰尔追问，"你说话时有些用词……"

"我在美国住了不短的时间，"医生说，"但我不是美国公民。我是爱尔兰和意大利混血，我想。不，斯特雷奇威先生，美国是个很辽阔的地方，里斯托里克小姐一家住在那里的时候我并不认识她。那是十年还是十五年前了吧,如果我没记错的话。"

"我知道了。那么好吧,在不破坏你职业操守的前提下,也许你可以告诉我们更准确的信息,关于你的病人是否有自杀倾向的。"

"我确信,只有在生的意愿短暂失去……该怎么说呢?对死亡意愿的控制力所剩无几后,自杀的念头才会产生。"

"本能。西格蒙德·弗洛伊德[1]那花里胡哨的理论。"安德鲁咕哝道,声音虽低却没有低到博根医生听不见。

"只有头脑浅薄的人才会听出自杀是本能,里斯托里克。根本没有所谓的自杀性格或是自杀倾向。除了生的意愿和死的意愿,没有别的什么。生的意愿和死的意愿注定要不停地斗争——斗争的结局最终是死亡取得胜利。不过有的时候,在战争才进行到一半的时候,正面的力量就败给了敌人。"

与其说博根医生是用他说的话镇住了全场,不如说他是用他洪亮的声音和个人气质吸引了所有人的注意力,就连安德鲁·里斯托里克都目光戒慎地看着他。

"伊丽莎白,"医生接着说道,"是个有些神经质的女人。你们都知道,她有时候让人惊慌失措,收不了场,因为她会把别人的话信以为真。另外,她自己也会把自己说出来的话当真。昨天晚上,就在晚饭前,我去看了她。她说了些话,这些话反映出她头脑里的想法,本

---

[1] 西格蒙德·弗洛伊德(1856—1939),奥地利精神病医师、心理学家、精神分析学派创始人。

来应该引起我的警惕。"

"那正是我们……是斯特雷奇威先生一直努力寻求的东西,"赫里沃德插嘴说了一句,"伊丽莎白精神不佳,你是这个意思吗?她暗示了——"

"她暗示了自杀,是的,我现在才明白过来,但她没有精神不佳。她的精神几乎可以说是兴奋的,说是容光焕发也不为过。她对我说,'丹尼斯,希望你会高兴起来,你要照顾的人里少了一个歇斯底里的女人。'我那时以为她指的是我的治疗成功了,然而我想错了。"

"你的治疗在奏效是吗?"奈杰尔问。

"我认为是,生理上的治疗起效了,但我没有意识到她脑子里的死亡意愿那么强大。老话说'活着没有什么盼头了',这话的意思比我们平常所想的要丰富得多。"

"可她不是要嫁给……"

博根医生几乎看不出幅度地耸了耸肩,把夏洛特的争辩给驳了回去:"请原谅我这么说,她活着的时候精神亢奋紧张。当火焰显示出将要熄灭的最初征兆时,她就做好了抽身离开的准备。换句话说,她的精神状况促使她采取自杀的行动。如今她要面对的生活是空虚无聊的,那样的经历只不过是一连串索然无味的重复,这样的感觉使得死亡的意愿走进了她的大脑堡垒中。"

"不!"威尔·戴克斯痛苦地嘶喊,"不!这不是真的!她还有期待已久的事情没做,和以前不一样的、更好的生活在等着她。你夸夸其谈,说什么生的意愿和死的意愿,你的话糊弄不了我。我告诉你，她……"

博根医生不以为然地、安抚似的抬了抬手。不过，威尔·戴克斯突然住嘴是因为男管家进来了。管家走近赫里沃德，面色严肃地俯身低头，对着主人耳语了几句。

"警察局局长到了，"赫里沃德说着，他站起身，"恐怕我们必须……嗯，推迟接下来的讨论了。我希望他可以和你谈一谈，博根医生。另外，斯特雷奇威先生，你能一道来吗？"

警察局局长，梅杰·狄克森，与一名警司偕同前来——这名警司是个瘦骨嶙峋的高个子，名叫菲利普斯，看模样像是在农场里出生长大的。两人对赫里沃德·里斯托里克都是同样恭敬的态度，这从侧面说明了他在这个地区的影响力。做完相互引见后，一行人向楼上走去。守在伊丽莎白房间门外的警察对着两位长官敬了礼，为他们把门打开。

"上帝呀！"狄克森局长惊呼一声，看到屋里的情景，他饱经风霜的面孔"噌"的一下变得通红，"上帝呀，她、她……这真是太让人意外了，里斯托里克，太让人意外了！"

"意外"对他来说应该不止一个含义，奈杰尔心想。看来，伊丽莎白死了之后所造成的轰动不比她活着的时候逊色。吊在梁上的那个姑娘，红色的双唇间似乎噙着一丝淡淡嘲讽的笑。

"安德鲁说我们应该什么都不要碰，"赫里沃德抱歉地说，"所以我们就没有……没有把绳子切断放她下来。当然，博根确认过，已经没有施救机会了。"

"发现她的时候，她已经死亡至少五个小时了。"医生补充。

69

"我知道了。是的，嗯……"狄克森局长看起来有点不知所措，"好吧，菲利普斯，你最好把罗宾斯叫进来一起做接下来的处理。"

趁着两名警察上手工作，狄克森局长开始了他的例行问话。他的眼神明显还保留着见到那具了无生气的尸体时所受的震撼。他的问话包括——里斯托里克小姐给他们留下什么信息没有？她有没有给出任何打算自杀的线索？谁发现的尸体，什么时候发现的尸体？她自杀之前见到的最后一个人是谁？

菲利普斯和罗宾斯已经割断绳索，抬下尸体，放到床上，还在上面盖了一张床单。他们正要解开尸体脖子上的绳子，发现绳子套在下巴的位置处打了结。这时，奈杰尔开口了："打扰了，稍等一下，请暂停你们手里的动作，我要先和狄克森局长说句话。"

狄克森局长吃了一惊，但是奈杰尔的口吻有一种强烈的气场，让他把准备说出口的反对意见全都咽了回去。奈杰尔示意他出门再谈。等出门后关上房间门时，他看到那两个警察正从床边直起身子，毫不掩饰地用诧异的目光盯着他。赫里沃德和博根医生的表情也同样惊诧。房间内的一众人等——他们在接下来的几周时间里将被屡屡提及，也都停下手头的动作，忧心忡忡地却又徒劳无益地等待着，等待着虽然他们无力摆布，却是新的局面。

领着狄克森局长沿着过道走开一小段距离后，奈杰尔对他简要重复了他曾经对夏洛特·里斯托里克说过的话。

"所以您看，"他给出结论，"强有力的证据证实这不是一场自杀。我不想干涉办案，但是我有正当理由建议验尸——另外要用显微镜仔细地观察一下那根上吊的绳子。"

"那根绳子怎么了？"

"是的，绳子。您也注意到了，那根绳子在死者的脖子上绕了两圈。当然了，那有可能是死者自己做的。但是同样，也可能是凶手做的，可以盖住凶手把死者掐到窒息而造成的伤痕。如果绳子先从横梁上垂下来，然后再通过拖拽绳子把尸体拉上去，那么在显微镜下，可以观察到绳子上纤维的排布方向是往上的，与拖拽的方向相反。您也看到了，绳子上有一段绕在横梁上，那么在横梁上或者说在死者的脖颈处打的绳结可以给我们一些线索。因此，在看到您的手下要准备解开绳结时，我便站了出来。若是他解开了绳结，那么割断绳索放下尸体的作用就白费了。"

奈杰尔一口气把话说完，条理分明，清晰有力。梅杰·狄克森看向他，眼神里惊慌失措的感觉更重了。

"抱歉，我没有记清你的名字？"狄克森局长从惊愕中回过神来后说道。这句话让奈杰尔心底暗暗好笑——就相当于人家礼貌地说："见鬼的，阁下，您是哪位，在这儿指手画脚？"显然，前面的话是狄克森局长对留在伊斯特汉庄园里的人表示尊重的客气说辞。

"我姓斯特雷奇威。我的叔父，约翰爵士在苏格兰场做助理警察总监。类似的工作我处理过很多。里斯托里克夫人请我来看看是怎么回事。"

"天呐，这事儿会闹出乱子来的。"狄克森局长说道，"自杀已经够糟糕了，但是谋杀……里斯托里克会说什么，我真不愿去想！"他面带祈求和烦恼地盯了奈杰尔片刻,似乎是说:我们可不可以当刚才的两分钟什么也没发生?接着,他恢复了镇定的姿态,在伊丽莎白的卧房前停步顿足,仿佛是站在一条寒冰铺就的通道边缘,随后,他踏步走进房间。

"菲利普斯,不要解开绳结,割开绳子。仔细地包起来,准备检查。里斯托里克,我想和你谈谈,但是首先,可以让我们用一下电话吗?"

"自然可以,不过——"

"罗宾斯,打电话给安斯扎瑟医生,让他立马过来。"

"安斯扎瑟医生?"赫里沃德一愣。他独断专行的口吻向奈杰尔展现出了他的另一面——一个有势力的地主,而不仅仅是他一直以来所认识的、夏洛特·里斯托里克的那位平平无奇的丈夫。

"我向你保证,狄克森,庄园里的博根医生能够胜任一切必要的工作——开具死亡证明或者其他的什么。我的妹妹是他的病人。我看不出……"

"抱歉,里斯托里克,现在出现了一两个难题,"面对赫里沃德眼里越来越让人生畏的怒气,狄克森局长毫不退让,"你在对她进行治疗吗,博根医生?她生的是什么病?"

"她患的病是精神错乱,我之前费了一些功夫才确诊。至于病因,我不能随意泄露。"这位医生拘谨地说。

"等到讯问的时候会要求你回答病因。"

"那么我就等到时候再说。"

两人谁也不让步。奈杰尔刚才站在窗边,这时突然转回身问道:"你愿意告诉我们你的治疗方法吗？"

"各种方法都用。我给她服用镇定安眠类的药物来缓解疾病发作时的痛苦，另外还用了催眠疗程来尝试根除……"

"你用了什么？"赫里沃德叫道，"你站在这里，当面对我说你对我的妹妹施催眠术？"

催眠术疗法委实荒谬之极。赫里沃德的蓝色双眸里眼神越发凌厉，明显可以看出他全身愤怒得发颤，一副要拼命的架势。菲利普斯警司已经站起身，随时准备拦住他，然而博根医生毫无窘迫局促之态。

"现如今，催眠术并非什么罕见的治疗方法。"他沉着自信地说，"它不是什么黑魔法，没有见不得光的东西。"

"那是犯罪！"赫里沃德咆哮道，"如果我知道用的是催眠术，我会二话不说地把你从庄园里赶走。"

"里斯托里克小姐同意使用该疗法，她是不受拘束的自由人。"

赫里沃德对医生怒目而视。他抓住狄克森局长的胳膊，狄克森局长被他抓得龇牙咧嘴。

"竟然催眠她！这可是控制别人身体和精神的办法。我们怎么知道他没有催眠她，然后指示她去……去上吊自杀啊？"

第七章

线索

玫瑰呀,你病了!

——布莱克[①]

伊斯特汉庄园变成了一座战场,赫里沃德和博根医生之间的剑拔弩张是众多战斗里的其中之一。甚至在伊丽莎白死亡之前,即前一天

[①] 威廉·布莱克(1757—1827),英国诗人,代表作《天真之歌》(1789)和《经验之歌》(1794),引文来自诗作《病玫瑰》,出自《经验之歌》。

的晚上,奈杰尔就听到了预示着交战的争吵。现在,各方已经明火执仗地开战。但是,就像正使欧洲经历剧烈振荡的大战一样,伊斯特汉庄园的战争也将会沉闷无聊地长久持续着,间或因为突发的剧烈交战而被短暂打破。

奈杰尔和乔治娅正在雪中穿行,返回多弗尔庄园。安德鲁·里斯托里克和他们同行,他想去村子里买卷烟。乔治娅方才和里斯托里克家的孩子们——约翰与普丽西拉,相处得很愉快,他们让她几乎一个上午都开开心心的,彻底忽略了在那栋房子里、在他们周围发生的事。

"里斯托里克夫人不让他们知道这件事,我认为她非常明智,"乔治娅说,"孩子们有感知麻烦的敏锐直觉,自然,他们意识到发生了某些事情。如果这个事情是缓缓地告诉他们的,他们就不会太难接受。有些新潮的母亲信奉应该把孩子们当作成年人,一视同仁地看待他们,他们会把整件事清清楚楚地、一股脑儿地倒给孩子们,把自己的孩子当作知己,把自己的秘密吐露给他们。我不看好这么做,这么做压给孩子们太多负担、太多责任了。"

"我在想,"稍作沉默之后,安德鲁说道,"把所有事情都替年轻人处理好,这样是否就能一劳永逸?"他在雪中迈开脚步,思绪却已经转移到自己身上来。他说:"瞧瞧我们吧,我们都有一个完美的童年——我们的父母慈和仁爱,但又不溺爱我们;我们的家庭温馨,我们的人生遵从传统;我们上的是一流的学校,放假的时候我们可以去乡下自由自在地玩耍;我们还可以去旅游,我的父亲被派遣到驻华盛顿大使馆任职,他把我们全都带去了。小孩子能想到的、拥有的东西，我们全都有，但是再瞧瞧现在的我们。赫里沃德跑回乡下来种地，时间消磨在了战时农业委员会，由于他们还不让他回到自己曾经服役的部队[1]，他现在已经快要疯了。我呢，算得上是个半吊子的流浪汉，是家里面没出息的那个，但是也从没做个害群之马，从而臭名昭著。至于贝蒂……贝蒂就像只死羊似的挂在了梁下。"

"你很喜欢她，是不是？"乔治娅温柔地问。

安德鲁的语气凶狠而又痛苦："贝蒂是个最肆意妄为的小荡妇，是最光彩闪耀的女人，我从没有……哦，该死的，她是我的妹妹啊！语言表达不出我对她的想念，你描述不出她。她应该让一个诗人，比如莎士比亚，或者多恩，来描述她的风采。我什么也没为她做过，我放任了她。"

瘦削精悍的安德鲁此刻在不受控制地浑身颤抖。乔治娅什么话也没说，拍着他的胳膊，他甚至都没有注意到乔治娅碰他了。

"你是否真的相信她自杀？"奈杰尔声音平静地问他，只是这句话一时之间没被听懂。之后，安德鲁陡然停住前进的步伐，瞪着奈杰尔。

"你再说一遍？"

"你是否真的相信她自杀？"

"请说明白一点。"安德鲁要奈杰尔解释，神色凶狠却又特地控制住自己不要发作。

---

[1] 英国政府在二战初期对德国实行绥靖政策，直到德国入侵波兰后才对德宣战，但很长一段时间内没有实际对德作战。

"我认为她是被人杀死的。"奈杰尔说,"而杀人凶手把她吊了起来,使她看起来是自杀。"

奈杰尔感觉到了安德鲁的眼神,他全身上下的强烈愤慨几乎像是炙热的气流,烤焦了他的皮肉。在他们驻足的旁边有一个池塘,池塘边冻枯了的芦苇在寒风中摇摆,在死一般的寂静中送来一阵寒风。

奈杰尔再一次概括了他曾经对夏洛特·里斯托里克陈述过的观点。"显然你也察觉到了自杀现场有不对劲的地方,是吗?"他说道,"否则你为什么会对所有人强调一遍什么都不能碰?"

"啊,那是一种自然反应。我想这都是侦探小说灌输的概念。赫里沃德和其他人只是一时蒙了,没有反应过来而已。必须有人站出来,但是我根本没有去想除了自杀之外的可能,一开始确实没有。"他用眼角余光瞥了他们一眼,眼神带着猜疑,"好吧,我第一眼看到她那个样子的反应是——不,这不可能,贝蒂不会这么做,她绝不会自寻死路。我想,这相当于和你说的话意思差不多吧?"

"如此说来,你是否预感到会发生些什么?"

"你是什么意思?我们往前走吧!站在这地狱般的湿地上,真是阴冷。我很奇怪为什么传统说法里把地狱设置成火热的地方,应该是冷的地方才对——冷得和这该死的乡下一样,冷得这么恶毒,冷得这么无情。"

奈杰尔硬是引导他把话题转回来:"你们昨天晚餐的时候好像全都很紧张,这也是为什么我会问你是否预感到会发生些什么的原因。"

"你不了解贝蒂。她自这次回来后就病了,精神烦躁不安。她出状况的时候,所有人都能感受到变化。你知道,她完全是那种燃烧生命的人,不像吸血鬼,靠的是从别人身上吸取生命力。精密的生命仪器停摆之后,你们全感受到了卡顿……"他越说越小声,直到变为耳语似的气声,和他们路过的芦苇"窸窣"声相交融。

"'玫瑰呀,你病了!'我在想,发现她'绯红色欢愉的床'[①]的那个人是谁?"

"这么说,你并没有什么特别的预感?"

安德鲁迅速回身面向奈杰尔:"你认为呢,要是我曾经有过一丝丝的怀疑,哪怕她的一根头发会遭遇危险,我也不会……"

"嗨,你们刚才在谈论谁?参加了晚餐的人吗?你们是不是拼凑出了那个坏透了的恶棍?用你们的话说,那个'沉迷于罪恶'的人,是谁?"

"哦,我不过是在和他们说笑而已。"安德鲁说,态度过于轻描淡写,"很多箴言都是用俏皮话说出来的。"

"我担心警察会把俏皮话当真,深入调查一番,里斯托里克。"

"那就调查吧。我的生活已经过得够热闹了,再也不会对穿蓝制服[②]的有什么顾忌。"

"照你自己的方式来吧。"奈杰尔用手杖在村口一个盖满了雪的路标上戳了戳。他们往村子里走着,他说:"埃塞克斯的地名都很好听。

[①]《病玫瑰》中的诗句。
[②] 英国警察制服的颜色。

你为什么这么恨博根医生？"

安德鲁"哈哈"大笑，就仿佛一个技艺高超的剑士，在第一个回合就将对手的武器轻巧击落时，油然而发的欢快笑声。

"不，不，斯特雷奇威先生，你可不能这么唬我。我很不喜欢博根医生，这是自然，因为我认定他是个做作的人，而且我相信他帮不上贝蒂任何忙，但我不会因此就推测是他杀了贝蒂。"安德鲁对着奈杰尔，用指尖抬了抬帽子，又对着乔治娅轻佻地一笑，往旁边一拐，去了烟草店。

"喂，你对他怎么看？"奈杰尔问。

乔治娅沉吟不语，在心中思量。

"依我看，如果他在警察之前确定了是谁杀了他的妹妹，伊斯特汉庄园将会发生第二起杀人案。"乔治娅一针见血地回答。

"他是干得出来这种事的人，是吧？"奈杰尔说，简简单单地就接受了乔治娅基于人性的判断。

"是啊，家庭出身，脾气性情，以及他以往的生活经历——这些都能导致他宁愿自己动手，而把法律撇到一边。"

"赫里沃德也有一点类似的禀性。"

"是的，但是体面的地位和悠久的家风给他的行为上了一层绑绳。对了，他是个好爸爸，对儿子有点严厉，但是他的两个孩子都对他有着孺慕之情，他对孩子们也非常开明。"

"那夏洛特呢？"

"她让我有点迷惑。从外在来看，她是一位贵妇人，一位殷勤的女主人。可内里，我要说她是个纯粹、干练、务实的人。我不知道她的两个自我是怎么密切配合，并行不悖的。我想赫里沃德和她结婚有一部分原因是为了她的钱——今时今日，要想维持这么大规模的一处庄园，耗资可是不菲，而他的农庄也必定需要补贴。要我说，她和赫里沃德两人感情融洽，赫里沃德不是那种需要浓烈情感关系的人——他们都各自有一摊事儿要忙。"

"他不可能有多喜欢夏洛特往庄园里放的那些人——无产阶级小说家、催眠师、尤妮斯·安斯利。"

"催眠师？"

"博根医生在他的治疗过程中使用了催眠术。"奈杰尔讲了讲刚才赫里沃德和那个医生之间的碰撞，"赫里沃德是个非常单纯的人。他把催眠术和黑社会那些见不得人的勾当联系到了一起，或者是和马布斯博士[①]联系到了一起。他把它当成了一种控制自己下手目标身体和精神的巫术。在伊丽莎白的这个案子里，催眠术控制的是她的身体。"

"嗯，在伊丽莎白的这件案子中，如此考虑，有些道理。"

"哦，乔治娅，亲爱的。我们说的是一个体面的哈莱街[②]专科医生吗？"

"是谁说他是哈莱街专科医生？"

"如果他不是哈莱街专科医生的话，他就不会这么告诉我们。很

---

① 电影《玩家马布斯博士》(1922)中的人物。他精通心理学，利用催眠、易容、赌博等伎俩把受害人玩弄于股掌之中。
② 伦敦中心区的一条街道，许多名医在此设有诊所。

容易被拆穿的，我们肯定会去求证。"

"'体面'是个关键词。如果一个人因为碰巧是个专科医生就自动自发地'体面'了的话，那么你就会和我们的朋友赫里沃德一样单纯了。我可以告诉你，事情……"

"喂，喂，乔治娅！千万别旧事重提，说起那暗无天日的温坡街①了！"

说话间，他们转弯走进了多弗尔庄园的铁艺大门。奈杰尔说道："我刚刚想起来个事情。克拉丽莎还没听说消息，你必须去告诉她，亲爱的。无论她怎么说伊丽莎白·里斯托里克，她都对她青睐有加。"

乔治娅去找她的堂姐。奈杰尔回他们的卧室去寻求片刻的清净——若是要在伊斯特汉再逗留一阵子，卡文迪什小姐府上的内部陈设就开始有点别扭了。卡文迪什小姐给他的委托让人摸不着头脑，但是现在，他明白了。他现在受到了那个死去的女人的魔力吸引，除非破解了她死亡的所有秘密，否则他不会开怀。不，最重要的不是她死亡的秘密，最重要的是她活着时的秘密，不仅对他重要，对案件的解决也重要。警方会寻求物证的线索。他的工作则是运用自己的想象力，把这些花里胡哨、让人目眩神迷、叫人唏嘘叹惋的种种细节勾连起来，重新搭建起那个——他在萦绕着白檀香的房间中见到的、悬在梁下，殷红的双唇间噙着一抹神秘微笑的女人的故事。

奈杰尔在兜里摸索着掏出一支铅笔和一张纸。二十分钟后，乔治

---

① 伦敦另一条医生聚集的街道，多有牙科诊所、眼科诊所等在此经营。

娅上楼，就看到他四肢舒展地坐在窗前，正盯着窗外村子里冰雪覆盖的山丘。她从他身边拾起纸，读了起来——

1. 克拉丽莎从何处察觉到问题？她是知道，还是仅仅是怀疑伊丽莎白有危险？"我希望你可以将伊丽莎白从永世地狱之苦中解脱出来。"是夏洛特·里斯托里克请她邀请我来这里的吗？

2. 是的，是夏洛特·里斯托里克请她邀请我来的。她知道我是做什么的，那么夏洛特是预感到会有什么事情发生吗？

3. 伊丽莎白的"精神错乱"具体是怎么回事？博根医生为什么对此三缄其口？（答案很明显。尸检可告知答案。）

4. 猫在其中有什么关联？要找约翰叔叔咨询专家有哪些药品能引起猫短暂失控。莎士比亚说过——"我真希望在那里，哪怕就为了探个究竟，看看猫是怎么蹦起来的"，如果修改成过去时态，大诗人就说出了我心心念念的愿望。

5. 安德鲁为什么这么讨厌博根医生？又，为什么博根医生竟对他那么尖锐的挖苦都无尤无怨？安德鲁谈起的"沉迷在罪恶中的人"是谁？大概是安德鲁自己吧。那可不是戏耍之词，也不是说一句"我是阿道夫·希特勒"的玩笑话。

6. 为了掩盖一个顶流家族的丑闻，赫里沃德会做到什么地步？哪怕代价是造出一个小一点的丑闻来吗？赫里沃德根本不是什么无所作为的平庸之人。

7. 威尔·戴克斯。邀请他来这儿的人是伊丽莎白还是夏洛特？他认识伊丽莎白多长时间了？伊丽莎白真的和他订婚了吗？他了解伊丽莎白"精神错乱"的病情吗？他的卧室在伊丽莎白卧室的哪个方位？也要了解其他人的卧室位置。

8. 戴克斯和安斯利为何闹口角？安斯利在整件事中是个什么角色？

9. 另，再说回涂涂，那晚在主教房间里的降神会上，是谁建议伊丽莎白给猫一碟牛奶的呢？

"我真应该给你准备一个精美的笔记本，"在费时费力地看完这张用小字写满了正反两面的纸后，乔治娅说，"你需要更多空间来放下你的文字。"

"我不想要精美的笔记本，我的西装会被撑变形的。"奈杰尔心满意足地拍了拍自己的衣服口袋，那是一件新做的粗呢西装，但是已经开始显出和他所有其他衣服一样的、像是晚上睡觉时也没脱下来的皱褶。

"克拉丽莎心烦意乱得很，但是我感觉这个消息并没有完全惊到她。她想午饭后和你谈谈。也许你可以得到第一个问题的答案。"

午饭时，克拉丽莎·卡文迪什并没有现身。不过午饭后不久，她就把奈杰尔请到了她的房间。她身姿笔挺地坐着，手上挂着象牙手杖，头上戴着室内软帽[①]，帽子下雪白的头发若隐若现。她的脸上一如既往地经过精心的装扮，实际上，她的样子和前一天晚上完全

[①] 可以盖住所有头发，常有装饰花边。用于18世纪至19世纪早期。

一致。可是，等她开口说话，显而易见，伊丽莎白之死的消息使她很大程度上放弃了18世纪的风格，因为她拿腔拿调地说话癖好减轻了很多。

她请奈杰尔描述一番都发生了什么事情，之后，她坐在那里，面无表情，一动不动，圆溜溜的小眼睛一眨不眨地盯住奈杰尔。

奈杰尔说完了之后，她仍旧默默地坐了一会儿。然后，她说道："你认为可怜的贝蒂是死于他杀吗？"

"是的，暂且是。警方很快会掌握最终的证据，无论是自杀的证据，还是他杀的证据。"

"警方会按照自己的流程搜寻证据，这完全正常，但是总有超出他们理解范围的东西。如果你不了解贝蒂，你永远不会知道是谁杀了可怜的贝蒂。"

"我也是这么想，你会帮我的吧？"

"我会感激你，如果你把那个垫子放我背后，我有点累了。"

奈杰尔按她说的做了。这位硬撑着坐得直挺挺的夫人微微叹了口气，放松了下来。她的性格就是这样，直奔事件要点，干脆利落，毫不犹豫，也没有不好意思。

"我是个老太太了，但我年轻的时候也犯过傻——就和贝蒂一样成天傻乎乎，乐呵呵的。只是贝蒂找到了很多可以去爱的男人，尽管没有一个值得她去敬重。而我只找到了一个又爱又敬的男人，可是他的爱却给不了我。那个人就是贝蒂的父亲，哈里·里斯托里克。你明白了吧，我把贝蒂看作是自己的女儿，不管她犯了什么错。"

老太太开始向奈杰尔讲述伊丽莎白的童年事迹。她以前是个招人喜欢的大胆孩子，和大自己两岁的亲哥哥安德鲁感情非常好。实际上这两个孩子更像是双胞胎。他们俩胆大包天，胡作非为，但他们的可爱常常让他们逃脱了后续的处罚。早些年，卡文迪什小姐常见到他们，因为她经常留在伊斯特汉庄园，在家庭教师休假的时候照顾孩子们。接着，大战之后，哈里·里斯托里克举家去了美国。1928 年，伊丽莎白十五岁的时候，厄运来临了。厄运降临到这个曾经似乎是世界上最幸运的姑娘身上，由于她的不幸，她幸福美满、拥有凡人一切祈求的家庭遭受了命运狠狠的打击。

"发生了什么，我知道得不确切。"卡文迪什小姐说，"但是在那里上高中的伊丽莎白有了身孕，孩子生下来的时候是个死胎。她拒绝告诉父母胎儿的父亲是谁。哈里辞去公职回到家里。他是个非常讲究礼仪规矩的人，但是把他打倒的不是丑闻本身，而是伊丽莎白的态度。他告诉我，那孩子毫无悔改之心，对自己的行为错得有多离谱毫无自觉。她变得脾气暴躁，不对父亲敞开心扉，却……哎……却把心给了教坏她的那些东西。没有亲眼看见贝蒂的时候，我自己都不相信，她后来跟着她母亲回来了。确实完全变了一个人，变得火热和美丽，却是余烬渐渐熄灭的火热和被腐蚀了的美丽。她或许曾经改好过，只是两年后，哈里和他的夫人死于一场交通事故。赫里沃德和夏洛特把她拢在他们的羽翼下，保护得严严实实。但是，很快，她长大成年，接收了她父母留给她的遗产份额，她有钱了。自那之后，她的未来就……"老太太的声音发颤,"和启明星一样光明,和路西法①一样没有回头的余地了。"

卡文迪什小姐歇了口气,戴着珠宝的手指拍了一两下手杖把手。

"我希望我不是太求全责备,"她终是开口说道,又恢复了她往日的风范,"我认为在她父母去世后,贝蒂把我看成了她和过去的一个纽带——她与赫里沃德并不和睦,而安德鲁又很少待在英格兰。她发现只有我愿意把她当成以前的她。或许我对她太过娇惯了,但是她那么可爱,你没法冷脸以对。她时不时地来看我,是的,她过去常常和我讲她的情人们。很难去责备她这事,叫我怎么说呢?这事就好像,对她来说,是一种单纯的让人开心的事。人们会说这是把罪恶当成光荣,但我是一个愚笨的老太太,这样的光荣让我目眩神迷,让我没能看清罪恶。唉,好吧,不管是对是错,现在都无关紧要了。"

"但是,你最后一次见到她的时候,是不是有哪里变了?你说到要'把她从永世地狱之苦中解脱出来'。"

"你想的是,她已经无法挽救了。也许这话是对的,但是正如你所说,有哪里变了。我大概有六个月没见过她,她这次回来恰好是圣诞节之前,她的模样和举止让我非常吃惊。我在她的眼睛里看到了沉重的压力,那已经不仅仅是疾病,更像是在和灵魂上的疾病做斗争。打她从美国被带回国之后,我还从来没有见过她那副样子。真的,先生,我从她的眼神里看出来的东西,是自那时以来从来没有看到过的。"卡文迪什小姐停顿下来,接着又低声说,"那是憎恶。"

---

① 基督教中的天使,堕落后成为魔鬼。

第八章

破绽

你听说过可卡因·里尔吗?
她住在可卡因山的可卡因镇上,
她有一只可卡因狗和一只可卡因猫,
它们和一只可卡因老鼠打了整晚的架。[1]

——无名氏

---

[1] 20 世纪初在美国传唱的民歌。

下午，奈杰尔一直在思考卡文迪什小姐所讲的故事。他发现，卡文迪什小姐讲述的伊丽莎白的童年事迹令他沉迷其中，不可自拔。在他的想象里，最鲜明的印象不是后来这些年里色彩鲜明的伊丽莎白，也不是那个从美国回来之后暴躁堕落的姑娘，而是童年时的伊丽莎白。她和安德鲁一起想出个点子，爬进庄园的大烟囱内部，然后又从烟囱管帽里出来。在烟囱下方的草坪上，正举办着庄园聚会，那个孩子把自己的小马驹停在一个跨越起来很有难度的护栏前，眼睛里流露出来的神色，用卡文迪什小姐的原话来说，就是——"有胆量就来阻止我呀！"

奈杰尔正在翻拣这些记忆片段，这时候，菲利普斯警司来访。这个人的步态还是农民的模样，他说话语速缓慢，带着乡野气息，给人的印象是他有着无穷无尽的时间来做自己的安排。可实际上，雪堆得一天比一天厚，迫使调查进展不得不按照慢悠悠的节奏来，但这更适合他，而非奈杰尔和苏格兰场。然而，哪怕这位警司做事慢吞吞，却是足够彻底全面。他由着奈杰尔梳理了一遍自己在这件事中的所作所为，包括原先的任务——调查涂涂事件。其间，他一直含着赞许的微笑看着奈杰尔，脸上带着老师鼓励紧张的孩子好好发挥的神情。奈杰尔真是太喜欢他了。和庄园里焦虑不安、情绪多变的那些人比，他是个让人愉快的家伙。

"嗯，好，这些信息非常有用，斯特雷奇威先生，的的确确非常有用。"等奈杰尔说完，菲利普斯警司肯定地说道，"应该由你和我携手合作，把案情弄清楚。梅杰·狄克森却提及要向侦缉处寻求支援，卷进来的有太多都是伦敦人。说真的,我认为我们可以自己处理,只是有一点难处——里斯托里克先生在这附近一带很有名望,他需要我们小心以待。"

"你们已经认定这是一场谋杀了吗?"

"拿到专家出具的有关绳索的报告前,我们本来还不能确认,但是绳子上有一些线索。"菲利普斯对着奈杰尔露出他那迷人的微笑,"一些线索,是的。"经过片刻绞尽脑汁的思考后,他掏出口袋中的笔记本,舔湿大拇指,一页一页地翻了过去。等翻到想要的那一页,他微微一笑,好似见到了失联已久的朋友。

他不慌不忙地罗列出事件的要点——

"首先,我们仔细检查了大雪覆盖的地面,确认了在杀人案发生的那天晚上,没有不速之客到访庄园。里斯托里克小姐的房间内没有挣扎的痕迹。那天晚上的床上有人躺卧,但是并不凌乱。床上有一件皱巴巴的睡裙,这说明不了什么,因为不能指望凶手在作案后把首尾收拾干净。离吊挂着的尸体脚下不远的地面上有一只绯红色的拖鞋,另一只拖鞋在床底。我们拍下了一些指纹,现在正在检索。没有自杀留言的痕迹,但是从书桌里找到了一些信件和账单,警方正在一一检查。和这位女性死者的房间相邻最近的房间里住的是里斯托里克家的孩子们,家庭教师不在,一个女仆照顾他们。另一间最近的房间里住的是安德鲁·里斯托里克。参加家庭聚会的其他人住在房子的另一侧。晚间没有人听到什么可疑的声音。"

"孩子们你也问了吗?"奈杰尔插嘴问他。

"里斯托里克夫人不希望他们被吓到，先生。所以她当着我的面问了他们，昨天晚上他们俩谁都没有听到门口响起过脚步声。"

"我想庄园里的大部分人都已经猜出来你的提问方向了。"

"我告诉他们都是例行问话，但有些人看我的眼神有点奇怪。"

"哪些人？"

"博根医生，先生，还有那个尤妮斯·安斯利。当然，里斯托里克夫妇已经知道我们并不满意。"

"我告诉了安德鲁。"

"啊，你告诉他了，先生，真的吗？不奇怪，那人是个冷静的家伙，不过他是个嘴很甜的绅士。我还记得他这么高的时候，相当难对付，他和可怜的贝蒂都相当难对付。"

"戴克斯是怎么想的？"

"目瞪口呆，先生。"这位警司说道，说话的时候，他适时地停顿了一下，好寻找恰当的字眼，"他惊得目瞪口呆，似乎不明白发生了什么。他们和我说他是一个写文章的绅士。我自己倒是喜欢时不时地看本好书。"

"好吧，到目前为止一切顺利，但是我想你还留了一手没有露出来吧？"

菲利普斯扬起一边眉毛，心照不宣地看了奈杰尔一眼："也许我有呢。首先，先生，我们早上收到报告，报告人是伊夫斯先生——他是个农夫，也是一个志愿警察。他说昨天晚上他在巡逻，看到庄园的一面窗户里有一道灯光，当时的时间是半夜 12 点 10 分。他当时正要敲门唤醒宅子里的人，但等他往宅子那边走的时候，灯光灭了，所以——鉴于里斯托里克先生是本地的重要乡绅，这位伊夫斯先生决定第二天留个话给他。嗯，伊夫斯先生到了之后，我叫住他，让他把那扇窗户指给我看。请注意，当时天很暗，而且我们也不能肯定，不过他指给我看的是里斯托里克小姐房间的窗户。"

"哎呀，这太重要了！有人在半夜12点10分把她屋里的灯关了。假设是伊丽莎白自己，她当时还活着。假如她意欲自杀，她不会因为要在自杀前小睡片刻而把灯关掉。假如她即将直接上吊，她可能也不会去关灯——人如果要自杀，在黑暗中上吊是非常罕见的。而实际操作上，这也很困难，从心理学的经验来看，这更是不正常的。极有可能的情况是她那个时候没有关灯，而是凶手关的灯。你提取开关上的指纹了吗？"

"是的，先生。"菲利普斯得意地缓缓答道，"床头灯和门旁的开关上都没有指纹的印痕。这两个开关表面都模糊不清，像是用手套在上面抹过。"

"这不是理所当然吗？这个凶手真是煞费苦心。"

"还有门的问题，斯特雷奇威先生。顺便说一句，门用的是双保险锁。哪怕门是反锁的，女仆的备用钥匙仍旧可以把门打开。米莉发誓说今天早上门是从里面锁上的，这说明伊丽莎白是自杀。但是你知道，正如我也知道，要想从门外打开锁舌，方法不止一种。凶手用的是细线和铅笔，我们在房门的油漆上发现了细线的痕迹。"

"别告诉我你们还发现了铅笔，我从没注意到有铅笔。"

"滚到了门边的五斗橱下。"

"铅笔上刻有凶手的姓名首字母吗?"

"没有,先生,"菲利普斯警司一脸冷峻地回答,"铅笔是从起居室拿来的。那儿还有很多,是准备给客人们万一想要写写画画用的。"

"原来如此。还有别的吗?"

"哎呀,先生,就和你亲眼见到的一般,尸体旁边没有翻倒的椅子或类似的东西。当然了,可怜的小姐也许是蹬开了行李架,因为行李架在床尾,或者她就是从床上踩过去的,只不过一般人用的是椅子。"

"是的,我们不能光揪住这点不放。那么绳子呢?"

"里斯托里克夫人说,绳子是从用剩下的晾衣绳上割下来的,绳子之前放在储藏柜里,柜子放在小餐厅后面的过道上,随便谁都能拿到那条绳子……当然,我也正在跟进追踪。"

"事实上,方方面面都指向这是一起有预谋的犯罪。"

"这也是我的看法,先生,"警司仿佛把奈杰尔看作是自己的得力干将,他说道,"事先割下足够长度的绳索,呈现出上吊自杀的场面。然后利用铅笔和细绳,把门从里面锁上……看起来很糟糕,先生,冷血无情,你知道我的意思。"

"我确实明白。我认为我们可以在现有的大概框架下重构整个案情。10点钟的时候,米莉离开里斯托里克小姐。米莉说,里斯托里克小姐穿着睡裙,卸掉了妆容,在脸上抹着润肤霜,显然是做好了一切上床睡觉的准备,但是她表现得兴奋,并且让女仆不用费心去整理她的衣服。这些全都说明她在等一个马上要来的访客,显然那是一位男士访客，否则她不会不嫌麻烦地卸了妆，让米莉想到别的上面去，也不会再次化妆。"

"问题在于'马上要来'，不是吗，先生？你倾向于认为，她告诉米莉不要整理衣服的意思是有一位访客随时会来，她不想等那位先生到的时候米莉还在那儿。但是那人不会真的来那么早吧？周围可能会有人走动。再说，你们昨天晚上在主教房间呆到了差不多 10 点 30 分。"

"是的，这点比较奇怪，我们暂时先不管它。无论如何……对了，我假设你已经查清了其他人就寝的时间？"

警司再次翻开他的笔记本——

"你离开之后聚会很快就散了。里斯托里克夫人和安斯利小姐，还有安德鲁·里斯托里克，都在 11 点钟时上楼就寝。博根医生和戴克斯先生大约在十分钟后。里斯托里克先生在楼下多待了一会儿，但他说他 11 点 30 分的时候已经在床上了。所有仆人 11 点前都已入睡，除了男管家。11 点 15 分，他在底楼绕了一圈，关窗户和锁门，11 点 20 分时他离开底楼。目前我们还没有对这些时间点进行交叉验证。"

"这么说庄园里所有的人在 11 点 30 分的时候都已经在床上了。理论上来说，谋杀可以发生在 11 点到 12 点之间的任何时刻，只要凶手有十分钟，他就可以做出自杀的场景。不过，要去伊丽莎白的屋里，他必须得经过安德鲁的房间，他或许可以在安德鲁还醒着的时候就这么干，可这样的话会有风险。他大概得留出半个小时给安德鲁，让他入睡，所以他待在伊丽莎白房间里的时长可以是从 11 点 30 分到 12 点 10 分，志愿警察看到窗户里的灯光熄灭这段时间里的任意十分钟。"

"我赞同，斯特雷奇威先生，11 点到 12 点 10 分这段时间正是我们必须仔细调查的时间段，但是我们没有证据证明那个在 12 点 10 分熄灭灯光的人就是凶手。可能有第二个访客去见贝蒂。"

"是的，我认为有这个可能，然而那就意味着庄园里有她两个情人。别的人谁也不会愿意在这样不正常的时间去拜访她的。"

"凶手无须是她的情人，先生。或者他是那个被抛弃了的情人。"

"你听说过戴克斯先生了吧？"

警司得意扬扬地瞟了奈杰尔一眼："戴克斯先生已经和她订婚，他们告诉我，然后她……"

"'他们'告诉你？"

"安斯利小姐是我的线人，先生。里斯托里克小姐取消了婚约，她说她没办法完成婚约。这是一个有可能的动机，斯特雷奇威先生，尤其是，如果戴克斯认为是庄园里的某个人将他取而代之的话。"

"哦，我觉得这些是我们已知的全部信息了，除非你拿到了验尸结果。"

警司再次对奈杰尔露出灿烂的笑容，然后起身告辞。晚上，奈杰尔读了一会儿书，和卡文迪什小姐打了一会儿皮克牌[①]，虽然两人打牌打得都有些心不在焉。

第二天上午，11 点钟，他从电话里听到了一道熟悉的声音向他问候，那是他的老朋友，伦敦警察厅侦缉处的探长布朗特打过来的

---

① 两人用从 7 到 A 共 32 张牌对抗的一种纸牌游戏。

电话。

"你可以留出半个小时左右的时间给我吗，斯特雷奇威？"一个略带苏格兰转调口音的醇厚声音说道。很显然，布朗特从来不在开场白上浪费时间，"我已经到这个庄园了。"

"王命难违。我还在想他们会不会派你来。你觉得这里的气候怎么样？一定让你觉得很自在吧？"

"哦，还行。"布朗特兴致索然地回答，"尸检结果刚刚出来了，死者吸毒，可卡因。你过来的时候可以想一想这个事。"

"可卡因？是的，我对此有所猜疑。吸毒多久——"然而布朗特已经挂了电话。

奈杰尔走上村子里的那条大街，此时，东风向他扑面而来，直往他骨头缝里钻，像一顶铁头盔似的包住了他的脑袋。寒风仿佛是要大口大口地吸干他所有的精力。就在村口外，几个村民正在把一辆小汽车从雪堆里挖出来，他们呼出来的寒气在室外蒸腾。一个吸毒者，可怜的贝蒂，但这足够明显了，奈杰尔想。他近期得知的有关她的一切都指向了这点——焦躁，一会儿兴高采烈，一会儿又低沉抑郁，以及暴怒。

但还是奇怪。不能完全对应上他脑海中一直以来逐渐成形的伊丽莎白·里斯托里克的形象——放荡但并不恶毒，本性里仍旧保留了几分纯真的女人形象。这样一个有着勾魂身体的修女，当然不需要毒品带来的刺激。

到了伊斯特汉庄园后，奈杰尔被直接领到起居室，警方征用了这里作为行动总部。尽管宽敞的壁炉里烧着炉火，房间里仍旧看着凄冷——奈杰尔心想，简直就像是车站旅店里的书写室，里面只有寥寥几张桌子，几叠便笺纸，还有一个金属烟灰缸。同样，虽然烧着炉火，布朗特探长仍旧戴着他的睡帽。这样的装束，奈杰尔从来都是嗤之以鼻的。他直言道，探长生来就做不了海盗或是《浪子生涯》[①]中的人物。布朗特却执意如此，说光秃秃的脑袋，在寒冷的天气里就需要做好保护，哪怕是在室内。"我必须要用我的脑子，"他惯常都是如此回答，"我可经不起着凉感冒。"

奈杰尔到的时候，菲利普斯警司和一个警探也在房间里。布朗特坐在一张书桌前，桌子被挪到了靠近壁炉的地方。他摘下金边夹鼻眼镜，朝着一张椅子示意了一下，奈杰尔顺从地坐了下来。一如既往，如果能够忽略那只不协调的、贺加斯式不修边幅的白色睡帽，那么这个场景，看着就像一位银行经理在与客户就透支问题进行面谈。

"所以你又被某些事给缠住了，斯特雷奇威。"布朗特探长语气严厉地说。

奈杰尔垂下了头。

"你最好和我说一说，用你自己的话。"

"我也不习惯用别人的话，"奈杰尔保持着尊严答复道，从自己的角度向布朗特讲述了一遍这起案件，探长则奋笔疾书。

"嗯，"放下笔后，布朗特开了口，"这里面有几点很有意思。你

[①]《浪子生涯》(1735)，威廉·贺加斯(1697—1764)的铜版画作品，讽刺地描绘了18世纪英格兰上层和下层社会的罪恶。

对猫发狂事件的解释是什么?"

"我倾向于认为是牛奶里下了药。我们得找出来有什么药能造成猫发狂的效果。我们了解可卡因上瘾的症状,但是我不认为可卡因对动物有同样的效果。当然,这或许是一个恶作剧。但是,现在我们知道里斯托里克小姐吸毒成瘾,我们可以设想猫发狂事件和杀人案之间有一些关联。猫发狂事件是否可能是某人暗示其知道她是个吸毒者的试探?"

"敲诈勒索的第一个信号?或者警告?可是为什么这个人不能用言语说出来呢?"布朗特问。

"我想不出,除非,出于某些原因,那人不想让里斯托里克小姐知道他已经知道。敲诈者总是更希望自己保持在隐匿的状态。"

"这都是理论推断。"布朗特突然做出了不予采纳的动作,"你心里有人选了吗?"

"卡文迪什小姐——她是我妻子的堂姐,我和我的妻子住在她家。她说,在猫发狂的过程中,安德鲁·里斯托里克在聚精会神地观察他的妹妹。她说那场景就像是《哈姆雷特》。你知道那一场戏吧——"

"我曾经参与过那出剧目的演出,"布朗特干巴巴地说。

"假设安德鲁不确定他的妹妹是不是吸毒者,他会往这个可能性的方向去试探。"

"这个推测很难站得住脚,斯特雷奇威。推测的第一个前提是,死者要能辨别出来那只猫的表现是因为服用了毒品;第二个前提是,安德鲁不敢当面向她提起这件事——按照你听到的信息,他和他妹妹的感情非常好。不，我们必须再进一步。请博根医生到这边来。"

探员走了出去。布朗特不情不愿地摘掉睡帽，挪到了离壁炉远了一点儿的椅子上坐着。那里，他可以让炉火烤到他的背。医生进屋时，布朗特显然正沉浸在桌上的文件中。时间停顿了好长一会儿，博根医生则趁着这个时间无所事事地用手指梳理着自己的胡须，布朗特在一张纸上涂抹了一下，抬起头，说道："你之前是在治疗里斯托里克小姐的可卡因毒瘾？"

"正是如此。"医生的声音里既没有惊讶，也没有愤怒。

"你知道这事注定很快会暴露出来，我不明白你为什么昨天不说。"

"我对斯特雷奇威先生的立场有所怀疑。而且，作为里斯托里克家的朋友，我有我个人以及职业上的理由，我要尽可能长久地保守秘密。"医生一派凛然地说，给奈杰尔留下了好印象。

"你的治疗……嗯……和常规方法的性质有些迥异。"

博根医生一闪而逝的笑容里露出了白白的牙齿："我的一些同行管我叫庸医。巴斯德[①]也遭受过同样的怀疑。"

"是的，是的，"布朗特略显不耐烦地说，"但是催眠术……"

"可卡因是一种能使人习惯成瘾的毒品，不知不觉间，这习惯就会扎下根。而催眠术，我相信，在这场战斗中是对抗习惯成瘾的最有效手段。"博根医生目带探询地觑视探长一眼，"当然，我有里斯托里克小姐签字的声明书，她同意接受这样的治疗。"

[①] 路易斯·巴斯德（1822—1895），法国著名微生物学家。

"我很乐意在适当的时间看到这份声明。"布朗特沉闷地说,"治疗达到效果了吗?"

"我认为我们正走在迈向成功的路上。里斯托里克小姐根本还没有得到治愈,但是我们已经试探着彻底停止了服用毒品。"

"庄园里有没有人知道她有毒瘾,你能说说吗?"

"据我所知,没有,但是毒瘾的征兆可以让人看出来,如果有谁对症状熟悉的话。"

"确实如此,是啊。"布朗特用力地拍了拍他光光的脑袋,"现在我想请你告诉我们她的病历。"

根据博根医生的叙述,伊丽莎白·里斯托里克是六个月前找他治病的。他第一次见到她是在那之前的几个星期,在伦敦的一个聚会上。她开始服用可卡因的时间在聚会之前不久。在治疗的初期阶段,她去的是博根医生的私人疗养院。在那里过了一个月之后,她出院保持观察,治疗以较为和缓的方式继续进行。她一直拒绝告诉他,是谁让她养成了毒瘾,是谁一直在给她提供毒品,不过对这些信息紧追不放不属于他的职责范围。就他所了解,在他的治疗开始之后,除了他允许的逐渐缩减的剂量,伊丽莎白没有再收受别人提供的毒品。两个星期前,一切却戛然而止。治疗的停顿和毒品的停用是病人最近性情大变的原因。

"你是否知道她为什么希望可以断掉毒瘾?我的意思是,她什么时候开始有戒掉毒瘾的想法的?"奈杰尔问道。

"关于这点我没有证据,可能与她和戴克斯先生订婚有关。假如她爱上了戴克斯……"

"'假如'?"

"哦,戴克斯不是那种大家以为她会爱上的人。戴克斯和她那个圈子里的人完全不一样。"

"大概这就是原因。"奈杰尔说。

大家沉默了。从医生的话可以听出,他似乎因为奈杰尔的最后一个问题而隐隐有些尴尬。然而,奈杰尔暗想,他的叙述听上去挺正常的,而且坦坦荡荡,所有的话都可以去证实,他给人的印象很好——是一位个性鲜明的人。

显然,布朗特也是同样的想法。

"希望你明天可以回去继续行医,"他说,"我们拿到了你的地址,我们会和你保持联络。审问的时候,我们会要求你提供证据。"

博根医生起身,刚才谈话期间,菲利普斯警司被人叫出了门,此时,他返回房间,对着布朗特耳语了几句。布朗特伸出手,做出挽留的姿势。

"等一下,医生。"他醇厚的声音里还有一丝粗嘎,奈杰尔熟悉这种粗嘎,"你是否可以好心地告诉我们,今天早上你在壁炉里烧掉的纸是什么?"

第九章

情人

> 一个小小的雪块，在地上滚了几滚，
> 立刻变成一座雪山。[1]
>
> ——莎士比亚

正如人们所说，有时候时间仿佛静止了一样。可是，有时候时间又好像悄悄地装上了另一副发条，不是"嗖"的一下往前跑得飞快，

---

[1]《约翰王》第三幕第四场。

就是"嘀嗒嘀嗒"地走得慢慢吞吞。布朗特的问题引起的效果是后一种。对奈杰尔而言,似乎一切都突然呈现出慢动作影片里如梦似幻般的感觉。房间里,他的搭档们在行动间都极度地审慎:几乎像是到了凶手就在眼前的缉凶时刻,又像是到了最后时刻,敌人的火力铺天盖地,遮蔽了天际线。

然而,如果博根医生就是凶手,他似乎对此一无所觉。由于困惑,他微微蹙额,额头上随之自然而然地皱起纹路。灰黄色的脸庞似乎更加灰暗,炯炯有神的眼睛有意识地抬起,看向布朗特。随后,他又耍弄起眼神失焦的奇怪把戏,奈杰尔之前就已经注意到这点。尽管如此,开口时,他的声音仍然很稳:"我对里斯托里克小姐所使用的治疗方法面临一些困境。你们大概也知道所谓精神分析师和病人之间的'移情'是什么。催眠术的使用,有时候也会导致同样的危险。直白地说,就是病人爱上医生的危险。"

"言下之意,"布朗特说,"你烧掉的纸……是死者的情书?"

博根的眼神又聚焦起来,眼眸中闪烁着特别的才智。

"无疑,你们很快就会发现,我知道你们的现代科技手段可以拼回烧掉的纸,重现上面的文字。"他的话是对着屋里的所有人说的,口气随和。

菲利普斯警司脱口而出:"没用了,纸灰已经扫掉……"

突然间就听到"噼啪"一声,像枪声似的惊住了众人。原来是布朗特手里的铅笔断成了两截,那是他气恼菲利普斯插嘴的唯一表示。奈杰尔像是重新认识博根似的瞥了他一眼。纸上的文字辨认不出来了,他刚才这么干脆利落地引出这话来,难道是巧合吗?

"你还没有回答我的问题,博根医生,"布朗特说,"你对我们说,你烧掉的纸是死者的情书?"

"抱歉,我和你们一样对纸上的内容感兴趣。因为,你们知道,我已经数日未用我的壁炉去烧任何东西了。"

警探瞪大了眼睛,菲利普斯倒吸了一口气,倒是布朗特冷静沉着地继续问话。

"我知道,那么你能告诉我们,你是什么时间离开你的卧室吗?"

"你问的是昨天还是今天?那些纸是什么时候发现的呢?"

布朗特眼神闪烁,这说明他的小陷阱失败了。

"案发的当天上午。"

"我8点45分下楼用早餐。女仆发现里斯托里克小姐尸体的时候,我们还在用餐中。里斯托里克夫人、她的先生,还有安德鲁·里斯托里克立即上了楼,桌子上就剩下了戴克斯和我,安斯利小姐那时还没有现身。五分钟之后——大概是8点55分的时候,他们派人请我上楼。我查看了尸体,然后再次回到楼下。如果我没有记错的话,正午之前我都没有回过我的卧室。"

布朗特又追问更多细节,博根则确定他下楼吃早饭之前,壁炉里没有任何纸张。夏洛特和赫里沃德当时已经在餐厅里了,安德鲁和戴克斯稍后出现。他查看过尸体回到餐厅时,戴克斯还在桌边用早餐,尤妮斯·安斯利和他一起;这时大约是9点20分。他们三个人坐在餐桌旁,一直到9点45分。

"我们现在有证据，女仆在快到9点时，上楼去了你的房间，从壁炉里清扫出一堆烧过的纸灰。"布朗特说，"由于做的事情平平无奇，她完全忘了有这么一回事。纸灰倒进了垃圾箱，随后倾倒在了当天的垃圾堆上，所以纸灰已经变得零散。但是在昨天早上8点45分至9点之间，那堆纸灰看来就已经放在了你的壁炉里。"

"您接受了我对这件事的说明，真是让我如释重负，"博根医生说，笑得光彩耀人，令奈杰尔想起他还有意大利血统。

"我们不会放过任何疑点，"布朗特不太积极地回应道，"我想，目前就先这样了，博根医生。"他停顿了一下，仿佛在期待医生再说些什么，但是博根只不过是站起来，离开了房间。

"作为一个出众的医生，他空闲的时间太多了。"奈杰尔喃喃道。

"是的，我还以为他会问问什么时候可以回伦敦。然而，周末的时光还没有结束——假如他是那种过加长周末的人。"

说完，布朗特继续告知奈杰尔其他事项。物证将死亡时间落定在晚上10点至凌晨2点之间。尸检无法披露伊丽莎白是否是先被扼死，然后脖子再被套进绳索里。绕成两圈，套住她脖子的绳子所产生的伤痕会盖住原有的伤痕，如果原本已经有伤痕的话。尸体上没有其他暴力的痕迹，但是用显微镜检查过那根绳子后，结果相当清晰地证明了尸体悬梁的位置就在他们发现的那个地方。

"所以自杀的可能性排除了，"奈杰尔说，"可是尸体上没有暴力的痕迹，这怎么说？"

"这能说明一些问题。只有和死者亲近的人才可以在半夜进入她的房间，把手放到她的脖子上，并且不会引起她的警觉或挣扎。她是个睡觉很轻的人。另外，我们有足够理由认为她在期盼有人去见她。"

"然而，我们可以推测她在袭击者身上留下了挣扎抓挠的痕迹，但就我所观察到的情况，庄园里似乎没有人身上有被抓挠过的迹象。"

"如果她是被人从背后掐住脖子扼死，或是先被人用枕头捂死，下手的人大概不会被抓挠到。也许你可以在那人手上和手腕处发现一些抓痕。不过要记住，电灯开关上没有指纹，那人可能戴了手套。"

"她的心上人——如果你认为这人就是凶手的话，是不会戴着手套到她的床榻上去的。"

"是不会，但是他可以假装告辞，趁机戴上手套，然后回头去她的床上。这些只是细节问题，斯特雷奇威。重要的是除了那个女人的恋人，没有其他人符合我们的设定。"

"把她的心上人限定为戴克斯或博根，或者那天晚上进了庄园的某个我们不知道的人？貌似挺有道理，但是你的推理有一个致命的缺陷。"

"缺陷？我没看出来。"

"一个逻辑上的缺陷，或者准确地说，是逻辑和情感相冲突的缺陷。你和戴克斯谈过了吗？"

"没有，他下一个来。"

"我是否可以先和他谈上十五分钟？单独交谈。"

布朗特冷冰冰地瞅奈杰尔一眼："凭什么？"

"有一些事情在你正式讯问时，他会憋着不说，但可能会告诉我。

105

你知道你这个人总是咄咄逼人。"

"我可以相信你不会在这起案件中袒护任何人吗？"

"目前不会，"奈杰尔回答，蓦地，他的脑海中闪现出伊丽莎白·里斯托里克死亡时的那份张扬之美。

"那么，很好。当然，我应该能指望你可以把所有相关的信息传达给我们。"

"明白。"

奈杰尔在图书室找到了正在找书的威尔·戴克斯，请他去庭院里走走。这位小说家似乎已经从昨天的情绪中恢复过来了，尽管他的眼睛仍显示出他几乎一夜没睡。风有点大，往庄园走廊的方向刮去，那边有一丛低矮的白桦树，落在树梢上的雪摇摇欲坠。他们加快了步伐。

"你是否在……为警方做侦察？"走到一个较为私密的地方后，戴克斯冷冷地问。

"你对警察没有好感？"

"我这个阶级的人对警察从来没有好感。他们是权势阶层雇来保护他们的，每个有点判断力的人都明白。"

"我猜到你会有这样的感受，这也是为什么是我来和你先谈一谈的原因。布朗特是侦缉处的，这家伙是个真正的警察。他为人公正并且能力卓著，只是他不允许自己的头脑受到感情的干扰。"

"何以如此？"

"那么做的话，他可能会成为更好的侦探。这是题外话了，我的意思是——他会激怒你，让你浑身竖起刺来，叫你举止失当，给人留下恶劣得多的印象，而你原本无须如此。"

戴克斯正要出口反驳，不过想了想，放弃了。奈杰尔的话打动了这位小说家——他是个理性的观察者。

"或许你是对的。貌似你有一些判断力，哥们儿，但是我要是看不出这里有你的功劳，我就不是个人。"

"不用在意这个。我先澄清一下，我不是站在你的立场上，我也不站在任何人的立场上。也许除了是站在伊丽莎白·里斯托里克的立场上。你对我讲的所有话，凡是我认为和查案有关的，我都会传达给警方。我来和你谈话是因为我相信，你对着一众警察不说的话，你会对我说。"

"开诚布公的一番话了，嗯？好吧，我承认，比起这里某些人乏味无聊的讲话，这话让人吃了补品似的振奋。"他猛地伸出手指了指那栋房子，"我对那个地方没有什么好隐瞒不说的。"

"我敢说你不会。或许，除了让你脸红的事情。"

戴克斯顿了顿，专注地看着奈杰尔："哦，我明白你什么意思了，两性情事是吧？嗯，我敢说我曾经是个老古板——工人阶级的大老粗确实满口脏话，但是他们不像安斯利那个女人，外表光鲜，内心龌龊。不过，见识过贝蒂交往过的那些人后，我已经习惯了。"

"你认识她多长时间了？"

"六个月，不，八个月了。我五月认识的她，我和她初次相识，是在一个该死的出版社聚会上。你知道，我是被推出来摆样子的。我们彼此一见倾心，因为屋里的其他人全都是些没有活力的家伙，他们谈论的竟然是鬼魂！贝蒂不是什么天使，但是，我的上帝呀，她身上还是有生命力的！"

"你说她不是天使。那么你知道她是个吸毒者吗？"

这位小说家不由自主地"哼"了一声，就仿佛心脏被击中。

"这是真的吗？"他一把抓住奈杰尔的胳膊，疾声问道。奈杰尔寻思，昨天的他掉过眼泪，现在的他举止粗暴——如果按照里斯托里克家的标准，他太情绪化了，称之为性格缺陷也不为过。

"我想恐怕是的，尸检给出的结果，检出了可卡因。"

"所以是这么一回事。"戴克斯嘟囔道，"可怜的贝蒂。啊，卑鄙无耻的混蛋！"

"看来你已经有所怀疑了？"

"那个叫安斯利的女人暗示过她吸毒，还有贝蒂别的朋友们。'朋友们'！上帝呀！她要是和我说过就好了，我们可以一起面对！是谁引诱她沾上了那东西？"他追问了一句，眼睛里冒着怒气滔天的凶光。

"我们不知道。我愿意告诉你我所知道的，戴克斯。六个月前，伊丽莎白开始接受博根的治疗，她想拔除毒瘾。这个日期对你是否有什么特别？"

"特别？哦，我知道你的意思了。是的，大约是在六个月前，我求她嫁给我。"

"她应允了吗？"

"她说我必须等一等。我现在知道为什么了，她想先戒掉毒瘾。我记得她是这么说的——当时我们在一辆公共汽车的上层，在伦敦，我们曾经总是长时间地乘坐公共汽车——你知道的,从起点站买张票,然后一直坐到终点站。乘公共汽车,我猜想,这对她是一种新的刺激。她说,'威尔,我爱你,天知道我为什么爱上你呢!但是我这么爱你,我不能让你现在娶我。'她的这番话,现在我懂了。"

他们走进低矮的白桦树树丛里,在厚厚的雪地里踯躅前行。这样的私下密谈也是挺突兀的,奈杰尔在心里想。

"很漂亮,这些树很漂亮,不是吗?过去我家的后院也有一棵这样的树,总是蒙了一层煤灰,是一个漂亮的黑美人。"

"你们是情人关系了吗?"

"没有,贝蒂想我们成为情侣,但是我一点也不想。我说,要么结婚,要么一无所有。我最终落了个一无所有。"

一点儿一点儿地,经过思索,奈杰尔意识到,威尔·戴克斯一定是对伊丽莎白有着奇特的吸引力。起初,他会把这事儿当成是伊丽莎白的一意孤行,但是现在他看出来了,威尔之于伊丽莎白不仅仅是一个新的刺激,他还是一个新的世界。他既有富于想象的理解力,又不乏坚实牢固的常识,以及她从未曾见识过的道德感。对比她自己的性格,他不折不扣、一丝不苟的忠诚深深震撼了她。他既不把她看作克娄巴特拉[①],也不认为她是个游戏情场的浪女。她以前见过的那些男人都是先惊艳于她的美貌,但在一场得来太过容易的激情之后,又对她

[①] 克娄巴特拉(公元前69年—公元前30年),埃及女王(公元前47年—公元前30年),托勒密王朝最后一任女法老。

轻视鄙夷。按照戴克斯所说，他们一时一刻也没认识到她是一个和他们平等的、应该予以尊重的人。再者，伊丽莎白的感情非常强烈，爱情至上的她会把那些纯粹是拈花惹草的男人们吓得够呛。那些男人们不敢对伊丽莎白回报和她一样深厚的感情，但是威尔·戴克斯，奈杰尔以为，就不会被吓到，也不会害怕。尽管生理上她可能会奴役他，但精神上，与其说他会成为她的主人，还不如说他会脱离她的控制，和她分隔开，独立自主。

是的，威尔·戴克斯在她眼里代表了坚贞和忠诚，而这，是每一个浪荡子在堕落过程中的某些阶段所渴慕不已的。不过，这并不必然意味着他没有杀害她。

"你意识到，"长长一阵沉默后，奈杰尔说道，"警察怀疑你了吗？"

"怀疑我杀死了贝蒂吗？我猜到了。我笃信，如果可以，他们一定会找工人阶级分子的岔子。"

"不是这个原因。他们会说这是一起情杀，他们会说你是她的情人，你杀了她是因为嫉妒，嫉妒她甩了你，转头和博根医生好上了。就我所掌握的全部信息，他们可能是对的。"

威尔·戴克斯"呸"了一声："真是什么破烂事！我承认我不会给人留下什么好印象，可说我杀了贝蒂！哦，天呐，真是给了我一个教训，我还是去和我自己那帮人混吧！"他们不约而同，转身往房子那边走。

"你觉得我是个没心没肺的人吗，斯特雷奇威先生？我是不是应该说现在贝蒂一死，我的人生也完了？不，事情总会过去的。我很幸运，我还要把我的书写完，我已经把贝蒂放在我的心底，她将伴我度过以后的日子。像我这样的家伙——我们习惯了面对困境，不像在那所房子里享受庇护的那些人……"他伸出大拇指，指向那栋房子，"连没电都让他们觉得是世界末日到了。"

"我不会把安德鲁·里斯托里克称作是受到了庇护的那类人。"

"哦，他还不算坏，但是如果事情坏到了不能再坏的地步，他总是有个退路可以倚靠。不，他们离活不下去还差着十万八千里呢！瞧瞧这东西……"戴克斯踢开脚下的雪，"在我的老家，雪意味着孩子们玩的雪球——里面裹着石头的雪球；意味着你的衣服不够暖和，你的炉火不够温暖；也许也意味着没法出门工作，星期五的工资袋里工钱变少了。啊呀，确实是这些意思，雪对我们没有多大的意义！可是这里的人用雪干什么呢？不过是他们生活中可有可无的点缀罢了。又或者，造成了该死的不便——水管爆裂了，他们高声叫嚷，大惊小怪，让你觉得诺亚遇到了大洪水，然后他们会找我们这样的人去修理。再不然，火车稍微晚点了一会儿，安斯利那个傻女人没法按时回到城里去和那个英俊的医生约会，而她会——"

"把这时间花在你身上？"奈杰尔提出。

"花在我身上？她为什么要这么做？"

"你们两个好像一直在吵吵闹闹，我是根据前天晚上你的表现判断的。"

"我不喜欢她那种意有所指的说话方式。那时候我不知道她想暗示什么。我觉得她纯粹就是嫉妒。"

奈杰尔憋着笑。这个男人又矮又壮，前额头顶的头发抹了油，皮肤粗糙,举止粗鲁,却有这样两个上流社会的姑娘把他当成了自己的阵地——确实好笑。威尔·戴克斯窘迫不已,猜到了奈杰尔是怎么想的。

"挺好玩儿的,不是吗?叫人不笑都不行。瞧,按正常来讲,安斯利小姐看都不会多看我一眼。一个极其一般的矮冬瓜,亲爱的……"他连嘲带讽地模仿着她拖腔拉调的讲话方式,"但是伊丽莎白对我的青睐让她困扰不已。我身上有什么好处叫贝蒂看出来了?她开始纠结起来。没过多久,我毫不怀疑她会认为我是个情场高手,是个化了妆的瓦伦蒂诺①。下一步,她就要把我抢到她手里。这是一场公平的淘汰赛,是出于女性的好奇心,也是她之所以嫉妒的原因。"

"是的,我看出来了。安斯利小姐是伊丽莎白的老朋友吗?"

"我想是的。不管怎么样,她们合得来。伊丽莎白的缺点是她心地太好了——她那样的姑娘不会看不起人。就像太阳,照耀一切,无论是好是坏。"

给伊丽莎白·里斯托里克做墓志铭倒是不错,奈杰尔心想。嗯,我们必须继续努力。

他们走进房子里,奈杰尔领着戴克斯一路进到书写室。他希望可以往伦敦打个电话,但是布朗特告诉他线路现在处于瘫痪状态,也就是说,他要在冰天雪地里乘火车长途跋涉了。然而,有必要这么做。他是为了一只猫来的伊斯特汉,他决定把这项任务完成到底。

---

① 鲁道尔夫·瓦伦蒂诺(1895—1926),意大利出生的美国电影演员,在无声电影中出演富有浪漫色彩的男主角。

第十章

暗示

罪恶的野草很快就会滋蔓!

——菲尼亚斯·弗莱彻[1]

当天下午,迎着雪堆和结冰的铁轨岔道,奈杰尔乘坐的火车好不容易启程了。也是当天下午,乔治娅无意间翻开了另一个不解之谜的

---

[1] 菲尼亚斯·弗莱彻(1582—1650),英国诗人。引文出自他的代表作《紫色海岛》(1633)。

拼图碎片。经过她堂姐的允许，她邀请了里斯托里克家的两个孩子到多弗尔庄园做客。刚到庄园时，他们情绪有一些低落，因为上午他们被告知了姑妈贝蒂之死的消息。不过，在庭院里和乔治娅玩了挺长一段时间的抛雪球打雪仗后，他们很快恢复了精神，约翰还在不知不觉间改变了女人不能直线扔雪球的认知。

游戏结束后，他们进入室内。乔治娅之前还拿不准该怎么让孩子们玩得开心，毕竟这栋房子里有四分之三的地方空得就和哈伯德老奶奶[1]的橱柜一样，其余的空间又堆满了贵重但易碎的小件摆设。然而，问题很快解决了。他们从阁楼上搬下来了一些大箱子，把这些箱子放到一个空房间里堆起来，做成假想的海盗船。约翰扮演了海盗船长，让乔治娅和普丽西拉走跳板[2]，他们玩了个痛快。乔治娅一会儿是俘房，一会儿又扮作领航员，一时之间忘了在伊斯特汉庄园里盘桓不去的悲剧气氛。至于普丽西拉，就算是她颐指气使的兄长对她呼来喝去，她似乎也仍旧非常开心。

游戏间歇，乔治娅点了一支烟，开玩笑似的递给约翰。

"抽支烟吧，船长？还是说要来一根卷烟？"她说道。

"不，谢谢，我们从来不抽烟。"普丽西拉装作乖巧地说道。

"贝蒂姑姑抽烟，她就像个烟囱似的，一直抽，一直抽！"约翰说，"她烟瘾特别大。"

---

[1] 儿歌《哈伯德老奶奶》。哈伯德老奶奶想给狗喂骨头，但是打开柜子却发现柜子里空空如也。

[2] 旧时被海盗逼迫蒙着眼在船舷外的一块木板上行走直至坠海身亡。

"这不公平。为什么大人……我的意思是说,她惊恐得像疯了似的,她看到我们……"

"哦,闭嘴,普丽西拉。她现在死了。我说,斯特雷奇威夫人,我家里为什么会有警察在?"

乔治娅就怕被问到这个问题,她说:"你们的妈妈没有告诉你们吗?"

"我不知道啊,她说贝蒂姑姑想死后上天堂,所以她死了。是不是有人这样死去的话,都会有警察到家里来?"

"是的,法律有这方面的规定。"

"我觉得这太傻了,"普丽西拉说,"如果一个人想死去的话,为什么不可以呢?"乔治娅回答不了这个问题,而且她也不觉得说一些老生常谈的、含糊其辞的安慰话或者转移话题能够过得了孩子们这一关。不过让她松了一口气的是,孩子们自己转移了话题。约翰坐在海盗船的堡垒上,晃悠着双腿,突兀地问道:"你相信有鬼魂吗,斯特雷奇威夫人?"

"嗯,我没有见过呢!"她回答,"你见过吗?"

男孩儿眼神狡黠,一副神神秘秘的模样。他夸口道:"哦,我们家的房子里装满了鬼魂。"

乔治娅认为,抛开他话里的表面内容不管,他其实是在转移话题。

"别瞎胡说了,大老鼠。"普丽西拉说,"反正你从来没见过那些鬼魂。你要是见过,你才不会不紧不慢的。"

"那是你的想法,小老鼠。"

"你们说的是主教房间吗?"乔治娅问。

约翰困惑地微微皱紧了脸,随后,他的脸一板,做出一副倔强的、故作纯真的神色,警示这个敏感的大人不要再想着把秘密从孩子的嘴里打探出来。乔治娅只好不再去问,他们接着玩起了游戏。

奈杰尔直到晚上快10点才从伦敦回来。他已经冻得浑身麻木了,不过此刻他心情愉快,高兴得仿佛要晕过去一般,好似经受住了些许不同寻常的严酷考验。

"他们不得不把雪给挖开,好使火车通行。"他得意地说,灌了好几口被卡文迪什小姐称为烈酒的威士忌。

"你们在伦敦也挖雪了吗?"乔治娅问。

"没有人征召我们,我们自己也丝毫不想在严冬酷寒的日子里在安第斯山跋涉,不过……"

"现在不是严冬酷寒的时节。"乔治娅反驳道。

"不过,此时此地有一个人对被困在雪中一两个小时已经牢骚满腹了。是的,我知道,但是我相信科学家们会赞同我的说法,那就是英格兰的雪和南美洲的雪一样冷。这威士忌真够劲儿,克拉丽莎。"

"很高兴你对它的赞赏,请务必再饮一杯。"

"谢谢,我会的。"

"看来你确实在伦敦有所斩获。"乔治娅对卡文迪什小姐解释道,"奈杰尔会用戏剧化的方式表达一些小小的绊脚石对他造成的不快,他刚才的做法就是初显身手，就好似一个被宠坏了的俊秀男演员。不过让人烦恼的是，他在这方面并不擅长。"

"《玩偶之家》①里的一个隐喻，"卡文迪什小姐应和道，"非常恰当，我觉得他的表演正合适。"

"哎呀，既然你执意要破坏我初次亮相的兴致，那我只能好心地对你闭上嘴了。不过，谜底解开了。约翰叔叔给我找了一个他们的毒药专家。他立刻就辨别出来涂涂的症状是怎么回事——那只猫是被人喂了大麻。"

"大麻？我的天呐！"卡文迪什小姐惊呼，"大麻是毒品，如果我没有记错的话，大麻这个词的来源是'阿萨辛②'。"

奈杰尔眼神低垂，他的手漫不经心地挪到身旁放着威士忌酒杯的边桌上，拿起一个完全与众不同的东西。那是个八音盒，八音盒开始响起音乐声——《无论你走到哪里》③的旋律似冰凌般清脆剔透。他们静静地聆听。哪怕是这个时候，他们也没有把音乐声停掉。在这之后，乔治娅说道："有什么关联呢？我是说在'阿萨辛'毒品和凶杀案之间有什么关联呢？这越来越像《哈姆雷特》里的戏剧场景了。"

---

① 挪威戏剧家亨利克·易卜生（1828—1906）于1879年创作的戏剧作品。随着剧情发展，女主人公娜拉认识到自己只不过是丈夫的"玩偶"，最终离家出走。
② 阿萨辛派，穆斯林的一个分支，统治着波斯北部部分地区（1094—1256），以好战闻名。一般认为他们在执行谋杀任务之前会使用大麻麻醉剂。
③ 乔治·弗里德里希·亨德尔（1685—1759，英籍德国作曲家）的清唱剧《塞墨勒》中的选段。

"除了这起案件中凶杀还没有发生。"

"而且很明显,里斯托里克小姐并非死于毒杀。"

"大麻,"卡文迪什小姐以学究似的口吻说道,"取自印第安大麻纤维,如今主要用作于获得感官兴奋的目的。'阿萨辛'的原始意义来自一个穆斯林教派,因为一个绰号叫'山中老人'的人而得名。这个教派惯于在杀人之前使用毒品以作为兴奋剂。在这个教派的发展后期,毒品的使用导致了他们的手段更加暴力残忍。我一点也不怀疑那只猫经历过那些'阿萨辛'教徒们同样感受过的幻觉。"

"上帝呀,克拉丽莎堂姐!"乔治娅呼喊道,"听你这一席话,就好像你本人是一个大麻的拥趸!"

"这些事实,每一个女学生都应该了然于心。"老太太神色严峻地回答。

"哦,该死的!"奈杰尔喊道,"非常抱歉。"他刚才把八音盒碰到了地上,在响了几小节亨德尔的乐声后,八音盒彻底没了声音。

"我想,你是太疲惫了,奈杰尔,"卡文迪什小姐说,"别放在心上,这无关紧要,发声装置没有损坏。不过我们不应该让你继续留下,从而剥夺你应有的睡眠时间了。"

然而,应有的睡眠时间还要再往后稍稍推迟一小会儿。到了楼上的卧房里,乔治娅问奈杰尔为什么要碰掉八音盒。

"不,不是为了分散注意力,我发誓,"他说,"我只是被我自己吓了一大跳而已。"

"怎么会这样?克拉丽莎说的是女学生们都了然于心的事实啊!"

"正是这句话,女学生。"

"嗯,很自然呀。她在学校里做过教师,况且还做过学监。在格顿学院,她说这样的话也是为了压制那些不服管教的学生。"

"我想到的不是这个。从伦敦回来我一路都在苦苦思索,她的话让我有了联想。听着,伊丽莎白·里斯托里克在美国的时候还是个学生,她误入歧途。嘿,听我说,你听说过大麻纤维吗?那是一种本土种植的印第安大麻。在美国的中学校园周边,有一些流动的兴奋剂贩子把大麻伪装成糖果或香烟,卖给学校里的男女学生。自上次战争以后,这种现象在美国国内引起越来越深的忧虑。大麻还会引起性亢奋的幻觉,而大麻恰恰在伊丽莎白死亡之前出现。大麻是否也是她最初堕落的根源呢?这中间肯定有某些关联——否则为什么会有人要给猫服用大麻这玩意儿?"

"你是说,给猫下药是个预警吗?"

"或者是为了敲诈?要不然,是某种象征——不,不对。我太困了,脑袋有点犯糊涂,而且我们知道的事实还不够。"

等夫妻两人平复情绪准备睡下时,乔治娅说:"那玩意儿做成了糖果或是香烟的样式吗?"

"是的,令人恨得牙痒的勾当。晚安,亲爱的。"

"晚安。"

次日一早,遵照布朗特传递的便条上的指示,奈杰尔一路从雪地里奋力穿行,来到了村子里的酒吧,探长在那里待着。奈杰尔找到了他,他头上仍旧戴着睡帽,正喝着粥,一盘冷火腿放在旁边。

"说真的，布朗特，现在是不知道零下多少度了，这样冷的天气里，看到你在吃冷火腿，我真是看不下去。对于一个戴着睡帽爱惜自己身体的人，这样斯巴达式的自虐饮食叫人心里不舒服，而且也不是你的风格。"

"哦，得了吧，"布朗特的手不停地拍着自己的脑门儿，说道，"得了吧，这是最好的火腿，味道很好。这必然损伤不了一个体面人的品位，这是不尊重，是亵渎神明。另外，我是先喝了粥的，我吃得很愉快。"他又舀了满满一勺粥填到嘴里。

"我常常想，可以用粥来形容苏格兰人，"奈杰尔阴森沉郁地说，"和你们的教堂一样无滋无味，和你们的感情一样黏黏糊糊，和你们的性格一样直白肤浅，和……"

"你在伦敦有什么收获？"布朗特问，用他令人不安的变调口音说起了公事。

奈杰尔对他说了猫发狂的原因，还把自己的推论——关于猫发狂与伊丽莎白·里斯托里克少女时期的生活之关联的推论，告诉了他。

"这是一个看似可以采信的想法，"布朗特缓缓说道，"但我现在看不出来为什么做事要绕这么大一个圈子。假定当时那些人里，有人知道伊丽莎白小姐吸过毒，知道她失去了贞洁，并且打算凭借这些对她敲诈勒索。这人当然可以私下和她沟通，而不是通过一只猫把这件滑稽的事搬到台面上。毕竟，只有专家才知道是什么导致了那只猫那样癫狂的举动，没道理认为伊丽莎白知道猫服用大麻后的症状。同样的理由可以说明，猫发狂事件为警示或者是象征性辅助情节的说法不成立。"

"是的,很有道理。"

"我个人倾向于是另一个原因。猫发狂要么是一个恶作剧,和杀人事件完全没有关联,要么是杀人凶手试图让我们把注意力集中到毒品这块儿上。"

"把我们引向哪里呢?"

"嗯,假设凶手的犯罪动机和受害者的吸毒习惯毫无关联,但他又了解这个习惯的方方面面,他可能是在尝试把大家的注意力转移到吸毒者的习惯上来,以此达到将事件混淆的目的。"

"我猜测案件幕后应该还有什么东西。"

"凶手符合性犯罪的每一个特征,而性犯罪的动机是嫉妒。"

"啊!所以你就是和威尔·戴克斯过不去是吧?"

"哦,我不和谁过不去,"布朗特有点吃惊地说,"我不是说,请你注意,我不是说我发现了戴克斯不是个完美见证人,但是他不是唯一可以被嫉妒冲昏了头脑的人,还有安斯利小姐和博根医生,甚至可能还有安德鲁·里斯托里克。不过那个小个子男人运气不好……"他又戳起一片火腿,补充道:"我们在死者的房间竟然发现了一根丝绦,而这根丝绦来自他浴袍上的流苏。"

"戴克斯的浴袍?什么时候发现的?"

"昨天下午。"

"可是本地的警察此前搜过房间了。"

"本地的警察在搜查方面懂的不如我们多。我不是责怪他们在这起案件中搜查不力。这根丝绦是在床边地垫的边缘处被发现的，而且和地垫的边缘颜色非常接近，谁都可能会忽略掉。"

"你讯问过戴克斯了吗？"

"哦，是的，他说那是栽赃。事实上，他暗指是我们把那根丝绦放在那里的，好把这桩案子的罪名构陷到他头上，他对警方极度不满。"

"虽然如此，那确实可能是个栽赃物。这件案子里有前例，比如说博根壁炉里的纸张。从你得知这是起凶杀案到你搜查这段时间，那间卧室是不是没有人看守？"

"很遗憾地说，是的，没有人看守。罗宾斯承认，昨天中午时分，在我讯问过博根医生，趁你和戴克斯在庄园的庭院里溜达的时候，他离开了他在楼上的值守岗位，时间不超过五分钟，那是因为庄园主赫里沃德·里斯托里克请他下楼用点心。在这个地方，里斯托里克先生习惯了他那一套做事方式，你明白吧，而罗宾斯，嗯，里斯托里克先生像是对待自己家里的随从一样对待他。所以情况就是这样。不过我不会对此过于耿耿于怀，以我的经验，线索几乎总是直接明了的，只有在书里才会有到处设置的假线索。"

"你查清了那五分钟里各人都在什么地方吗？"

"查清了，都是按照惯例做的。里斯托里克夫人在她自己的卧室里；安德鲁·里斯托里克和安斯利小姐在玩皮克牌；博根医生在盥洗室；戴克斯和你待在庭院里；里斯托里克先生在他的书房。"

"哦，我以为他在招待罗宾斯用上午茶点心。"

"没有，他让罗宾斯下楼去厨房用点心。"

"罗宾斯没锁门就离开了卧室吗？"

"恐怕是的，但不管有没有，里斯托里克先生和夫人都有钥匙。"

"罗宾斯是从正面的大楼梯下楼，还是从侧面的楼梯下楼的？"

"显然是从正面的楼梯下楼的。里斯托里克先生和他一起下的楼，他声称他随后去了书房。"

"好吧，你确实深入调查了。现在你打算从哪方面着手推进案件调查的进展？"

"有性和毒品两个角度。我担心不管是这两个角度里的哪个，都必须彻底调查你的朋友戴克斯。进一步调查庄园里每一个人和里斯托里克小姐的关系，深挖他们的过往。都是例行工作，但会给我们一些发现，不管这起案件的幕后是性的问题还是毒品的问题。你和我说的有关大麻的话很有意思，但是我怀疑，除了庄园里有人在两三个星期前私藏了毒品外，我们目前是否还可以得到更多信息。"

奈杰尔承认这话说得对，然而，在随后不到一个小时的时间里，乔治娅碰巧发掘出了一条消息，把大麻又给带回了舞台的中心，再加上奈杰尔之前从卡文迪什小姐那儿听来的话，现在只需要一个正确的解读，他便可以向着侦破案件的方向大步推进。

布朗特把他的睡帽摘掉，往脑袋上套了一顶朴素的圆顶礼帽，召集了手下的警探过来。他们三个人出发，沿着短短的一段路往伊斯特汉庄园走去，身后跟着半个村子的人，他们的眼神里不是好奇就是幸灾乐祸。

"这一路上全是些无情无义的人，"布朗特评价道，"他们在酒吧里和你搭过话吗，朗格？"

"当然不，长官。"警探答道，"但是那个酒吧老板人还不错。他是伦敦人，他刚才还在和我闲聊。"

"嗯哼？"

"说的全是关于里斯托里克先生的。村子里的人对他敬重有加，诸如此类。当然，庄园给了很多人这样或那样的生计。不过，他们的尊敬中附带着一丝……嗯，按照你会有的说法，是畏惧。酒吧老板告诉我，大约一两年前，里斯托里克先生把一个冒犯了他的人勒了个半死。那位老爷的脾气可真大！"

第十一章

拼写

她的好听话儿如同刀刃，
　俱是一样寒光闪闪，
　每句都能剜出一条神经，
　或是把骨头恣意玩转。

——艾米莉·狄金森[①]

[①] 艾米莉·狄金森（1830—1886），美国诗人。一生隐居，诗作近 1800 首。文中诗节引用自她的第 479 首诗（1862）。

乔治娅再一次赞赏夏洛特·里斯托里克的处理方式。在灾难降临到这个家庭的过程中，她保持着优雅从容、温柔亲和。她造访庄园时，夏洛特正对着女管家给出当天的工作安排。她泰然自若地向乔治娅致意——就劳烦她等候而致以歉意。随即她又对莱克夫人发出几条指令。庄园里的所有事都要思虑周全——客人们小小的癖好要满足，由于大雪封路而造成的物资不足要解决，警察的需求她也考虑到了——莱克夫人会去询问布朗特探长和他的同事们是否要在庄园内用午餐，若是愿意，他们希望吃些什么，什么时间用餐对他们来说最为方便。

"好了，斯特雷奇威夫人，"女管家退出房间后，她对乔治娅说道，"我不确定我是不是感谢过你昨天下午代为照顾两个孩子，你真是太贴心了，他们回来的时候精神十足。"

"他们非常可爱，我在想你是否允许我今天上午再照顾他们一会儿。"

"呀，亲爱的，你真是太好了，但我不想让你觉得为难。"

"不为难，我很乐意，若是能帮助减轻你的工作负担的话。眼下这个时候要把事情做好真的非常困难，不过你是一个卓越的组织者——"

"我知道，都这个时候了，我竟然还在担忧家务事的细枝末节，似乎显得不通人情。"夏洛特带着一副精明沉稳的表情说道，"但我们女人能做的还有什么呢？实际上，我想我们还算幸运，可以有这些事情来转移我们的注意力。好吧，看到赫里沃德郁郁伤怀的样子，我的心都拧起来了。他很难接受这件事，他不知道以后在村子里该如何抬起头来。"

乔治娅好奇地扬眉看了她一眼。她刚才最后一句话里是不是隐含了一丝外溢的嘲讽，还是说这是美国式的纯真？夏洛特一脸严肃，让人看不出什么来。

"只有一件事，"乔治娅说，"我不想给孩子们带来压力，只是他们知道主教房间的传说吗？"

"那自然是不知道的。我认为，和孩子们，特别是容易神经紧张的孩子们说这类事情是不明智的。"

"但是仆人们可能已经——"

"我已严令他们不准说起这个故事，"夏洛特满脸威严地说，"你怎么会想起这个来？"

乔治娅复述了前一天下午约翰说过的话。

"我希望他是在信口开河，"她扯了个谎，"男人们在女性面前吹嘘自己的习惯是很早就开始学起来的。"

乔治娅点了一支烟，小心翼翼地说起另外一个话题："和我说说吧，里斯托里克夫人，你有没有恰巧亲历过伊丽莎白情绪亢奋的时候？和孩子们抽烟的事情相关的，我想。"

"啊呀！抽烟？这个提法怎么这么古怪？我确定他们不抽烟。"

"我也很确定，但是我昨天递给了约翰一支烟，纯粹只是开开玩笑。他的反应却相当不寻常。如果碰到吓人的，并且他们也弄不明白的东西，孩子们会怎么回绝你是知道的。约翰说'贝蒂姑姑抽烟抽得像是个冒烟的烟囱'，随后普丽西拉说了不公平，说贝蒂姑姑'惊恐得像疯了似的'，约翰立即让她闭嘴别说了。给我的印象是，她接下去是

127

要说'因为她发现我们在抽烟',而这似乎和我所知道的伊丽莎白简直不像是同一个人。"

夏洛特的眼神震惊而又恍惚。沉默了一会儿后,她说道:"我想我知道是什么——是的,我现在想起来了。"

受到乔治娅这几个问题的启迪,她说起一桩事来。伊丽莎白死之前的几天,大家在下午茶结束后和孩子们玩起了角色扮演游戏。其中有一个游戏是《林中幼童》[①]。游戏中,安德鲁戴上一副邪恶的黑色胡须,扮演成"坏叔叔",他好似恶魔撒旦那般,把香烟递给了他们。

伊丽莎白坐在观众席里,就在夏洛特的旁边。她当时压低声音尖叫了一声,在椅子上摇晃着,仿佛就要晕倒,所有人都吓了一跳。坐在她另一边的博根医生将她带出了房间,稍后博根回来解释说,她是疾病发作了。当时,所有人都非常不安。

他们的反应都在情理之中,乔治娅暗想,因为听了这个故事后,她自己也浑身发冷,这个故事就像是有人突然精神错乱,说了胡话,而这个人是大家一贯认为心智健全的人。

"整件事听起来恐怖却不知所谓。"五分钟后,她把这个故事转述给奈杰尔,如此评价道。

"恐怖,但是并非不知所谓。"奈杰尔说,蓝色的眼睛突然闪烁着智慧的光芒,"我必须仔细权衡,亲爱的。试试看之后能不能让孩子

[①] 英国民间故事。一对幼儿的父母相继病逝,孩子的父亲临终前将孩子托付给他们的叔叔,但叔叔觊觎孩子们得到的遗产,利用孩子们的年幼和天真无知,将他们骗到森林里任其死亡,从而获得遗产。

们告诉你伊丽莎白在事后和他们说了什么，这很重要。"

奈杰尔沿着房子背后的大露台来回踱步，在雪地上踩出一条小径来。他默默地想：香烟，嗯，大麻是做成香烟兜售出去的，猫也被喂服了同样的毒品。每一个事件里，安德鲁和伊丽莎白都扮演着最重要的角色。伊丽莎白是一个大麻上瘾者，她和安德鲁都是在美国上的学。把线索都连起来，你想到了什么呢？有两场小演出都暗暗指向，或牵扯到大麻这个毒品。那么如果伊丽莎白能够识别出涂涂恶魔附身时的行为的原因，完全说得通。她自然也能够看出递香烟的含义。递出香烟的人是安德鲁，那么有可能给猫下药的人也是安德鲁。可为什么呢？吓唬伊丽莎白吗？在主教房间的那个晚上，他曾经密切观察伊丽莎白的反应。可是他为什么要吓唬自己最喜欢的妹妹呢？

吓得她放弃什么吗？啊，大概离猜中不远了。吓唬她，就为了让她不要吸大麻吗？然而他只要和她来一场推心置腹的谈话就行了。再说，她现在上瘾的是可卡因，而非大麻。别忘了还有孩子们。上帝！假如这就是问题所在呢？假如安德鲁说的这栋房子里沉迷在罪恶中的人就是贝蒂呢？假如贝蒂想让孩子们染上毒瘾，染上同样使她开启了罪恶之路的毒品呢？而安德鲁不知怎么知道了她的意图，做出这些戏剧事件来警告她罢手，是不是呢？又或是为了确定他的怀疑是否成立？就像哈姆雷特一样？

奈杰尔走进室内，和布朗特探长交流他的想法。布朗特刚才正在书写室里讯问男管家。他耐心地听奈杰尔讲完，然后说道："很有意思，有些道理，但我看不出来和凶杀案有什么直接关联。"

"哦，该死的，当然——"

"你不是打算告诉我会是安德鲁·里斯托里克杀死了他的妹妹吧？就只是为了防止她带坏孩子们吗？他为什么要那样做？他只需把他的怀疑告诉他的兄长就可以了，而伊丽莎白将再也不会得到靠近孩子们的许可。你的想象力放飞得太远了。"

布朗特冷静自持的常识确实经常把奈杰尔的想象力刺激得发狂。

"那好吧，"奈杰尔说道，"伊丽莎白的行为是受到了某人的影响。这个未知者 X 在利用她来控制两个孩子。X 意识到安德鲁看透了她的小把戏，于是干脆杀了她，免得她露出破绽，供出他来。"

"X 是博根吗？"布朗特干巴巴地问，"还是你把这个角色的扮演者赋予了安德鲁·里斯托里克？以你现在的思考状态，我不认为你想得出来。朗格，把安斯利小姐请到这里来。"

不大一会儿工夫，警探就把尤妮斯·安斯利领到了这间屋子。奈杰尔在靠窗的一个位子坐了下来，此时，趁着布朗特重复讯问之前问过的问题，他开始第一次认真仔细地观察她。

奈杰尔估计安斯利的年纪大约在三十岁。她没有休息好，眼睛轻微凸起——就像是人们在酒店公寓见到的那种，和看起来几乎是"保养有道"的母亲住在一起的女人。从外表看，她不算保养有道；从精神状态来看，她的情况也很糟。精神不稳，看什么都不顺眼，对着男人卖弄风情，偶尔有一场并不畅快的风流韵事，而那场风流韵事里的男方通常都比她大得多——或是商人，或是工程师，又或者是殖民地来的人。她没有喷香水，而是扑了很多粉，闻着简直令人窒息。她抽烟很凶，一支接着一支，但据奈杰尔看，她还不能算作是有毒瘾。她声音嘶哑，说话拖腔拖调，言语尖酸刻薄。她穿着剪裁得当的小方格粗花呢套装，头发——这个可能是她全身上下最美的地方，造型如金属般光洁得令人生厌。

"你是死者的密友吗？"布朗特问。

"是的，我认为是的。我们过去住同一套公寓——那是四年前了，不过这事我以前和你们讲过。"

"那她有没有对你暗示过，她担心遭遇类似这次的事情？"

"哦，没有。不出意料，像贝蒂这样的人总是在弄险。"

"'弄险'？"布朗特来了兴致，嗓音像丝绸一般顺滑。

"嗯，你不能指望像她那样每次在几个男人间周旋，又每次都能全身而退。"

"你是说，她引发了嫉妒争斗？"

"我见过两个男人为了她像野兽一样缠斗在一起。"尤妮斯·安斯利说，打着哆嗦，纤瘦的双腿来回交叠。

"有和这起案件相关的人吗？"

"没有。倒不是因为那样的事在这里不可能发生。她可以把戴克斯先生和博根医生当成提线木偶一样摆弄来摆弄去。可怜的贝蒂，这么说她实在是太过分了，她这么做毕竟是情不自禁。我是说，她生来就是这样的人，不是吗？"

布朗特拒绝对这样的事情发表看法。他说："但据我所知，她已经和戴克斯先生订婚了。"

"哦，这事儿啊？是的，我想是的，可是她不会举行婚礼。我听她说过类似的话，她不久前说的。他们因为这事吵过几句嘴。"

感受到布朗特的压力，说到最后几个字时她降低了嗓门："不，确切地说不是吵嘴，但是他们俩说话的声音都变高了。"

"你不喜欢戴克斯先生吗？"奈杰尔插嘴问道。

"我觉得他是个讨人嫌的矮子傻瓜，他还是个反战主义者。"

"难以置信！"奈杰尔一脸严肃地说。

"你有什么理由认为里斯托里克小姐对博根医生移情别恋了呢？"布朗特问她。

"嗯，他风度翩翩，器宇不凡，不是吗？可怜的贝蒂不可能不拜倒在他的西装裤下。"

"这可算不上什么证据。"

"他们俩只要在一起就有种不一样的气场。哦，我知道大家可能把那当作是他在给她看病。另外，当然了，在照顾病人这块，博根医生名声很响——虽然我看不出来他有什么了不起的。怎么说呢，我认识一个去找他看病的姑娘，她确定得到了治愈，但几个月之后，她的毒瘾犯得更厉害了。不过，不管你得了什么病，在哈莱街都能治好。"

布朗特果断把她引回正题，他一脸淡然地问："但你没有实际证据证明博根医生和死者之间有什么不正当的关系，是吗？"

尤妮斯·安斯利又燃起一支烟，她手指并拢抓着烟蒂部位。

"要说你所指的证据，"她吐出一口烟圈，"大约两个星期前，我正好听到博根医生对她说，'斗争是没用的，贝蒂，我现在已经占有了你的身体和灵魂，永远占有'。"

布朗特对这个神经质的女人说出来的话有一种职业本能的怀疑，然而面对他干扰她的各种尝试，她并没有改口，坚称自己说的是真话。

"有别的人听到这话了吗？你有说给别人听吗？"

"没有别人听见这话，不过我对戴克斯先生说过——我的想法是，我是不喜欢他，但是让他知道这个情况也是为了给他个公道，你不这么认为吗？"

"他是什么反应？"

"哼，他不信我。"安斯利小姐愤愤不已地把烟在桌面上捻了捻，说道，"他不会说她一句难听的话，这个矮子傻瓜。他这个人真是讨厌死了！"

"你告诉他的时间点，是在你听到贝蒂告诉戴克斯先生，她不能如期举行婚礼之后的几天，是吗？"

"是的。"

布朗特用金边夹鼻眼镜的镜框轻轻拍击牙齿，对着奈杰尔扬起一边眉毛。奈杰尔在靠近窗户边的椅子上伸了个懒腰，站起来，走近尤妮斯·安斯利。

"在你看来，庄园里有没有其他人知道伊丽莎白吸食毒品，或者，有没有其他人知道她和博根之间的关系？"

"不好说。当然，他们得用自己的眼睛去看。"

"或者用自己的耳朵去听。"奈杰尔插嘴道，口气很是不善。

安斯利小姐嘀嘀咕咕地发着牢骚："哦，我就是听到嘛，我也没办法不是?贝蒂做事很轻率的,我经常警告她,但她从来没理会过。"

"你刚才是在为她的根本利益着想。你也是出于这个原因才对威尔·戴克斯看不顺眼的吗?还是说只是因为嫉妒?"

布朗特不赞同地咳了咳,尤妮斯·安斯利脸涨得通红。

"你不会真的以为有人因为威尔就起了嫉妒心吧?那可真是太棒了,"她说,"为什么一再为难我?我想我有权利去试图阻止我最好的朋友进入一场灾难似的婚姻。"

"哦,好吧,算了。伊丽莎白有没有和你提过她上学的时候?"

"真是个怪问题!没有,她没怎么提过。我记得她是被美国的某个中学开除的,但为什么被开除我不知道。"安斯利的眼睛圆睁,满含希望地看着奈杰尔,迫不及待地想得到他的指点。

"她从来没有明确提起过吗?"

"我不认为她提起过。哦,有一次她和我说过一件非常有意思的事情——她那时候手头没什么钱,她说,'若不是因为一根茶叶梗,尤妮斯,我现在会是个诚实的姑娘。'嗯哼,这是什么话?茶叶梗!不过她过去常给她的男人起个傻得不行的宠物名字。我觉得有的男人可能喜欢吧。想要知道绅士们喜欢什么,信贝蒂的就对了,可怜的甜心。"

"里斯托里克先生和他的妹妹关系如何?"

"他喜欢她的程度就和喜欢……嗯,和一包达纳炸药[1]差不多。我

---

[1] 诺贝尔发明的炸药,1867年获得专利。

是说，他不知道她可能在什么时候就给这个名门望族搞出来个轰动性的丑闻。赫里沃德是个非常好心的人，这没得说，有他自己的处事方式，但他思想非常僵化。为了不叫自家门楣受辱，让他把自己的心掏出来都可以，但对贝蒂他就无可奈何了，你知道，因为她自己每年就有两千英镑的收入。巧合的是，现在这笔钱可以装满他家里的保险箱了。他们着实需要这笔钱！"

"为什么这么说，赫里沃德不是挺有钱的吗？"

"呵，天呐！"安斯利小姐惊呼一声，"我干了什么呀！忘了吧！对赫里沃德，你怎么尊敬他都不为过——不，他就是一个值得敬重的人，我说的不是反话。不过，真的，钱肯定派得上用场。现如今，要按照赫里沃德的方式维持这么一座庄园要花不少的钱，而开战后夏洛特也损失惨重。"

又问了几个问题之后，安斯利小姐被请出了房间。

"受不了这女人，"奈杰尔说，嗅着空气中到处都是的香粉味儿，略微反感地说。

布朗特从左到右地摸了摸头顶，仿佛那里长了头发。

"哎呀，哎呀，"他说，"不，实际上并不，她不是女性魅力十足的代表，但是她对我们很有用。她帮助你的一个理论站住了脚，不费吹灰之力得来的东西就不要吹毛求疵了。"

"我的一个理论？"

"是的，阁下。'茶叶梗'是美国英语里大麻香烟的俚语说法。"

"我的天啊，布朗特，你的知识储备真是令人惊讶。真是这样的吗？"

"是的，但你还是逃不掉——戴克斯先生的处境更糟了。我们现在知道他有杀死里斯托里克小姐的动机。午夜时分，他比别人更有机会得到允许进入她的房间——"

"博根医生是例外。"

"而且，房间里还发现了他睡衣流苏上的一根丝绦。"

"不，感情上我仍旧认为这不对劲。你认同绳索作为证据，证明这是一起有预谋的犯罪。我看得出威尔·戴克斯会一时冲动把他的心上人给勒死，但是看不出他会预先谋划来做这些。"

"好吧，我们必须得分头行动。你要找出其他证明给我，而不仅仅是把一个你见了才两三次的男人的性格作为依据。"

"而你要找出比睡衣上流苏的丝绦更有力的证据。如果戴克斯是一时激情而行凶杀人，他不会预先剪好一截绳子随身携带。如果他是事先做好了杀人的谋划，他要冒的风险是从房子的一侧走向另一侧，而且是在前半夜，那时候过道上仍然可能有人走动，或者他们在房间里还没有睡着，你有没有认真地想过这些风险？"

"你忘了药理学的证据，死亡时间被划定为晚上 10 点至凌晨 2 点之间。我们不能过分强调志愿警察在半夜 12 点时看到的灯光。也许是里斯托里克小姐自己关掉的灯，她的情人是后来进入的房间。不管怎样，他可以等到 12 点 30 分之后，庄园里没有动静的时候。不过我承认这有点棘手，那天晚上，没有任何人听到任何声音。"

"所有人都吃了安眠药吗？"奈杰尔猜测。

"不是,我对所有人做了讯问。"

"赫里沃德·里斯托里克这边有什么异常吗?他确实财务紧张吗?"

"牵涉到案件的每一个人,我们都对他们的财务状况进行了暗中摸底,但是,如你所知,这类调查必须得悄悄地进行。"

布朗特的手指放在身前的桌子上,弹奏着一小节活力洋溢的曲调,与他脸上沉着镇定的表情大相径庭。

"我对这条线不太看重,"他接着说,"你可以说我是个势利眼,可是这些古老的乡村家庭自有风骨——他们习惯了现在的拮据日子,他们不会为了钱去杀人。"

"有道理。不过我不应该叫威尔·戴克斯听见你这个观点是怎么提出来的。我们已经听说了赫里沃德也有暴脾气。然而,在怒火中把人掐个半死和类似这个案子的有预谋犯罪毫不相干。我相信,在生别人的气和保卫自己的家族荣誉两者间进行选择,他会为了家族名誉而选择有预谋地杀人。不过,即使他接受伊丽莎白是自杀而亡,那也差不多相当于一个用自杀来掩盖的丑闻,比丑闻本身也好不到哪里去。事实上,伊丽莎白的暴毙必定会引发调查,并且引来污蔑诽谤,所以我无法想象哪一种情况对赫里沃德才是合适的。"

"哦,我得干活了。"布朗特站了起来,送奈杰尔到门口,"我们只得继续一直做下去,直到有更多的证据——见鬼的!怎么回事?"

布朗特的鼻子疼得他连叫唤都变了声调——因为他刚才撞到了奈杰尔的肩膀。奈杰尔在走向门口的时候突然停住了脚步,一动不动。

此刻，他转身面向布朗特，呢喃道："继续一直做下去（Stick at it）、继续（Stick it）、继续，伊（Stick it, E）。哎呀，布朗特，我想起来了！卡文迪什小姐对我说过，猫发狂事件发生后，她听到博根曾对伊丽莎白耳语，'继续，伊（Stick it, E）——'但这个地方没有人称她为'E'，唯一的简称是'贝蒂'。明白过来了吗？他耳语的内容完全是另外的内容。他耳语的是'茶叶梗（Stick of tea）'。他看出来猫被喂了大麻，他自然而然地用了大麻的美国俚语说法……你就看我的速度吧！"

"嘿，你要去哪儿？"布朗特喊道，然而奈杰尔已经出了房间。

第十二章

递烟

州街上走一走,沿主街去遛一遛,
嚯,嚯,甜心,给我吸一口。[1]

——无名氏

安德鲁·里斯托里克和庄园里的其他人有一个区别,奈杰尔之前就已经注意到这点,那就是安德鲁很会打发时间。"打发"这个词用

---

[1] 引文出自一首关于购买毒品(可卡因)的美国民歌。

得非常到位，因为在调查初期的那些日子里，庄园里的时光就像是打了一个大大的哈欠，吐出来的除了百无聊赖，便是变幻无常。其他人或是无所事事地呆坐着，不知如何是好；或是开始玩游戏、忙工作；又或是聊个没完。他们变得易怒，陷入了宿命论的迷惘怪圈，就好似旅客在遥远的岔道口迷失了自己的方向，失去了生活的节奏。然而安德鲁却似乎总是自有主见，总是有事情做。人们甚至可以认为万事尽在他的掌握之中，他就缺一个合适的时机来发挥自己的影响力了。现在，可以看到他正待在赫里沃德的书房，在耐心地玩着面前摆出来的一副复杂牌局。而此时的赫里沃德则揪着胡子在看账簿，奈杰尔进来时，他面露渴盼地抬起了头，显然，他刚才是在期待有谁能进屋来，做点寻常会做的事情，对他说些什么，问问他的意见。不管是什么，只要是能在人们的脑海中重建起有关他的印象——他这个地主、绅士和务实之人在大家生活的这方世界里是一位有些分量的人就可以。

"我能和你聊一聊吗？"奈杰尔对安德鲁说。

安德鲁放下手中的牌，对他露出迷人的微笑："私下吗？"

"我想你们两位都可以帮忙。是的，我想和你们两位都聊一聊。我要说的事情有点为难你们，你们知道，我想了解里斯托里克小姐在美国被学校开除的详细情况。"

赫里沃德湛蓝色的眼睛有片刻的迷茫，接着便燃起了怒火，他从转椅上支起身。

"的确！我知道我们都应该感激你，感激你提供过的帮助，斯特雷奇威，但是把这些不幸的往事又重新刨出来——我看不出……"

"如非必要，我不会这么做，这对你们两位来说都是痛苦的话题。不过，卡文迪什小姐告诉我，你们的妹妹在美国上学的时候曾生下过一个孩子——"

"她根本无权——"

"而且，若是我们疏忽放纵，有可能导致严重的审判不公。"

安德鲁像个击剑手那样把手腕一翻，甩出一张牌。

"审判不公？"他问道。

"是的。这么对你们说吧，警察把戴克斯作为杀人凶手逮捕的可能性很大。"奈杰尔对他们说起已经找到的线索和安斯利小姐的供述。

安德鲁眉头紧皱："这个女人！尽找麻烦！想想吧，贝蒂死了都还要受那些她帮过的可怜狗纠缠，倒不如说她们都是可怜的贱女人。"

"我好奇过她为什么对安斯利那么友好。"

"是的，尤妮斯的运气不怎么好。她还小的时候，她父母就离了婚，她和她妈妈住在一个破破烂烂的酒店里，日子很不好过，贝蒂同情她。贝蒂就是这样，时刻对人抱有同情心。"

"这我就想得通了，但别离题，我有一个想法，解决问题的完美方案要从她久远以前的生活中寻找，从大麻着手。"

安德鲁的长睫毛令奈杰尔想起了那个死去的女人。长睫毛挡住了他眼中的情绪，但是他的身体泄露了他的心情。他的身体并没有像奈杰尔预想的那样变得紧绷，反倒好似放松了，是长久紧绷之后的放松。他把纸牌堆拢到一起，集中精力听奈杰尔说话。

"大麻，你似乎查到了一些东西。"

"见鬼！你们两个在说些什么？"赫里沃德叫道，"抱歉，斯特雷奇威，但是最近这一两天我真是眼前漆黑一片——"

"像贝蒂一样！像贝蒂一样！"安德鲁嘀咕道，声音在瞬间染上了悲意。

"你的猫之所以行为反常，是因为有人给它喂了大麻，那种本土种植的大麻。"

"我的上帝呀！你是说那玩意儿长在这里，我的土地里？"赫里沃德问。

"不是，安斯利小姐告诉我，你的妹妹曾经和她说过，这种毒品是她堕落的根源。这事确实很糟糕，但是在美国，有人把大麻做成糖果或香烟的样子，在中学校园外售卖。这种毒品可以引起性幻觉。"

"性？哦，我说，这太扯了！"赫里沃德呢喃道，窘得脸通红。

"亲爱的赫里沃德，"安德鲁耐心地说，"现在不是回避这令人尴尬的事实的时候。"

"我最想了解的是，"奈杰尔继续说道，"你们俩有谁知道这件事。"

无人说话。安德鲁嘲笑地睨视他哥哥一眼，仿佛是邀请他带个头。

"明摆着，我不知道，"赫里沃德终于开了口，"我的意思是，当然，贝蒂的事都是别人告诉我的，不过我在那之后也很久没见过她。我当时在军队里，但我从来没有听说过大麻的事。"

"那么你呢？"奈杰尔转头问安德鲁，"你和贝蒂关系更亲近，不是吗？你和她亲近了很久。"

"噢，是的，事情发生的时候，我和她都在上学。那是我在那里的最后一个学期,我知道得很清楚。"

"那么你最好和我们讲一讲。"

"是的,我想最好是讲一讲。"

安德鲁·里斯托里克用一个轻盈利落的动作站了起来,他走近壁炉,停在壁炉旁——他身着萨维尔街[①]出品的西服,女孩子般长长的睫毛下,眼神犀利——他是个逆子的程度看起来甚至还不如他的兄长,也没有比他的兄长更像是个令家里蒙羞的人。

安德鲁说起往事。随着他的述说,伊丽莎白在奈杰尔的眼前缓缓地变了模样,从楼上那个反射了雪光的房间里的上吊女人变幻为一个学生,她头上绑着红色的缎带,淘气,迷人,风华正茂。安德鲁说那时候的她是个野姑娘,精力旺盛,对朋友们的啰里啰唆和四面围墙围起来的学校早已没有了耐性,等不及要见识见识这个世界。然而,正是在四面墙围起来的学校外面,灾祸降临到了她身上。学校放假的时候,有一天上午,他们一群人在校外晃荡,一个年轻男人走了过来,他和那些男孩女孩们攀谈起来。稍后没多大一会儿,他拿出一盒烟,并且点了一支,说:"你们这些乖宝宝肯定是不抽烟的,是吧?"这话一说,伊丽莎白可受不了。她从来都受不了别人对她使用激将法,而和她一起的其他人都拭目以待。她取出一支烟,在学校大门外的人行道上昂首阔步地走来走去,当着路人的面吞云吐雾。

那支香烟自然是完全没问题的,那个陌生人当时给剩下的其他人

[①] 英国伦敦的萨维尔街从 19 世纪开始以为高品质男士定制服装而闻名。

发了糖果，糖果也一样没有问题。不过他开始频繁出现，出现在相同的时间、相同的地点。然后，又过了一阵子，他从孩子们里面挑了几个人，把他们带到一处，对他们许诺说，如果他们发誓不告诉任何人的话，他会给他们一些特别的香烟和糖果——这就是贩毒的开始。他是个很会逢迎的人，对待他们像对大人一样，一副听之任之、爱要不要的态度。没多久，他的猎物们就对他带来的这种特别奢侈品上了瘾，但那玩意儿的服用效果是那么难以启齿，无论是男是女，没有人敢告诉别人自己是在干什么。

此外，当然，他们得花钱才能得到这份快乐。起初，那个陌生人根本没有催他们的账，可是没多长时间，他们就发现，他们欠他的钱靠自己是没有希望还上了。他的态度挺好，但他也明明白白地说了，要是他们的父母发现他们欠下的这些债，会惹出大祸的。他的猎物们不管情况如何，也根本没想着告诉父母。罪恶扎下了根，发芽抽条，长势迅猛。他们需要那玩意儿，他们不得不一直需要下去。接着，这种高年级学生热衷参加的不温不火的恋爱聚会变了性质。向来对这些事情不费心思的伊丽莎白也被拉了进去，而活力满满异于常人的伊丽莎白一旦沾上了毒品，只会变成另外一副样子。

安德鲁他自己倒是从来没有染上那玩意儿。"那时候我是个相当板正的人，"他说，"甚至那种我认为是正常种类的香烟我都反对贝蒂去抽。但是你没法对她发火，大家都宠她，就是钢筋铁骨到了她手里也变成了绕指柔。"然而，毒瘾控制了她之后，她变得阴沉易怒，诡秘难测。他现在告诉他们的所有一切，全都来自在那场滔天大祸发生的两三年后,贝蒂亲口对他袒露的事情经过。

当时,伊丽莎白对安德鲁说的是,她怀了一个宝宝。安德鲁以为宝宝的父亲是那个卖烟的陌生人,于是有一天,在学校外面看到他后,安德鲁便向他扑了过去。那场架打得很激烈,那个男人被狠狠地揍了一顿。那之后,再也没有人在城里看到过他。然而,伊丽莎白之后很快就对她的哥哥确认,那个陌生人不是造成她那副模样的罪魁祸首。"谁都有可能,"她那时候疲倦地说,"是谁又有什么关系呢?"

"不管她说了什么,都没有比让我听到她说这话更吃惊的了,"安德鲁说,"上帝啊,我当时真是年轻气盛,眼里揉不进沙子!我跟她断了关系。可怜的贝蒂,亲爱的贝蒂,可怜的孩子,她陷入了那么悲惨的境地——发现她最爱的亲人成了和她作对的人!"

丑闻很快流传开来。贝蒂被送到了另一个州的疗养院,然后又被父母带回了英国。安德鲁离家出走,在一个林场里做活,自那之后他就四处漂泊。

安德鲁·里斯托里克述说的主要内容就是这些。奈杰尔这一生听过很多离奇的故事,但是没有哪个故事在讲述时场景跟这里一般,彼此那么矛盾,那么格格不入——这位乡村士绅的书房里有体育报纸,有皮革座椅,有狩猎竞赛的参考书和奖杯,有卷烟的烟火气和蜂蜡的味道,还有书房窗外崎岖起伏的埃塞克斯郡风景。

奈杰尔观察着兄弟二人,他注意到,赫里沃德脸色复杂,表情在不可置信与惊慌恐惧之间来回变幻,而安德鲁则不由自主地浑身发抖。

"这是我第一次对别人说这些,"安德鲁歉疚地说,"坦言说出一切对人有奇特的心理影响。"

"上帝呀！"赫里沃德长长地吐出一口气，"这事太可怕了！要是我知道——给我十分钟就行，让我单独对付那个家伙……没有再想法子把他找出来吗？"

"哦，找了，但他消失得无影无踪。他给贝蒂和她朋友们的名字自然也是假的。他一定是大捞了一笔，假如他每次都是用这种套路的话。孩子们不得不高价买他的大麻制品，有的孩子父母有钱，自己的零花钱也多；有的孩子偷东西出来换现钱。即便如此，他仍然说，那些钱只够冲抵一部分的账——就像我之前说的，他们更逃不出他的掌控了。"

接下来是长久的沉默，直到奈杰尔开口将沉默打破："你之前说过，庄园里有人沉迷在罪恶的深渊，你指代的是谁，现在也是时候告诉我们了吧？我猜你说的是里斯托里克小姐吧？"

安德鲁双手成拳，紧紧地握住座椅的扶手，脸色发黑，乌云密布。"我不知道。去你的！你看不出来吗？我就是因为不知道才——"他突然住口。

"所以你才在猫的牛奶里下了药，并且在角色扮演游戏时把香烟递给了约翰和普丽西拉，是吗？"奈杰尔追问道。

赫里沃德表情仓皇到滑稽可笑。他的脑袋转来转去，从奈杰尔转向安德鲁，又从安德鲁转向奈杰尔，仿若在看一场网球比赛，由于球速太快而眼睛几乎看不过来。

"是的，"安德鲁说，"正如你所知道的，在世上闯荡久了，你就会对危险有一种第六感。我一回到这里就感觉到有什么事情不对劲——这个事情和贝蒂有关，或者和博根有关，又或者和他们两个人都有关。这很好笑，我的感知能力不亚于一个艺术家，虽然我写不了一行诗，演奏不了一小节音乐，而在这里的老大哥赫里沃德，看着有点像是埃塞克斯郡的乡巴佬，弹钢琴的水平却无人能及。啊，不管怎么说，我从空气中嗅到了危险的味道。我有段时间没见过贝蒂了，她的变化之大让我惊骇不已。她脸上的神情有一种……一种我不太知道该怎么……"

"憎恶？"奈杰尔照搬了卡文迪什小姐的话。

安德鲁神色怪异地瞥了他一眼："也许你是对的。虽然如此，我一分一毫也不相信博根。贝蒂拒绝谈论他，所以我到他的房间里搜寻了一番。"

"该死的，安德鲁，这是不是有点太过分了？我是说，那家伙是我的客人。"赫里沃德脸上是一副惊异和好奇的神色。

"是的，极其不规矩的做法，恐怕是的。我甚至还在屋里找到了一个钱箱——我开锁可是一把好手。我发现里面有一些香烟。喏，你们大多数情况下是不会把香烟给锁到钱箱里的。所以，我壮起了胆，拿一支烟给猫咪试了试，结果是个惊吓。"

"为什么你不自己吸掉呢？"

"因为我想观察服用后有什么反应。你懂的，我必须给博根一个公正公道的审判。那有可能是他从伊丽莎白那里没收来的大麻香烟，我当时还不知道他在治疗她的可卡因毒瘾。哪怕现在，说她受不了可卡因戒断，又回头吸上了大麻，而博根发觉后，把她的香烟都给收走，这话也是能让人相信的。"

"你观察了他的反应，那么都有些什么反应呢？"

"没有结果，博根绷着一张医生的冷脸。贝蒂看起来多少有些漠然，你确定不了什么东西。"

"角色扮演游戏那一回呢？"

"是这么回事。找到那些香烟，发现里面都放了什么之后，我想到了在美国时发生的事。我开始好奇，是不是历史在这里正在重演。约翰和普丽西拉——"

赫里沃德·里斯托里克痛苦地"哼"了一声，双手抱住脑袋。

"所以，玩角色扮演游戏时，我说了那个陌生人在学校外面递香烟时说过的原话。我说，'你们这些乖宝宝肯定是不抽烟的吧？'这话足以逼出贝蒂的反应来。博根还是保持着他平常尊贵矜持的那面。现在，我问我自己的是，听到我的话，贝蒂怎么瞬间就有了反应？倘若大麻没有……这么说吧……没有再次频繁出现，这话她最开始听到可是差不多十二年前了。"

"你想得很深，"奈杰尔说道，"你认为她接近孩子们是别有所图？但是那么做之后，你岂不是已经公开表达出了对她的怀疑？"

从安德鲁的眸光中可以看出，他仿佛是在忍受着身体上的痛楚。

"我希望我提出了怀疑，"他痛苦地说，"但是你能理解吗？她是我的妹妹，我们之间的关系比任何一对兄妹都要亲近。我甚至连对她暗示，暗示我怀疑她在试图带坏孩子们都做不到。我就是做不到，我退缩了。再者说，整件事还有另一种解释，我想先瞧瞧那另一种可能性。"

"你的意思是，博根或许会是起到主导作用的犯罪天才，而贝蒂是他的同谋——自愿的，还是被迫的？"

"嘿，说起来，"赫里沃德开口了，"我在想，最开始给伊丽莎白那种该死东西的家伙是不是博根呢？我是说，他曾经在美国待过。我从来没有喜欢过那个家伙。"

"我倒是希望我能确定下来。"安德鲁的声音低似耳语，"我没怎么见过恩格尔曼——那家伙自称是恩格尔曼。他脸色灰黄，黑色的胡须并不浓密，身高和博根差不多，但是声音很不一样。我真不知道，和你们说吧，我和那人打过一架，那是十二年前了。在这儿见到博根的时候，我马上起了生理反应——只要你和某个人狠狠地打过一架，那么当你认出那人的时候，你的身体会有反应的。然而这不能算作证据，并且我也不知道我的反应是不是单纯因为内心的反感。按照他本人的话来说，我只是嫉妒他对贝蒂的影响力，因为她变了很多。她好像对我关上了心扉。"

"就是这样，"奈杰尔说，"我不觉得目前最重要的事是确认博根是否就是恩格尔曼。要了解的问题是，他是否有可能杀死你的妹妹，而他又为什么想要杀死你的妹妹。"

"我对他有偏见，我承认，但是让我们从最恶劣的人性去假想他。让我们假想一下，他是披着人皮的恶魔，是从美国来到英国继续作恶的。他利用催眠术对贝蒂施加影响，把她变成了他手里的提线木偶。"

奈杰尔心想：斗争是没用的，贝蒂，我现在已经占有了你的身体和灵魂，永远占有。安斯利小姐听到的这话是不是就是这个含义呢？

"他打算利用她作为控制赫里沃德子女的工具。他命令她，必须去引诱孩子们抽含有大麻的香烟——也许他还有掺了大麻的糖果。现在，我不相信，"安德鲁口气严肃，令人信服地接着说道，"我不相信人类的灵魂有不受到彻底清算的可能。但同时，我也不相信贝蒂能从我认识的那个姑娘彻头彻尾地变成另一副样子。不管博根强迫人的手段是催眠术，还是吊着她，不给她心心念念的可卡因，我都确定她依然有抗拒伤害约翰和普丽西拉的强大自制力。他们从来都是她的心头宠，不是吗，赫里沃德？"

他的哥哥沉默无言地点点头。

"现在假想一下，贝蒂打定了主意，要违抗他的命令，不管自己将要付出什么样的代价。她可能甚至已经认出来他就是恩格尔曼，但这一点，如你所说，没有什么切实关联。她会怎么做呢？她会假装按照他的卑劣图谋去行事。她会收集所有能够举证他的证据——记住，博根是一个声名远播的医生，但他的声誉是脆弱的。一旦贝蒂把证据拿到手——很可能是书面的证据，因为没有人会凭一个神经质的、吸毒上瘾者的话去质疑她的医生。那么她就会摊牌，你对孩子们下手，我就揭发你。嗯，博根无法忍受这样的威胁，贝蒂也一清二楚。他一定会把证据给拿回去，在这过程中，他杀了她。"

奈杰尔想到了博根房间壁炉里烧掉的纸。博根在猫发狂之后对伊丽莎白悄声说的"茶叶梗"，这都显示他们两人之间有密谋——一切都对上了。

"非常有意思,"他说,"我不明白你为什么不对警方提出这点。"

安德鲁好奇地盯着他:"我亲爱的朋友,不知这么做有没有用的时候,我要避免让我自己也陷进去。我的房间离贝蒂最近,如果我告诉警方,说我有理由认为贝蒂是对孩子们有所企图,那么他们就会费解地想,要杀她的人为什么就不会是我。"

第十三章

雪人

我的腹中冷得好像吞下了雪块。[①]

——莎士比亚

博根医生再次来到了讯问室。在此之前,奈杰尔已经把安德鲁讲的故事告诉给了布朗特探长。起初,布朗特对这个故事的价值有所怀疑。对戏剧性的情节,他有一种警察本能似的厌恶,而安德鲁的叙述

①《温莎的风流娘儿们》第三幕第五场。

为调查开辟了一块有难度的区域。不过,布朗特是个认真负责的人:假如,为了破案,有必要追究很久很久以前,在一个很远很远的国家发生过的事情的话,那么,他会去追查的。

"现在,医生,"他用最醇厚柔和的嗓音说道,"最新出现了一个证据,就此,我想和你谈一谈。你对……大麻的服用后果很了解,没有错吧?"

博根医生领首,他眼睛一眨不眨地回视布朗特。探长则保持了足足一分钟的沉默,用来仔仔细细地削铅笔。然而这一次,他最喜欢运用的策略——通过长久沉默迫使对手脱离有利状态,看来失效了。博根心不在焉地用手指梳理自己的胡须,身体放松,毫无在谈话中起头的倾向。

"啊,"布朗特说,"好了。这些旧剃须刀片拿来削铅笔还是很好用的。"

"没错,"博根语带讽刺地说,他讽刺的是自己的大胡子,"不刮胡子的缺点就是这样了。"

"的确如此。好了,或许,你是否可以老实告诉我们,你怎么正好就有含大麻成分的香烟?"

"准确地说就是大麻,"医生隐隐含笑地回答,"我就当你说的是我锁在钱箱里的那些香烟。你肯定有搜查令才开箱的,对吗?"

"我有搜查令。然而,实情是有关香烟的情报我另有来源。顺带一提,我奇怪的是,发现香烟少了一支的时候,你怎么没有声张?"

"这事不值一提,"医生肯定地说,"和职业秘密一样没什么区别。"

布朗特又沉默了片刻，却仍旧徒劳无功。终于，他有一点气急败坏地说道："我问的是你怎么正好就有……"

"当然，如果我不说，一部分原因是说了就等于承认了我的失败。我来的那天就发现我的病人在抽这些烟。我之前对此已经有一些怀疑，于是我就把烟给没收了。不过我什么都没透露，甚至在看到猫变得古怪癫狂的时候，我也保持了沉默，因为说了就意味着我的治疗效果不像我想象的那么好，而且不说也是因为保守秘密的职业要求。"

"你对拿走香烟、下药给猫的人是谁，有什么想法吗？"

"没有，我一开始揣测给猫下药是里斯托里克小姐在恶作剧，她没有把所有的烟给我。随后，等检查完钱箱，我发现里面少了两支烟。"

"你问过她有没有拿走那两支烟吗？"

"是的，在猫发狂事件之后立即就问了。她否认了，可是我想吸毒成瘾的人很难值得信任。另一方面，我看不出她为什么要耍这一出蠢把戏。"

"之后立即？"奈杰尔插嘴问道，"是在你对她说了'茶叶梗'之后立即吗？"

博根医生紧紧地盯着他："是的，她把含大麻的香烟称作茶叶梗。这是美国俚语，你知道。"

"她是近期才抽大麻香烟的吗？"

"据我所知是的。"

"'恩格尔曼'这个名字有没有叫你想起什么来？"

博根医生的眼神迷茫了一阵儿，这让他的神情看起来有些傻。

"恩格尔曼？恩格尔曼？想起什么来？我没明白你的意思。我认识的人里没有叫恩格尔曼的。"

"你有没有去过……"布朗特提起一个城镇的名字，伊丽莎白和安德鲁在美国上学时的学校在那个地方。

"没有，从没去过。我可不可以当作你是在提示，由于里斯托里克小姐是用美国俚语来表示大麻香烟，她的供货人一定是个美国人，是这样吗？我恐怕你把我彻底弄糊涂了。这个叫恩格尔曼的人，就是给她供货的人是吗？"

"你本人没有亲口问过她供货者的姓名吗？"

"我问了，但她不愿意告诉我。问到可卡因时也是一样。自然，我不能逼她告诉我。如果你给人的印象是去做警察才做的事，说明你对有毒瘾的人丧失了信心。"

布朗特摘下夹鼻眼镜，往镜片上呵了口气，用袖子使劲地擦了擦。

"谢谢你，医生。我想目前就先这样了。陪审团死因调查，你知道，就在明天。毫无疑问，后续还未进行的讯问将暂停，所以你很快就可以回去继续照管你的病人了。"

在门口，博根侧头看向他们。

"你们知道什么，但绝口不提，我能看出来，探长。"

布朗特对他微笑："哦，是的，我们也有我们的职业秘密……"

"嗯，是个善于利用机会的人，"医生走远之后，布朗特添了一句，"头脑冷静机警，或者，可能他对我们说的就是实话。你从来弄不明白这种人在想什么。哎呀呀，哎呀呀，现在我们得翻寻前尘往事了。

真是一条让人疲惫的路,不过可以给美国的警方找点事做。"

"你认为,在这个恩格尔曼的关系网里,我们可能会有所发现,是吗?"

"我不知道,但是倘若证人没有表现出正常的好奇心,我会略微有些怀疑。问到恩格尔曼和美国的时候,我感觉他在极力压抑自己。按照你的想法,他应该说,'见鬼的,探长你在说什么东西?'这才是自然的反应。"

说完,探长就离开了房间,和他手下的警探以及一名本地警察一起继续在庄园内搜查。在一个像伊斯特汉庄园这么大、这么芜杂的地方进行搜查,这份工作奈杰尔一点也不羡慕,布朗特却会一寸一地检查,不放过任何蛛丝马迹。若是有什么线索等在那里,那么他就一定能够发现。想到布朗特极致到令人恐惧的耐心和寻根究底、什么都不放过的作风,奈杰尔做了个鬼脸。布朗特此人就像是个人类吸尘器。提起吸尘器,奈杰尔想到,伊丽莎白·里斯托里克被害前的那个早上,女仆拿着吸尘器在她的房间里把整个房间都打扫了一遍,所以从威尔·戴克斯睡袍流苏上掉下来的丝绦,不可能是他前一次到她房间去时落在那里的。要么是他在伊丽莎白被害的那个晚上去了她的房间,要么是有人把那根丝绦放在了那里。

奈杰尔依然对戴克斯是否犯罪持不偏不倚的态度,但是假设他没有杀害伊丽莎白,那根丝绦是有人放在那里的,那么,在博根的壁炉里烧过的纸张就对博根不利了。因为极不可能出现有第三个人作为凶手,且试图把罪责栽赃到庄园里另外两个人的头上。

过了一会儿，奈杰尔和乔治娅一起回到了多弗尔庄园。路上，乔治娅把丈夫委托给她的任务的结果告诉了他：开始的时候，约翰和普丽西拉支支吾吾，非常不愿配合。他们的姑姑在一个小小的角色扮演游戏上的行为显然是让他们深深地警惕起来。不过，乔治娅最终还是哄着他们说了出来。那天上午，游戏结束之后，贝蒂姑姑一个人去了他们的儿童房，让他们答应她，哪怕他们长大了很多很多之后，他们也永远不要接过别人递给他们的香烟。"她惊恐得像疯了似的"，普丽西拉这么形容伊丽莎白，他们什么也不问地答应了下来。

"我记得大麻也被添加到糖果里，"乔治娅说道，"所以我问他们贝蒂有没有提过糖果。他们说姑姑要求过他们，如果有人给他们糖，他们觉得有古怪的话，就要告诉她。他们很自然地说，'你放心，我们一定。'约翰很兴奋，还问她是不是有人要对他们下毒，就像白雪公主一样。"

"有人给他们这些东西吗？"

"没有，没有巧克力，也没有香烟。"

"伊丽莎白没有特别点出谁来，让他们注意戒备吗？"

"没有，我觉得如果她提了的话，他们会告诉我的。你那里有什么进展？"

奈杰尔简要叙述了安德鲁说过的话，等说完，他们正好走到多弗尔庄园的大门前。

"这事真是可怕，太可怕了！"乔治娅嘟囔道，"我开始希望我们从来没有来过这里了。你知道吗，有一件事你必须查清楚。安德鲁显然是暗示幕后黑手是博根。好吧，我喜欢安德鲁，博根有点让我毛骨悚然，但是安德鲁如此敌视医生，你应该找出他是不是有特别不同寻常的原因。"

"我要怎么做呢？"

"你可以去问问博根。如果他给出了解释，很容易就能证实是真是假。"

午饭后，奈杰尔独自一人溜达着回到了伊斯特汉庄园。走到正对着庄园主屋的车行道转弯处时，他看到了一副热火朝天的景象。

约翰和普丽西拉在滚一个巨大的雪球，每滚动一圈，雪球就更大一些，雪球卷走了地上的雪，露出了下面星星点点的青青绿草。安德鲁在给他们加油鼓劲，而安斯利小姐站在一边，神态迟疑，既跃跃欲试想加入游戏，又不确定是否受到了邀请。普丽西拉的品蓝色兜帽斗篷、安斯利小姐的猩红色羊毛手套、约翰红扑扑的脸颊、安德鲁的浅黄色羊皮背心——在伊斯特汉庄园白皑皑的屋顶映衬下，这些明亮的色彩愈发鲜艳夺目。孩子们兴奋地尖叫，悲剧似乎已杳然远去。

奈杰尔越走越近，这时，安德鲁走进房子里，再出来时手里搬了把餐厅座椅。他把安斯利小姐摁到椅子上坐下，口吻颇为唐突地说道："我们要做一尊维多利亚女王的雕像，你就是模特。"

"哦，别冒冒失失的，"她防卫似的笑着回应，"最终结果是我会冻死的。"

"别紧张，我们不会把你裹起来。你就坐在那儿，你可以挥动双臂来保暖，就像维多利亚女王一样。"

"维多利亚女王可不是只鸟儿,她是鸟儿吗?还是说鸟儿是她?"

尤妮斯·安斯利的话没起到很好的效果,她太急于引起别人的注意。安德鲁完全没把她的话听到耳朵里去,于是她转头对奈杰尔说话。

"看啊,夏洛克来了。你是在寻找雪地里的脚印吗?你会发现一大堆的。"

"你为什么叫他夏洛克?"普丽西拉问。

"当然因为他是一个侦探喽,你个小笨蛋。"约翰亲昵地对她说。

"对极了,小毛头。"安斯利小姐说,"你在学校里肯定是尖子生。"

约翰转身去滚雪球了,脸绷得紧紧的。安德鲁这时开始把雪堆成雕像的底座形状。安斯利小姐往嘴里塞了一支烟,焦躁地吸着。她说:"我希望你的哥哥赫里沃德不会反对你们堆雪人。"

"他为什么要反对?"

"哎呀,他是个死守规矩的人。礼仪书上说得很明确,绅士们不应该堆雪人,在他们的姐妹刚刚——"

"闭嘴,尤妮斯!"安德鲁的声音很平稳,但是令人深深敬畏。

"你流汗的时候看起来更英俊了,"她稍后再次开口,"这叫你们这些里斯托里克们更有人味儿了,不是吗,斯特雷奇威先生?"

奈杰尔含含糊糊地咕哝了一句,尤妮斯挑逗地瞥了安德鲁一眼。

"有这么一张脸的人做什么坏事都不会受到惩罚。安德鲁如果是一个骗子,别人被卖了还要帮他数钱呢!不过可能他已经是一个骗子了。扮猪吃老虎,谁知道呢!"

"你可真会胡说八道,尤妮斯。"安德鲁说,手上忙着用雪塑形。

"好吧，要是我只能坐在这儿打着哆嗦，我想我还是能得到说话的许可的。摸摸我的手，冰凉冰凉。"

"屋里的炉火烧得很旺。"

安斯利小姐的脸色红得不自然，她回头对奈杰尔说："安德鲁的性格真是令人难以忍受，你不觉得吗？一定是因为他太自我中心了。我是说，我觉得有意思的东西到了他那儿就会碰壁。贝蒂就完全不一样了，她几乎从来不回绝任何人的任何事。"

她说最后几个字时愤愤不平，隐含恶意。安德鲁温柔地对她笑着，起身走了过来，把她从椅子上往旁边一扒拉，抓起一把雪，堵到她的嘴里。孩子们开心地尖叫，开始向大家乱扔雪球。尤妮斯站了起来，擦着脸上的雪，也"哈哈"大笑，不过笑得很勉强。

"啊，你这个坏蛋！"她叫喊道，"你等着！"她半真半假地朝着安德鲁扔了一个雪球。她的动作，或者她的声音，又或者是她眼睛里的怒火，让孩子们的哄笑压在了嗓子里。

安德鲁温和地说："你现在暖和多了，不是吗，尤妮斯？你应该多活动活动。"他温和却又无情的态度令奈杰尔感到不适。

"我想我们最好把椅子给维多利亚女王坐，"安德鲁继续说道，"她需要一个王座。"他搬走椅子，绕着椅子堆起雪堆。他心平气和，显然并不受尤妮斯·安斯利凶狠的眼神影响。

雪人迅速堆砌成形。安德鲁的手非常灵巧，一个可以辨识得出来的人物形象在他的手下显出了样貌。安斯利小姐缓了过来，又变得精神头十足，发表议论说，坐在一张冰冷潮湿的椅子上，仁慈的女王会得痔疮的。安德鲁快堆完雪人，就还差最后几步时，安斯利小姐走进屋里，再出来时手里拿了一顶寡妇戴的圆帽，帽子上缀了黑色的飘带，这帽子是她从道具柜里翻出来的。

她把这顶帽子戴到雕像的头顶，他们全都退得远远的，欣赏着由他们的双手制作出来的杰作。矮墩墩的雪人坐在那儿，身形比正主要大，正雍容华贵地检阅着伊斯特汉庄园，圆帽下的飘带在东风吹拂下飘舞着。安德鲁给了约翰和普丽西拉一人一枚半便士硬币，让他们按进雪人空洞洞的眼眶里。此时，赫里沃德·里斯托里克从房子里出来，迈步向他们走来。

"哈喽，孩子们。在堆雪人吗？"

"是的,爸爸。这个雪人真棒,对不对？我打赌你猜不出来它是谁。"

"呵，让我们看看。这是个厨师吗？"

"不对！不对！"普丽西拉喊道，"是维多利亚女王！"

"维多利亚女王？嗯，我瞧瞧。"赫里沃德的声音明显感觉冷了下来。

"哦，天呐，"尤妮斯嘀咕道，"我们犯了欺君之罪！"

赫里沃德摩挲着掌中的胡须。"抱歉，"他冷不丁地说，"我不是很喜欢那顶帽子。约翰，做个乖孩子，把帽子从哪儿拿的放回哪儿去。"

"我真是个可怜鬼！是我的错！先生，给女王戴帽子的人是我。你真的不喜欢这顶帽子吗？我觉得戴了帽子让她更有神韵了，很有艺术感。"

安德鲁面带疑问地看着他们两个人。他的哥哥说道："我没说艺术效果，尤妮斯。"

"哦，别那么老古板。"安斯利小姐极力劝说，但是以她的手段，她还做不到轻描淡写。

赫里沃德紧皱眉头："如果一定要我说个明白，我认为那个帽子不是合适的样子——在当前的环境下。"

"它有一点过时了，或许吧。"尤妮斯说，她的脸涨得通红。

赫里沃德把那个让人恼火的东西摘了下来，随手抛给他的儿子。

"拿屋里去，乖孩子，和他一起进屋去，普丽西拉，这才是个好姑娘。"等孩子们走远，听不到他们的声音，他才对尤妮斯说道，"我想你是有意曲解了我的话。没错，我是个守旧的人，但是贝蒂尸骨未寒的时候就用那顶帽子，我认为这感觉可糟透了。现在我的意思你清楚了吗？"

"是的，很清楚，赫里沃德。"尤妮斯手指发颤地点起一支香烟，不过她的声音却难得坚定，"你有这种感觉理所应当，死者为尊①嘛。要我说，这话很有道理，不是吗？尤妮斯是在丢人现眼。可是你们别忘了，贝蒂是我的朋友，她活着的时候我都没有以她为耻，我也没有做试图让她闭嘴的事。还有，难道你们忘了她是怎么死的吗？"

"说真的，尤妮斯，我不明白——"

"贝蒂是被害死的。我知道，伊斯特汉庄园里有人害死了她，这

---

① 原文为拉丁文 De mortuis nil nisi bonnet。尤妮斯给雪人戴的帽子在英文中是 bonnet，所以这个行为遭到赫里沃德的反对。

感觉糟透了，但事实就是如此。"

"我必须提醒你，你是来我这里做客的。"

安斯利小姐把抽了一段的卷烟从嘴上拿下来。

"是的，"她说，"贝蒂也是来这里做客的。"

很久没有人说话。赫里沃德蓝色的眼睛避开她："我实在弄不明白你想说什么。"

"不明白吗？"她声音甜美地说，"那么我们必须找时间稍微聊一聊。私下聊。"

她离开他们，走向主屋，走路的姿态有种怪异的得意，穿着皮靴的双脚在雪地上灵活地穿行。

第十四章

坦白

当我发现门已关，

我试着去将把手儿扳，但——

——刘易斯·卡罗尔[1]

奈杰尔在盖满雪的露台上来回踱着步，心中思索着：被逼急了的

---

[1] 刘易斯·卡罗尔（1832—1898），英国数学家、逻辑学家、童话作家，代表作《爱丽丝漫游奇境》（1865）与《爱丽丝镜中奇遇记》（1871）。引文出自《爱丽丝镜中奇遇记》。

虫子会咬人，哪里有压迫，哪里就有抗争，这件事里有其特别凶险的地方。虫子会咬人，既是对自然规律的逆转，也给人以某个弱小事物摇身一变成了庞然大物的印象，它犹如噩梦那般恐怖。我并非相信虫子会咬人。谁见过虫子暴起攻击压迫者呢？我很怀疑。除非这句话里的"虫子"变成了"蛇"。尤妮斯·安斯利就微微有些像是蛇，这点不用怀疑。她和安德鲁之间的冲突基本可以忽略不计。她迷恋上了他，她那笨拙至极的挑逗，与其说是被回绝，不如说是被无视了，而由于如此当众受辱，她自然是要扳回一城，办法就是攻击他的痛脚——贝蒂。她含沙射影地提醒安德鲁，他最爱的妹妹是个放荡滥交的女人，也极可能因此她才被塞了满嘴的雪。一切都很正常，没有什么不对劲的地方。尽管需要特别注意的是安德鲁还没有彻底摆脱他姑且称之为清高、一本正经、理想主义的倾向，美国丑闻发生后，他和贝蒂不再亲近，也正是因为这个原因。

但是尤妮斯和赫里沃德之间的冲突完全是另外一回事。难得一回，尤妮斯知道她拿捏住了赫里沃德的把柄。她忍不住要显摆一番，而两个人谁也没有得到好处。她明明白白地暗示，比起在明面上说出来的，赫里沃德知道更多有关杀人案的信息，而她本人的立场则会让事情变得非常难办。她说贝蒂也是来他这里做客的，还有"我们必须找时间稍微聊一聊"，她说的这些话，谁还能有什么其他的解释吗？我很好奇，她的所作所为是不是已经近乎敲诈勒索了呢？

无论如何，我们现在知道赫里沃德为什么这么忧心忡忡了。我不希望去揣摩尤妮斯的心思。麻烦的地方在于"虫子的反抗"。如果是强者发脾气，我们毫不担心他们将会如何行事——如果我们了解他们的话。但如果是弱者变得嚣张，麻烦就大了。这就好像攻击你的突然变成了一个疯子，一个聋人，或者一个彻头彻尾的陌生人——我们根本无法判断出他们的行事轨迹，或者去预判他们的下一个行动。他们可能连自己都不知道。我想我最好在事情发生之前就和赫里沃德谈一谈。

这是个好想法，但不巧的是，有人抢先一步打乱了奈杰尔的计划。等他走进庄园里求见赫里沃德时，男管家替里斯托里克夫人带来一个口信，请他晚半个小时再会面。奈杰尔决定利用这半小时去和尤妮斯·安斯利开诚布公地谈一谈。

起初安斯利还一副桀骜之态，一脸怒气冲冲的样子，但是奈杰尔摆出驾轻就熟的专业风范，露出耐心、冷静、一脸处变不惊、不偏不倚的神色，很快瓦解了她的抗拒之心。他了解到她是一个非常不幸的女人，而在和他不带任何私人情感的接触之下，她也感受到了他一定程度上的同情。

"我觉得我应该立刻就来见你，"他如此说道，"你对赫里沃德说的话让我很感兴趣。"

"哦？"她一脸戒慎，上上下下地打量他。

"是的，你给我的印象是你手里还有牌没出——和他有关，也和贝蒂有关。"

"我非常喜欢贝蒂。"尤妮斯声音平淡地说。

"我相信你喜欢贝蒂。你现在不要以为每个人都是和你过不去，我就没有，但我不觉得贝蒂会喜欢你对赫里沃德做的事——我认为你已经正在做了。"

"你以为我对赫里沃德做什么了？"

"对他勒索。"奈杰尔睁圆了浅蓝色的眼睛，略微吃惊地看着她，"很明显，不是吗？"

"叫我说，你的奇思怪想可真多，就因为我说过……"

"亲爱的姑娘，就别让我们开始像击剑一样来回试探了。你要是乐意，我可以这么说。如果你真有什么消息，让你怀疑除了告诉给警方的内容，赫里沃德对贝蒂之死还知道更多，你就应该大大方方地说出来。假如……"他接着说道，声音平淡至极，"假如赫里沃德真的杀死了贝蒂——"

安斯利小姐倒抽一口气，手指放在唇上，示意他噤声。

"那么保留这个秘密的你，处境将变得非常危险。假如，另一方面，你是蓄意或恶意如此作为，你的处境同样非常危险。赫里沃德会报警，而你会因为勒索罪锒铛入狱。"

对于这份虽然是啰唆了一些但好心好意的劝说，安斯利小姐的回应是号啕大哭。她不是那种哭得很好看的女人：她大口大口地喘气，怒气哼哼地吸鼻子，仿佛是在怨恨自己竟然这么软弱。最后，能开口了之后，她说道："哦，混蛋，该死的！我又输了，一如既往。太不公平了，那确实是我的钱呀！"

"你的钱？"奈杰尔耐心地问，引出了安斯利小姐的话。原来贝蒂最近答应过，倘若她去世，她会给尤妮斯留一笔钱，而且这笔捐助给她的数额一度很是慷慨。然而贝蒂对立遗嘱之事一推再推，直到说什么都为时已晚了。现在,由于她死的时候没有留下遗嘱,她的财产都将归她的近亲所有。贝蒂死后,尤妮斯去找了赫里沃德,并告知贝蒂的承诺,但是他拒绝承认。尤妮斯自己的微薄收入由于战争而损失巨大,她绝望极了。

"所以你就对赫里沃德施加压力了是吗?好了,让我们别再为此发愁,不过你必须告诉我,你是怎么做的。"

"不,求你了,我不能。你不会理解的,你还是先去问他吧,要是他不告诉你,你再来找我。"

"好吧,还剩一件事。在贝蒂死亡之前,赫里沃德知不知道她有意留一笔钱给你?贝蒂有没有和你说她对赫里沃德提起过此事?"

"没有,据我所知没有。毕竟,她为什么要提呢?她没想到自己会死。"

奈杰尔相信尤妮斯现在说的是实话,但是哪怕是在最好的情况下,她也不是个可靠的证人,而且他也忘不了,在和布朗特面对面时,她是如何隐晦暗示贝蒂的钱可能是犯罪动机的。

现在到了奈杰尔和赫里沃德去谈一谈的时间。走进书房,他惊疑地发现夏洛特·里斯托里克和她的丈夫在一起。她穿着黑色的丧服,比往日更加引人注目,她的身姿和气度令瘦弱又紧张的赫里沃德相形见绌。她做出了一个剧院经理的姿势,对着一张椅子示意奈杰尔就座,随即简洁明了地做了个说明。

"希望你不要介意我出现在这里,斯特雷奇威先生。赫里沃德方才还在和我说刚发生过的事情——还有一些其他事情,他想交代清楚。"

赫里沃德的表情有点滑稽，似乎掺杂着学生犯了错后的窘迫，以及男人受到女性搅扰后的不豫之色。

"是的，正是如此。嗯，"他说，"恐怕我刚才得罪了安斯利小姐，她是那种神经兮兮的女人。"他觑了奈杰尔一眼，默默寻求着同情。然而，奈杰尔的脸上却丝毫不露声色。"事实是，"赫里沃德支支吾吾地继续说道，"事实是，我敢说你已经明白，她拿住了我的把柄。当然，不是什么不好的把柄。完全是一场误会，但是会比较难看。我的意思是——"

就如同一艘巨无霸作战军舰那般，夏洛特·里斯托里克奋力开道，前来拯救他了："赫里沃德想告诉你的是，安斯利小姐掌握了一些事实，但是她对那些事实有所误解。可怜的贝蒂死亡的那天晚上——"

"好了，夏洛特，我可以自己说。"赫里沃德恼羞成怒地打断她的话，"就我那天晚上的行动，我恐怕我有些误导了警方。我告诉他们我上楼睡觉的时间是 11 点 30 分，事实也确实如此。但是，进衣帽间的时候，我想起来，我要去和贝蒂说声晚安。你们也知道，她的房间在另一侧。要去那里，我得经过安斯利小姐的房间，显然她是听到了我的动静，她往外瞧了瞧，看到我走到另一侧。"

"为什么？"

"啊？什么为什么？"

"为什么她要从自己的房间往外瞧？每次有人经过她的房门她都要盯着吗？"

"我要知道就好了。你这么一提，听起来确实有点奇怪。要我说的话，只是个巧合吧？"

"没有所谓的巧合，赫里沃德，"夏洛特插话进来说，"我讨厌说尤妮斯任何坏话，斯特雷奇威先生，但是病态的好奇心害了她。"

千真万确，奈杰尔想到了在这起案件中尤妮斯"不小心听到"的不少事情。

"她是真心喜欢贝蒂，但又非常眼红贝蒂的那些男性友人，这也是她和安德鲁彼此抵牾的缘由。戴克斯先生的房间和赫里沃德的衣帽间紧挨着，尤妮斯自然而然地以为沿着过道去另一侧的人是戴克斯先生。"

"我明白了。是的，这有可能。你们全都有去和伊丽莎白说晚安的习惯吗？"

"啊，不，"赫里沃德说，"实情是，那天早些时候，我和她有几句口角——恐怕我说话过分了些。我想和她和好，你知道。"

"口角吗？关于什么的？"

"哦，没什么实质内容，茶杯里卷起的一场风暴，小事一桩，没什么关系。"

"警方会想知道的。"

赫里沃德捋了捋自己的胡须，明显不太自在："嗯，我不接受她在孩子们面前说话用的字眼。可怜的贝蒂，她破口大骂……我希望我不是个故作正经的人，但是我不希望听到一位淑女发出咒骂，更不能接受让我的孩子们听到，这不用说——你知道他们学东西的速度有多快，但是我希望我和贝蒂不是以这样的结局告别的。"

"你去对她说晚安，与她和好，而安斯利小姐看到你路过，去了主屋西侧，"说完，奈杰尔追问道，"你直接进了她房间吗？"

"是的。"

"那么你去那儿的时间是在 11 点 30 分到 11 点 35 分之间吗？"

"大约是的。"

"你路上有看到别人吗？"

"没有。我是悄悄地过去的，你知道，我不想吵醒别人。我敢说，正是因为这样，安斯利小姐才会觉得……"赫里沃德住了口，有些混乱。

"这个等会儿再说。你进了伊丽莎白的房间，然后发生了什么？"

"哦，门是锁上的。我轻轻地拍了拍，喊她的名字，声音很轻，我喊了一两声，没有回应，所以我估计她已经入睡，就回了我自己的房间。"

"这个过程大概有多久？"

"我的丈夫出去的时间还不满三分钟，我就听到他回到衣帽间的声音。"夏洛特说。

"那就是说，如果里斯托里克小姐的房间里还亮着灯，你可以从房门底部的缝隙里看到灯光。"

"是的，她屋里没有亮灯，毋庸置疑。她一般会躺在床上读书到半夜，不过最近她确实是抱恙在身。"

"除了你的夫人，有别的人听到你回房间的动静吗？"

"这我肯定就说不上来了。"

"安斯利小姐的好奇心没有扩展到看一看你是否有返回吗？"

"显然没有。从某方面说，我倒希望她看到了，简直胡搅蛮缠——你明白吧，她得到的印象就是……就是……考虑到那天晚上发生的事，我的行动有可疑之处。"

"你为什么没有把这事告诉警方呢？"

"这几乎算不上一个巧妙的问题，斯特雷奇威先生。"夏洛特说，她笑得很友善，但是她的声音里带着一丝倨傲。

奈杰尔耸了耸肩膀，他说："你不会是想卷入到这件事里吧？"

"恐怕已经卷入了，我现在觉得自己有点丢脸。但是说实话，我无法想象这条消息能给警方多大帮助。毕竟，我没有听到她房间里有任何动静，也没有留意到什么人，所以我便保持了沉默。"

夏洛特之前一直深情又急切地看着她的丈夫，就像是剧院经理在看着一位天才少年第一次在大庭广众之下登台演出。此时，她叹息一声，身体向后靠向椅背。

"安斯利小姐是从哪里介入此事的呢？"奈杰尔问。

"哎呀，该死的，我刚刚告诉过你。她看到我走过去……"

"那么，她今天下午说的又是什么事？"

奈杰尔阻断了赫里沃德偷偷看向夏洛特的目光，那眼神显而易见是向她求援，然而夏洛特保持了沉默。最终，赫里沃德嘟囔道："哦，没有什么含义。你知道这些神经质的女人，我的意思是——"

"不，赫里沃德。"夏洛特刚才只不过是一直忍着才没有发起攻击，直到现在她的丈夫来到了最佳射程内，"你们英国男人都有着荒谬偏执的骑士精神，斯特雷奇威先生。赫里沃德是宁愿砍掉自己的手也不会说一位女士什么难听话的。"

"啊？哦，是吗，天呐！"

"是真的，而且你也懂，我必须替他解释。可怜的贝蒂被害之后，尤妮斯来找过我的丈夫，告诉他，就在贝蒂被杀害的当天晚上，她看到他偷偷摸摸地去了贝蒂的房间，她还说如果他把贝蒂的收入转给她，她就保证什么也不会说出去。自然而然，这是货真价实的勒索，我则对赫里沃德说，他一定不能接受这样的威胁。"

"你第一次听说这事是在什么时候，里斯托里克夫人？"

"半个小时前，我的丈夫刚刚进来，并且询问我的建议。不用说，在此之前我看到了他愁眉不展的样子，但我并不知道这背后有尤妮斯的手笔。"

奈杰尔状若沉思地注目看了他们两个人一会儿："尤妮斯为什么会要求你把贝蒂的财产转给她？我是想问，她为什么提出这样特定的勒索要求？我以为她只会提出要一笔钱——然后回头可能会再要一笔钱。"

"确实，要问这方面最有本事的人是谁，那肯定是这位小姐……"夏洛特开口说道，但是赫里沃德罕见地坚定了态度，打断了她的话。

"不，现在必须把所有实情对斯特雷奇威和盘托出。按照尤妮斯的说法，贝蒂曾经承诺过会在自己的遗嘱里给她留一笔钱，所以她认为她有权主张这份权利。"

"这是你们第一次听说贝蒂的打算吗？"

"噢，是的，是的，的确。"赫里沃德说，把平平淡淡、不以为意的神情演过了头，就仿佛他待在证人席上被问到了一个问题，而他必须显得没有辨识出来这个问题的性质多么重要。

"我不明白，"奈杰尔说，"安斯利小姐是怎么知道你的妹妹没有兑现她的承诺呢?在这栋庄园里,没有任何话暗示她死的时候没有留下遗嘱,对吧?"

"实际上,有相关的暗示。贝蒂死前的几天,我们谈论起了战争,时间是午饭的时候。我凑巧说到,现在似乎随时都有可能发生空袭,每个人都应该立一份遗嘱。贝蒂同意了——她说等她回伦敦后她会约见律师。你记得吗,夏洛特?"

"是的,戴克斯先生滔滔不绝地说了一堆关于私有财产的话,还说继承一笔自己从来没有做过奉献的钱财是不道德的。"

"有点像是布尔什维克主义者,"赫里沃德抱歉地说,"但等你和他熟了,你就知道他是个挺好的人。"

"我在想是不是所有人都以为,"奈杰尔盯着自己的脚尖说道,"贝蒂可能会留下一份对戴克斯先生有利的遗嘱,毕竟,他们应该是订婚了。"

里斯托里克夫妇对他的话没有回应,于是奈杰尔补充道:"那么我是否可以认为,由于她没立遗嘱,她的财产会由你和安德鲁等额分配?"

"我想是这样,"赫里沃德回答,"我要是知道该怎么办就好了。我是说如果贝蒂真的答应过尤妮斯的话,我觉得我应该转给她。但是,和你说实话吧,我自己也需要这笔钱。债券贬值得厉害,而维护这么大的地方是个很费劲的任务。"

"我对赫里沃德说他应该把伊斯特汉庄园交给政府做医院用,"夏洛特说道,"但是,显而易见,他们现在似乎还不需要医院。我想可能是要到战争开始白热化的时候吧。"

赫里沃德咧嘴笑了:"夏洛特把自己想象成了护士长,她会把一切打理得井井有条,是吧?"

"别傻了,赫里沃德。"

戏谑地调侃了一句,奈杰尔离开这对夫妻。关上门的时候,他最后瞥了一眼,身着黑裙的夏洛特的气势如同女王一般,精明强干,而胡髭下垂的赫里沃德则或许可以诠释出考特爵士①的风采。奈杰尔心里甚至在更加认真地思忖起来,此处正在上演的剧目里,《麦克白》比《哈姆雷特》可能性更大。

里斯托里克夫妇对他相当坦诚,但那大概是因为安斯利小姐迫使他们不得不那么做。赫里沃德的证言似乎恰到好处,但是或许里面少不了他妻子的指点。不管他的财务状况多么岌岌可危,都令人难以信服赫里沃德会谋害他的妹妹,为的就是每年给她带来两千英镑收入的财产,而且是这份财产中的一半。另一方面,如果赫里沃德是出于其他动机,他的妻子则会试图去强调遗产继承动机的不足,把大家的注意力从其他动机上分散开。如果是这样,她就是胆子大得在玩火。奈杰尔心想,她虽然是个胆大的女人,但也是个聪明的女人。

不过,赫里沃德的言辞里还有一些东西让他心烦意乱。在走向客厅的路上,他正评估着贝蒂的房门那天晚上 11 点 30 分就锁上所代表的意义,想得正入神的时候,他撞上了从客厅里突然冒出来的安德鲁。

"怎么回事……哦,是你。"安德鲁叫嚷道,"探长在哪里? 有人……刚刚想对我下毒!"

---

① 即麦克白。《麦克白》中,女巫预言麦克白会成为考特爵士,并成为苏格兰国王。

第十五章

下毒

在他蜕变的灵魂里盘旋，

盘旋着下方各种变幻的机缘。

——德莱顿[①]

仿佛是一个信号，安德鲁的叫喊让客厅里一下子响起一片"嗡

[①] 约翰·德莱顿（1631—1700），英国诗人、剧作家、文学评论家，英国第一位桂冠诗人（1668—1688）。引文诗句出自《亚历山大的宴会》（1697）。

嗡"声。

"在我的牛奶里下毒,"他冲着奈杰尔急急说道,"涂涂不愿意喝牛奶,闻起来有股苦杏仁的味道。我去叫布朗特来。"

他匆匆跑上楼。奈杰尔拧动门把手时,房门从里面打开了,出现在眼前的是威尔·戴克斯和安斯利小姐。尤妮斯脸色苍白,她一把拽住奈杰尔的衣袖。

"我再也受不了了!"她喊道,"你一定要阻止这一切!"

"要我说,这事情真是太奇怪了!"戴克斯低声喃语。

博根医生正站在客厅中央,表情困惑至极,完全失去了一贯的镇定。奈杰尔的眼神落到茶几上,除了茶杯、茶叶等物外,茶几上面还有半杯牛奶,地上也有一碟牛奶,涂涂伏在壁炉前的小地毯上,怒气冲冲地盯着碟子。

"出什么事了?"奈杰尔问。

三个人立即同时开口说话,随即又停了口。博根医生脚踩得重重地往前迈了一步。

"里斯托里克从他的杯子里倒了少许牛奶到猫的碟子里。猫嗅了嗅,然后往后退。戴克斯说了句'涂涂如今对碟子里的牛奶很有警惕心'的话。里斯托里克拿起碟子闻了闻。'有苦杏仁味,'他说,'里面放了药,是不是?'我对他说是氰化钾。我们应该都还没有喝牛奶,然后我拿起了他的杯子也闻了闻,确实是氰化钾。"

"呀,上帝啊!"尤妮斯惊呼,"我们全都可能被毒倒。"

她跑向壁炉前的小地毯,动作笨拙地往涂涂旁边猛地一坐,随即一把将它抱到怀里，神情恍惚地嘟嘟囔囔。

"我不认为有什么好怕的，"博根说，"看起来这是单独针对里斯托里克。他从来不喝茶，总是有一杯单独给他的牛奶，你们瞧，除非……"

他停顿下来，仿佛是经过商量一般，他和奈杰尔快速冲向茶几。博根做了个动作，把地方让给了奈杰尔，他弯腰对着精致的牛奶罐轻轻地嗅了嗅，接着，他又去嗅了嗅猫的食碟。

"是的，恐怕确实如此，两个地方都有。罐子里的气味比碟子里的味道淡得多，显然，罐子里的浓度被稀释了。"

此时，赫里沃德和夏洛特走了进来，刚才的下药事件又被复述了一遍。赫里沃德的表情从迷惑茫然转为出离愤怒。他咳了一两声，清了清喉咙，但还没等他找到话说，安德鲁就领着布朗特探长回来了。

布朗特的眼睛冷若冰霜地闪烁着，他立刻掌控住了场面，他的出现似乎令六神无主的众人有了主心骨。

"里斯托里克先生请我来找出真相，"他急促地说道，"请坐，诸位。在房间里的人，刚才里斯托里克先生倒牛奶时你们坐在哪儿，现在请你们还坐在哪儿。"

尤妮斯和博根移到茶几旁的沙发上坐下，戴克斯坐在他们左边的椅子上，而安德鲁则在茶几对面入座。布朗特小心地闻了闻食碟和杯子里的牛奶。

"还有牛奶罐。"奈杰尔低声说。

"什么？"安德鲁叫了起来，口气狠得让尤妮斯低呼了一声。

"是的，罐子里的牛奶也被下了毒。"布朗特说，鼻子对着牛奶罐皱了皱。

"天啊！"安德鲁说，"你的意思是说……这是无差别杀人！为什么，我以为……"

"是的，你不是被特别针对的人，里斯托里克先生，"布朗特干巴巴地说。他对着众人慢慢扫视了一圈，就连奈杰尔内心都有一点瑟缩。

"愚蠢的举动，没有条理，一时冲动之下的粗劣手段。看来某人已经乱了主张。谁都能从茶水和牛奶中闻出异味来，你们没有一丝喝下去的可能。我们很快就会找出是谁在牛奶里做了手脚。是谁干的，你最好能自首，省得麻烦……没有人吗？"

屋内一片死寂，终于，赫里沃德找回了自己的声音，开口打破了沉寂："我……这太离谱了！你是在提示我的客人中有一位……他们可都是我的朋友。仆人们有可能吗？他们不是都可以接触到吗？"

"妙啊！把责任推给他们……"威尔·戴克斯呢喃道，"淑女和绅士不会给自己人下毒，没人做过这事。"

"喂，闭嘴，戴克斯。"安德鲁愤怒地叫道，"现在不是你那荒唐的阶级意识觉醒的时候。"

他们全都瞪眼看着他，向来温和客气的安德鲁突然发起了脾气，这可太不正常了。

"我会查清楚的，"布朗特对赫里沃德说，"里斯托里克先生倒牛奶时，你们说了什么、做了什么，现在可以请你们四位再做一遍吗？"

博根、戴克斯以及尤妮斯坐着不动，恢复了常态的安德鲁说道："起个头吧,尤妮斯。"

"什么?喔,知道了,"她声音微弱地说,"你好呀,小猫咪。"

戴克斯说:"我很庆幸我没有九条命。在这个该死的星球上,有一条命就够了。"

安德鲁说:"我很好奇它现在会不会对食碟里的牛奶更小心那么一点。"他拿起杯子,假装往食碟里倒牛奶,然后停了下来。

戴克斯说:"没有喝。它似乎对送到嘴里的东西还挺有要求的。真是娇生惯养的猫。"

"有意思。"安德鲁说。

这几个人僵硬、不自然地说着话,重演着当时的情景。突然,安德鲁的口气变得警觉。

"这可真是有意思,"他说,"我杯子里的牛奶变少了。"

"当然变少了,"戴克斯说,"倒入食碟里了一些。"

"不,我说的不是这个。杯子里的牛奶比我去找布朗特的时候要少。我非常确定。你同意吗,博根?"他举起那只平底高杯,递给医生,平稳地放到他的掌心。

"我说不上来,我之前没有特地注意过杯子里的牛奶有多少。"

布朗特已经摇响了铃铛。很快,一位女仆出现了。

"是你端来的这些饮品吗?"

"是的,先生。"

"看看这个牛奶罐。牛奶是装满后端来的吗?"

"哦,不,先生。端进来时没有正好装满,那会溢出来的。现在比我端进来的时候更满一些。"

"你确定吗?"

"是的,先生。"

布朗特让她先行离开。

"你们现在明白这是怎么回事了吗?"他说,"有人把杯子里的牛奶倒进了罐子,时间大概在里斯托里克先生发现他的牛奶里有人下药之后、斯特雷奇威先生进来之前。为什么这么做呢?唯一可能的原因就是让人以为所有的牛奶里都下了毒。毒害里斯托里克先生的图谋失败了。这么做让下毒看上去是无差别地针对坐下来喝茶的人,不管喝茶的人是谁。罪犯试图通过这么做把原来的目的模糊掉,罪犯……"布朗特在夹鼻眼镜之后的眼眸冷冰冰地盯着他们:"必定是还留在房间里的你们三个人中的某一位,安斯利小姐,戴克斯先生,博根医生。"

戴克斯"哼"了一声,安斯利小姐蜷缩着向后靠向沙发背,医生则说了句:"你的推论逻辑自洽,可是……"

"逻辑自洽理所当然。好了,你们三个有谁看见是怎么回事吗?"

然而,无论布朗特多么尽力,他也无法查明情况。显而易见,在牛奶罐可能被接触到的短暂间歇中,他们全都焦躁不安,走来走去。没有人可以担保其他人一直在自己的眼皮子底下,须臾没有离开。他们全都被这突如其来的意外打蒙了。奈杰尔私心里倾向于把赌注压在博根身上。他进客厅的时候,尤妮斯和戴克斯正站在门口,脸对着他,后背对着博根,而博根站在茶几边上。如果不是碰到奈杰尔,他们两人可能已经出了房间,而比起三个人都在的时候,这给了博根更佳的机会。

"你有给猫喂牛奶的习惯吗，里斯托里克先生？"布朗特问。

"没有，我从来不喂猫。我今天喂猫也是我们在聊天时才生出的想法，但对我来说也是个幸运。"

"天意……在这次事件中的作用变化莫测，"布朗特说道，"好了，有谁知道庄园里能找得到氰化钾吗？"

"是的，"赫里沃德说，"是的，我有一些氰化钾，照相用的，你们知道。"

"能不能劳烦你去看看氰化钾还在不在你保管的地方，阁下？"布朗特对警探打了个手势，让他陪同赫里沃德。两分钟不到，又仿佛过去了几个小时一般，他们就回来了。

"氰化钾瓶子不见了，"赫里沃德宣布，样子几乎抓狂，"我一直都是放在书房靠墙的储物柜里。"

"你最后一次看到瓶子还在原处是什么时候？"

"咦？哦，最后一次看到，我想想……嗯……就在今天早上。我打开柜子取了一些通条，好清理烟斗。"

"我猜你平时是锁着柜门的吧？"

"不，实际上我不锁柜门。"

"你应该锁上的，氰化钾是危险品，不可以随意放置。"

"可是，天啊，瓶子上面有'毒药'的字样。红色的标识，谁都能看见……"

"的确，"布朗特说，眼睛里闪着兴味盎然的微光，"好吧，我们必须找到药瓶，查明往里斯托里克先生的牛奶杯里下毒都有哪些时机。我必须请你们都留在这里。菲利普斯警司，待在门口，不要让他们离开你的视线。"

"他妈的！"赫里沃德气急败坏地嚷道，"你把我们全都当罪犯一样看待了。"

他的妻子说道："亲爱的，恐怕在场的人里某一位就是罪犯。我猜你想搜我们的身是吗，探长？"

"如果我在别的地方没有找到药瓶的话。"

"那么，你得找个人来搜我和安斯利小姐的身，我建议让我的女管家来。"

布朗特冷飕飕地瞪着她，他不喜欢别人左右他的想法。不过里斯托里克夫人温柔的微笑稍稍化解了他的不快。

"谢谢你，夫人，我会记在心上。斯特雷奇威先生，我想请你随我来。"

奈杰尔跟着他一起走了出去。他们沿着大厅走向仆人活动区。布朗特嘴里咕哝道："蠢死了！连个乳臭小儿也骗不过！失去了判断力吧。或者——"他扭过头来对奈杰尔猝然说道："你觉不觉得这是又一个恶作剧？"

"拿氰化钾恶作剧吗？这是英格兰，不是苏格兰。我们这边偏向将恶作剧造成的危害程度减轻一些。"

"啧啧！"布朗特说。

把这个词按照小说里的写法原模原样地念出来的，奈杰尔只遇到过他一个。

只听布朗特说："啧啧！那个安德鲁眼神闪烁，目光不善。或许是他自己把毒药倒进杯子里的，就为了给我查案制造障碍，无赖！恰巧让他碰上了机会，随便挑了个下午，在自己的牛奶里下毒，然后把牛奶递给猫。不爱动物。哦，行吧，哦，行吧。"

布朗特只有在兴高采烈的时候才会省略掉并列句里的连接词汇。他轻快地搓着双手，大步走进女管家的房间，她和男管家正在屋里喝茶，看到他大咧咧地走进来，他们表情震惊，但这表情并没能阻挡他。

"啊哈！喝茶呢？棒极了，滋味不错！现在，管家先生，我能否请你拨冗和你的小饼干暂别一会儿？我相信，嗯，莱克夫人会谅解你的，我需要你的配合。"

男管家像鱼似的张开了嘴，就仿佛是一条赛璐珞小鱼，被人从磁铁串联的一串赛璐珞小鱼中拽了出来。稍过片刻，他们到了大厅背面的储藏室，茶饮就是在这里准备的。端茶上楼的女仆被再次叫了过来，随后，事实很快便明了起来：3点45分，她开始准备托盘。牛奶是从厨房的冰箱里拿出来的。有几个仆人喝的也是这个牛奶，所以牛奶不可能在储藏室那里就被做了手脚。大约从3点50分到4点15分，在女仆端着托盘到客厅这段时间，托盘以及托盘上的牛奶罐和安德鲁的牛奶杯都放在储藏室，没有人看着。而这，她说，都是她日常的固定流程。

奈杰尔在心里盘算，3点50分到4点15分之间，他在书房和赫里沃德以及夏洛特交谈。无论如何，他们对牛奶是做不了什么手脚的。

男管家宣誓作证，说他是4点钟时才进的储藏室，他进去是要看一看茶饮准备得如何。

"你是个……嗯……观察敏锐的人吗？"布朗特问。

奈杰尔身体僵了一下。一旦布朗特的格拉斯哥[①]口音能明显听得出来，就意味着他认为有什么东西的踪迹非常重要。

"我希望是如此，先生。我的职责……"

"在你刚过4点钟进入储藏室时，那个药瓶在那个位置吗？"

他托了托夹鼻眼镜，看向一个小瓶子，在放托盘的架子上，那个瓶子藏身在架子顶部一个很深的碗里，就露出了个头。

"天呐！"男管家惊呼一声——他这么做完全有他的道理，因为那个瓶子上有一个红色的标签，上面写着"毒药"。

"不，先生，我进来的时候那个瓶子不在……"

"你确定吗？"

"绝对确定！"男管家语气严肃地回答。

布朗特小心翼翼地用手帕包裹着拿起药瓶，拔掉瓶塞，非常谨慎地闻了闻。

"是的，就是这个瓶子。你以前见过吗？"

男管家哼哼唧唧地犹豫了一会儿，方才承认他在男主人的书房橱柜里看到过一个外观相似的瓶子。

半小时后，奈杰尔被叫到书写室。同时段，布朗特也面见了参加

---

① 苏格兰城市，位于克莱德河畔。

家庭聚会的人，得到了如下几条结论：在 4 点到 4 点 15 分之间，里斯托里克夫妇待在书房，和奈杰尔一起，茶点端过来时他们仍在书房。博根医生在这段时间内的活动轨迹是一众人里唯一无法进行证实的。他声称自己在楼上的房间一直待到了 4 点 10 分，4 点 10 分的时候他下楼，进了大厅里的盥洗室洗手，随后回了客厅，回客厅的时间正好在女仆端来茶盘之前。布朗特如此总结。

"男管家说那瓶毒药在刚 4 点钟的时候还不在储藏室，假如他没记错，如果有什么东西放错了位置，像他那样的人本能地就会注意到——那么唯一可能在牛奶中下毒的人只有安德鲁·里斯托里克和博根医生。我想象不出安德鲁在他自己喝的牛奶里下毒，然后又把下了毒的牛奶给猫喝的原因，所以……"

"证明完毕了？我要好好想想。这听起来似乎过于简单。如果是博根做的，他必定要给自己准备好不在场证明，不过为什么要把药瓶放在那么显眼的一个地方呢？看着就像是认定了我们会找到这个瓶子。"

"他不会有更多的时间把这个瓶子藏到别的什么地方，而我也不期望能在上面找到指纹。也可能是男管家记错了，那么有疑问的时间段就是 3 点 50 分至 4 点。又或者，罪犯大概是更早就在牛奶里下了毒，然后在 4 点 15 分之后把瓶子放到现在所在的位置，一切都为了把嫌疑推到博根头上。"

"不对，这说不通。他们当时都在别人的目光下。戴克斯、博根、安德鲁，还有安斯利小姐在客厅，里斯托里克夫妇和你在一处。"

"你说得不是很确切。我离开书房时，里斯托里克夫妇还在那儿，从那时，到他们走进客厅，这中间有几分钟的空隙。他们……"

"哦，得了吧！你不会是想说……"布朗特的表情看起来着实惊愕极了。

"我直到4点才去书房和他们谈话。4点钟之前，他们两人随便哪位都有时间在牛奶里下毒，等会谈结束去客厅时，再顺路去储藏室，把药瓶放回去。他们比任何人都清楚庄园内务的日常流程。他们知道，在茶盘端上楼之前，男管家总会提前十到十五分钟，对其检查一番。他们依赖于我们能相信男管家的证词，也就是所谓的药瓶4点钟时不在储藏室，如此就给他们创造了一个虽然并不完美但是恰当的不在场证明。"

"可是他们到底因为什么要给安德鲁下毒？"

奈杰尔讲述了他与尤妮斯·安斯利及里斯托里克夫妇会谈的内容。

"你看出来是怎么回事了吧？"他总结道，"如果里斯托里克夫妇真的手头窘迫，他们就有足够明确的动机来谋害伊丽莎白和安德鲁。伊丽莎白的遗产将由安德鲁和他们夫妇平分。现在假设安德鲁也是没留下遗嘱就死亡，或者是留下了有利于他们的遗嘱，他所有的财产，包括伊丽莎白留给他的那一份，都会落到他们的手里，那可是很大一笔钱。你得问问安德鲁遗嘱的事情。"

"里斯托里克不是下毒者，"布朗特急躁地说，"他那样的脾气做不出这种事。"

"麦克白也是个有脾气的人，我觉得。"

布朗特盯着他仔细打量："嗯，所以你是这个看法了。那么，你能告诉我，里斯托里克夫妇是怎么做到把安德鲁杯子里的牛奶倒进罐子里的，在他们本人根本不在客厅的时候？"

"噢，他们当然是没做这件事。那是博根的动作，我猜。他有点惊慌失措，我想你已经注意到了这点。倘若他壁炉里的纸张灰烬真是别人干的，他快速动作是为了分散任何有可能进一步落到他头上的嫌疑。"

"把杯子里的牛奶倒进罐子里,怎么就能转移落到他头上的嫌疑？我看不出来。这只能说明，从表面来看，他有给所有人，而不仅仅是安德鲁下毒的意图。"

"我说的是'分散'，不是'转移'。我们知道，而他一定也心里明白——在他和安德鲁之间，有一场类似暗地里的对决在进行中。这场对决是否和谋杀案相关还没有得到证实。但是现在，隔绝一切可能的暗示，尤其对安德鲁进行报复的暗示，对他来说至关重要。"

"你说的这些都是凭空臆想，斯特雷奇威。这些不能帮助你把罪责归咎给里斯托里克夫妇。"

"我没想将罪责归咎给他们，但是我担心那扇上锁的房门。"

"上锁的房门？"

"是的，我和你讲过，赫里沃德说他在伊丽莎白死亡的那天晚上11点30分时去了她房间，他发现房门是锁上的。你没看出这里的矛盾之处吗？我们一直以为那天晚上她是在期盼某个人的造访——情人或者其他人。如果她在等访客，她就不会把门锁上。如果门是锁上的，她就不会是在期待某个访客，除了有备用钥匙，没有人能够开门进屋。赫里沃德有备用钥匙。而另外一方面，如果门并没有被锁上，那么赫里沃德就是出于某种原因撒了谎。"

"你的逻辑自己给自己打了个结，"布朗特微笑着看向他，语气温和地说，"为什么不能是赫里沃德到门口的时候，她的情人已经待在了房间里？门锁上就说得通了。"

"是啊，这我倒没想到。"奈杰尔闷闷不乐地回答，"但是我的直觉仍告诉我，门上了锁这事很古怪。"

虽然不合逻辑，但在后来经过证实，他的直觉正确度极高。

第十六章

聚集

她这个人美丽又不失聪慧，

明白深奥的疑问必有简明的答案

——考文垂·帕特莫尔[①]

既然脑子里先入为主地有了"麦克白"这条主线，作为非官方调

[①] 考文垂·帕特莫尔（1823—1896），英国诗人，引文出自其歌颂夫妇之爱的诗歌集《家里的天使》（1854）。

查人员，奈杰尔便不再适合对里斯托里克夫妇进行调查。他不想对他们公开宣布这件事，因为如果他们犯了罪，这会让他们升起提防之心，他以在伦敦有事务为借口离开了。等他到了伦敦，也还有一些未了结的琐事需要处理，他对里斯托里克夫妇这么说。

未了结的琐事是个轻描淡写的说法，他在火车上如是想。火车载着他和乔治娅穿行在一片茫茫白雪中。这件案子从头到尾都在未了结的琐事中打转，在一堆绳结中几乎找不到一条完整的线绳。当然，对布朗特而言，情况更糟。他的工作是将罪犯缉捕归案，但是似乎，每当他要猛扑向在这场残忍游戏里的某个玩家，另一个玩家就会跳出来吸引他的注意。此外，正如奈杰尔离开之前，布朗特所说的那样，巧妇难为无米之炊。他不能就凭睡衣流苏上的一根丝绦和一个失败的订婚就逮捕威尔·戴克斯。他不能逮捕博根，就因为十五年前为伊丽莎白提供了大麻的那个坏蛋或许是他，也或许不是他；就因为谋杀发生后的那天上午在壁炉里烧掉一些文件的人或许是他，也或许不是他。同样，他也不能因为一扇上锁的门去逮捕赫里沃德，更不能因为对赫里沃德进行敲诈勒索未遂而逮捕尤妮斯·安斯利，不能因为说了有人沉迷于罪恶就去逮捕安德鲁。

凡是已经暴露出来的动机，凡是那些支持这些动机的关键物证，每一个都能被辩方律师驳斥得体无完肤，更别说就没有足够的证据可以被摆上台面。陪审团死因调查已经暂停，布朗特无法再将他的嫌疑人束缚在伊斯特汉庄园。

实际上，他也不想这么做。他知道时间永远都是警方的撒手锏：

或早或晚,总有什么会冒出来,有人会逐渐失去耐心,或者逐渐变得粗心,从而露出破绽。他先前安排了人手暗中监视伊丽莎白在城里的公寓,他寄希望于此:目前在那里还没有找到什么物证,但是假如罪犯的嗜好是设置假线索,他可能会在那处公寓里耍弄他的把戏,那么就仍然有机会。

当天晚上,坐在自家的炉火前面,听着伦敦城车水马龙的喧嚣声浪由远及近,涌向他们楼下的布卢姆茨伯里广场①,奈杰尔和乔治娅都思索着他们由卡文迪什小姐的邀请信起头,带他们卷入的一桩桩事件。伊斯特汉庄园及其入住者似乎都已经遥不可及,奈杰尔心想,终于,他大概可以旁观者清了。

"那些未了结的琐事叫我心烦,"长久的沉默之后,他这么说道,眼神放空地看着壁炉里跳跃的火焰,"未了结的琐事。对立的矛盾。这个故事里有多少情节?"

"别在意这些。"乔治娅轻快地回应他。

"说句'别在意这些'倒是容易,可是在这个案件中,这些情节就像是个脚手架,脚手架下面应该有一个完整的建筑,但是拿掉脚手架后,下面根本什么也没有。"

"并不是什么也没有,有伊丽莎白的尸体。为什么不从这儿重新开始——从头开始呢?"

"行吧,但是……"

---

① 伦敦中心城区大型广场。

"伊丽莎白死亡的原因是什么？"

"性、钱、毒品，你选吧。"

"好吧。性，性代表嫉妒，脑子里随便想一个人吧。"

"戴克斯或者博根，更有可能是戴克斯。"

"或者安德鲁，你一定不能把他给漏了。"

"从某些方面来说，安德鲁比他们两个人更符合凶手的特征。他的房间离伊丽莎白的最近，而我还在想，他不应该没有听到赫里沃德敲她房间门的声音，或者稍晚一点，真正的杀人凶手出现时的声音，这太古怪了——毕竟，他自己在11点前并没有入睡。第二天早上，在博根的壁炉里发现了烧过的纸张，安德鲁比博根晚几分钟下楼吃早餐，所以存在他将烧过的文件放到壁炉里的可能。但是他杀死伊丽莎白是出于什么动机呢？而这个动机的源头是来自于哪里呢——这个问题更重要，我们知道他以前和她一直很亲近。"

"动机的源头？哦，这没那么难找，想想他的过去就行。一个年轻人，聪明机灵、风度翩翩、多才多艺，有良好的家庭出身，有光明的前程，霎时间却分崩离析。什么时候的事情？在美国，在他的妹妹出了丑事之后。他离家出走，去了林场谋生，他是这么和我们说的。从那之后，他就在世上漫无目的地闯荡。他承认他在那件事上表现得像个一本正经的道学先生。他必定抱持着理想主义的性观念，这才对他看重的妹妹表现得那么苛刻。嗯，然后——"

"我明白你想表达什么意思。这出悲剧颠覆了他的理想主义，使他对性变得憎恨了，是吗？这份理想主义没有了存续的支持基础，已经变质。他又发现他的妹妹与博根有私情,于是杀了她,并想把罪责栽到她情人的头上。这有可能,但是她有那么多的情人。不用说,安德鲁没有把他们全都处理掉。为什么单单挑中博根呢?"

"因为,我的看法是,他认出了博根就是恩格尔曼——他妹妹堕落的最初源头。对于他,博根代表的不仅仅是罪恶的源头,也是杀死了他年轻时的理想主义、他对人性的信念的刽子手,并且还迫使他放弃了可能功成名就的职业生涯。"

"我必须要说,这听起来似乎很有道理。"

"这里还有一点需要注意,如果我们以为这是一起性犯罪,然后把安德鲁、博根、威尔·戴克斯作为犯罪嫌疑人排成一行,安德鲁是唯一真正符合犯罪特征的人物。假设博根做过伊丽莎白的情人,他没有理由杀害伊丽莎白;如果博根没有做过她的情人,他自然也不会有胆量去杀人,因为哪怕是和接踵而来的诉讼丑闻沾上一丝丝关联,他也会毁了自己的职业声誉。他知道该怎么为自己打算,就是这样。他可从来不会因为嫉妒一个成功上位的情人而丢了脑子。"

"是的,我同意。那么戴克斯呢?"

"戴克斯是个务实主义者。他的成长经历造就了他心智健全的人格,一个像他这样的人大概会因为一时兴起而杀人。但是这次是有预谋犯罪,理智务实的人不会去实施有预谋的性犯罪。他在事后的反应证明他确实是个理智务实的人,他悲痛欲绝,但于他而言这并不是世界末日——他自己对你亲口承认过。他是个心态稳定的人,你没看出来吗?他有一份可以发挥想象力的工作,可以抵消这个世界对他的不公。

"他不是爱情至上的人。如果他发现了贝蒂在和另一个男人偷情,他会对她毫不客气,但不会上演一出冲动的、《奥赛罗》式的谋杀。"

"真是太棒了,乔治娅。我发现你的分析很有说服力,可是他睡衣流苏的丝绦又怎么说呢?"

"这些动作可以在五分钟的时间差里完成——让我们看看,"奈杰尔从口袋里掏出一张纸,翻了翻,"安德鲁和尤妮斯在打皮克牌;赫里沃德、夏洛特以及博根有不在场证明;戴克斯和我在庭院里;赫里沃德邀请了警员下楼去吃点心,把他从死者房间的门口引走。"

"这样的话,我押注博根。"

"因为在那个时间点,里斯托里克夫妇还不是怀疑对象,倒是博根——在他的壁炉里发现了文件。他解释了在这段有疑问的五分钟时间里他在哪里吗?"

"在盥洗室,就在二楼楼梯口的右侧。"

"赫里沃德是不是领着警员从那边楼梯下的楼?"

"是的。"

"那么博根就能听到他们说话的声音,并且知道自己境况安全。戴克斯离开房间时门是不是没有锁?"

"他说没有锁。"

"那就对了。如此一来,博根就有可能设置好线索。文件灰烬事件已经让他惶惶不安,他在寻找机会,一个分散掉一些他身上的嫌疑的机会。戴克斯将是他的选择,因为这件事看着就像是场性犯罪,而戴克斯和贝蒂的秘密订婚也已经泄露。"

"那你认为氰化钾事件是另一个摆脱嫌疑的尝试喽？"

"我对这样的尝试并不吃惊。"

"你的意思是安德鲁自编自演？"

"为什么不是呢？这符合他对博根恨之入骨、想让他锒铛入狱的推论。"

"那倒也是，而且在回来后，发现牛奶罐里也和他的杯子里一样下了毒时，安德鲁的惊讶有些过火，他的脾气也暴躁过了头。"

奈杰尔站起身，踱步到壁炉前，他停住脚，心神放空地拍着一只埃特鲁里亚[①]狗雕塑的脑袋。他瞥了一眼乔治娅，她正蜷身坐在一张扶手椅里，看起来和狒狒巴维安[②]一样聪慧。

"桩桩件件的事情正逐渐变得井然有序，"他说，"你应该对这起案件做一个梳理。如果这是一起性犯罪，看起来我们似乎可以把博根排除在外了。"

"我也这么想，毕竟，博根是个医生。不管怎么说，要杀死贝蒂，他能想到一些更利落、更专业的办法，而不是用绳子。在那种情况下，可卡因服用过量是个显而易见的死法。还有他在安德鲁牛奶投毒这事上给自己做出的不在场证明。"

"是的，似乎所有关键的时间点，他都待在盥洗室，不是非常巧

---

① 公元前8世纪—公元前2世纪在意大利中部一带盛行的艺术风格，多见于陶器、青铜器和墓葬随葬品中。
② 《豹子身上的斑点是怎么来的》中一只长着狗头的狒狒，是森林中最聪明的动物。

妙。嗯，好吧，如果这是一起性犯罪，安德鲁就是我们要找的人。如果博根就是恩格尔曼，那么这就回答了安德鲁为什么会对他死咬着不放。现在，如果动机是钱财呢？"

"我把钱财放在可怜兮兮的第三位。除非确切知道了里斯托里克家的财务状况，否则说不准。顺带提一句，对安德鲁的遗嘱，你有什么发现吗？"

"嗯，他父母给他留下了每年两千英镑的收入，和给伊丽莎白的一样。他的遗嘱中写明，这份财产留给约翰和普丽西拉，由赫里沃德代为保管。"

"所以，如果里斯托里克夫妇杀了贝蒂并毒死了安德鲁，他们是为了贝蒂的钱，为了安德鲁手里的利益。嗯，假设他们已经几乎破产，虽然我对破产有点怀疑。你能看出来他们谋划得了两起谋杀案吗？"

"夏洛特或许可以。她是个能干的女人，她的形象让人印象深刻，但人们总是会好奇，像她这样的人，私下里会是什么样。我的意思是，如果其中一个是精致的形象，并且这一形象发展成了个人特征的主要部分，那么维持这个形象就可能成为那人生命中最重要的事。如果她失去了维持的手段，那么她就不复存在了。也就是说，假使有钱人习惯了一辈子的富裕生活，那么正是对贫困——相对贫困的恐惧，常常吓得他们觉得整个世界都变得不真实了。而当未来变得不真实的时候，它会影响到现在。不真实感的噩梦可以成为犯罪的出发点。"

"这话未尝不对，"乔治娅说，"但是伊丽莎白和安德鲁一死，她能拿到的也就一年几千英镑而已，对她那样的女人来说，也没比赤贫

197

好到哪儿去。赫里沃德有没有可能？所有的事实都指向一条，如果根本没有单人作案，那么一定是他们两人串通了。现在你能看出赫里沃德是第二个凶手吗？我是不能。"

"从表面来看，不能，但是我们对他们之间的关系了解得还不够深入，想得太武断了。对祖先的膜拜能支持一个平和的传统英国乡绅做到什么地步？伊斯特汉庄园在这个家族的手里已经传承了几个世纪。他可能是把那两个不是很值得称道的里斯托里克在心里衡量了一番，认为他们不够格做里斯托里克家的人。况且，克拉丽莎告诉我们，这个家族近亲成婚严重。我们怎么知道赫里沃德就没有和伊丽莎白以及安德鲁一样的暗疾呢？你不觉得他妻子做事压他一头吗？我感觉，在大戏开场之前，'麦克白夫人'已经提前说了很多话，来告诉她的丈夫他是多么无能。"

"推动他去作恶是吗？"乔治娅大笑，"不，不会，夏洛特不是那样的。哪怕你说尤妮斯·安斯利有可能那么做。"

"尤妮斯？倘若贝蒂恰好未曾对所有人透露她还没有立下遗嘱，尤妮斯会出于钱财的原因冒出来。不过，她怀着希望，希望赫里沃德会尊重贝蒂对她的承诺，她几乎不可能去杀贝蒂。"

"好吧，那就说说毒品。贝蒂是因为吸毒而死的吗？"

奈杰尔伸开两条大长腿，看着室内拖鞋上脚趾部位的磨损。

"如果这里有毒品的事，那么选项就变了，杀了贝蒂，要么是为了防止她泄露对于凶手来说有危险的秘密——或许是凶手在贩毒；要么是为了防止她用毒瘾去祸害别人。这两点你目前同意吗？"

乔治娅把脑袋往一侧歪了歪，想了想："是的，我也这么想，而且你可以直接删除第二个选项。"

"哦？"

"在庄园里，她唯一可能加害的人——没有办法自卫的受害人，这么说吧，是孩子们。所有人都对我们说她全心全意地爱着他们，并且我们也知道，她警告过他们不要接受别人的香烟或糖果。显然她怕极了有人会这么干。"

"除非她的潜在受害人根本不在参加过家庭聚会的人里。"

"我们现在不必对此烦心，这要看布朗特的。"

"行吧，那么她被杀就是因为知道了对凶手有威胁的东西。这让我们推论出谁呢？"

"推论出下手的是一个贩毒者，"乔治娅回答，"那个人也许有可能威胁过要祸害孩子们，如果贝蒂不闭上嘴巴的话。除了毒瘾，一个在某种程度上对她有影响力的人，不然贝蒂在那之前——在她刚刚做出尝试戒掉毒瘾的那一刻就揭发他了。"

"是的，有另一件事可以说明这个人对她的影响力，她曾经警告孩子们的话说得太过宽泛了。要不然，她为什么不对他们说'X 递给你们的烟，一支也不要拿'？事实上，她为什么不对赫里沃德吐露秘密，把这个 X 撵出庄园？紧跟着的问题是，X 杀她时是因为什么才动手的？发生了什么让杀人行凶变得紧迫不已？"

"她死亡的那天晚上你在重现猫发狂事件。除了女仆和凶手，她活着的时候，博根是最后一个见到她的人，晚饭前他在她的房间里。"

"说明在我对猫发狂事件进行重现的时候,或是博根在她屋里的时候,有什么暴露了,难道是这个暴露出来的东西让 X 决定杀了她吗?有可能,但是 X 并没有多少时间来策划犯罪并割好一段绳子,是吧?记住,从晚饭到晚上聚会结束,他们全都在各自的眼皮子底下。"

乔治娅往后靠向椅背,手捂着眼睛。

"我在使劲儿回想,"她说,"不,我不认为在你的降神会上发生了什么可能导致——除非有什么让 X 察觉到你是侦探。"

"等到庄园里来了一位侦探后再开始谋杀行动吗?"

"是的,这不合理,忘了刚说的吧。那么,她有没有可能是因为吸毒而被杀,而 X 才发现她吸毒?"

"那样的话,罪犯岂不是指向了赫里沃德或者安德鲁?挽救家族免遭污名?不,我不认为有这个可能。安德鲁不在意家族的名声,在意家族名声的是赫里沃德,但是,即使大家相信她的死是自杀,对于赫里沃德,死亡丑闻的效果也会和吸毒丑闻一样糟糕。"

"我赞同,这把我们又带回了第一个想法。X 杀她是为了防止她泄露他们在毒品上的共同秘密。庄园里的人有谁可能会是她的供货人吗?"

"尤妮斯或者博根,戴克斯则极不可能,赫里沃德或者夏洛特更不可能。安德鲁没有可能——贝蒂重新染上毒瘾的时候他不在国内。"

"那么就选尤妮斯。"

"布朗特在核实她的经历。他应该能够查出来她是不是毒品供货人,但是我怀疑她是否有能做出这种谋杀案的果断决心。再者,即使暴露,她也没什么好再失去的——比如说名声,她没有特别好的名声。另外,贝蒂为什么要向警方揭发她呢?如果尤妮斯之前一直曾给她提供毒品,而现在她的毒瘾正在被治愈之中,她只需要说,'不,谢了。我不想再抽这玩意儿了。'如果尤妮斯当时威胁她要带坏孩子们,贝蒂可以把她给赶出庄园。不,单单为了让贝蒂闭嘴,尤妮斯不会冒着上绞刑架的风险去杀害她。这没有意义。"

"那我们再转回博根?"

"现在选中他有了更加合理的论证。他的名气非常大,但名气需要小心维护,因为他的高额收入有赖于他的名气。然而构造一个假想的案件,击溃他的声誉却很容易。贝蒂向他求医,是为了戒除可卡因毒瘾,但他却爱上了她。她拒绝了他的求爱,他随后则由爱生恨。他有好几种手段来对付她——威胁她,要把她有毒瘾的事爆料给戴克斯或她的家人;拿孩子们来威胁她;当然,如果他黑心到底,他可以使用催眠术达成和预期治疗效果完全相反的效果,或者假装达到了预期治疗效果——是的,这能解释他的那句话,'我现在已经占有了你的身体和灵魂,永远占有。'这样能解释你的堂姐从她脸上看到的憎恶表情是因为什么。"

"可是在他暴露出自己的真正面目后,贝蒂为什么不能直截了当地拒绝和他再有什么关联呢?"

"或许不是那么容易,或许她不得不和催眠术的影响作斗争。显而易见,他拿孩子们做威胁这事吓坏了她,和他撕破脸不起作用,如果他和我们勾勒出来的一样坏,他会等待时机,晚些时候再拿下孩子们。所以，她需要时间来收集证据，能把他彻底打趴下、再也翻不了身的、能定罪的证据。顺便说一下，这点和安德鲁的说法几乎完全一致。现在假设她找到了证据并且和他狭路相逢了，处于他那个地位，他决不能由着她活下去，贝蒂可不是什么摇摆不定的人，她随时都可能使他陷入万劫不复。"

"嗯，好吧，"乔治娅说，"看起来像是博根，如果谋杀案的背后是毒品的话，而如果是性犯罪，则凶手是安德鲁。如果动机是金钱——金钱排在可怜的第三位——那么凶手是里斯托里克夫妇。"

"听得出来，你兴致不高啊！"

"我是没什么兴致，我坚信这起案件里有一个致命的破绽，只是我们还没有发现而已。虽然我们刚才梳理出来的所有推论看似挺有道理，都倾向于安德鲁是凶手，但我不能认定是安德鲁杀了她的妹妹。你能吗？"

"当然困难。那么博根，如何？"

"我在想，他的举止非常得体，个人特色非常浓郁，但是本质上却非常无趣。我们应该多多地了解他。假如他真的就是 X，那么他也符合安德鲁说的话，是个完全沉迷在罪恶深渊中的人，但是……"

"有趣，我也是这样的感受。"奈杰尔打断了乔治娅的话，"我的意思是说，他的为人古怪无趣，让人看不透，就像是一只半透明的海蜇。毋庸讳言，他能力卓著，只要他愿意，他可以显示出自己的个性，但是你所记得的他却……"

"他就像一栋大宅，这栋大宅里面有一个看门人。这个看门人带你参观大宅。你看到了家族的珍藏，祖先的画像，公共区域的房间，或许还有几间私人房间。所有的一切都完美无瑕，井井有条，但是你的注意力却在游离。你开始不知足地对住在里面的家庭成员感到好奇，然而那栋大宅却没有给出有关他们的任何线索——"

"随后你便听到了来自铺着碎石的车行道上的车轮声，你从窗户往外看，看到七只恶魔[1]乘着一辆四轮大马车到来。"

乔治娅笑了，但有点勉强。奈杰尔接着说道："但是所有这些都没告诉我们博根有没有犯罪。你是想说……"

"有三点，第一，如果是博根做的，为什么他要那样做？为什么不用更老道一些的手法？毕竟他是个医生，不是吗？"

"是的，这也正是让我忧心的一点。"

"第二，如果是他做的，烧过的文件怎么出现在他的壁炉里？你提出是安德鲁把烧过的文件放到了那里，意图让我们认为这是指证博根的证据，是他杀了贝蒂的书面证据。好吧，然而，如果是安德鲁把烧过的文件放过去的，这就意味着他知道是博根杀的人。他为什么不干脆揭发博根呢？"

"不，那并不意味着他知道是博根杀的人，或者说并非一定知道。可以单纯意味着他憎恨博根，他知道博根有一些希望藏匿起来的秘密，而他想让博根因为谋杀的罪名被逮捕。"

"行吧，我承认在这点上你很有道理。我要说的第三点是——安

---

[1] 基督教中代表愤怒、贪婪、懒惰、骄傲、淫欲、嫉妒和暴食七宗罪的恶魔。

德鲁想让我们认为博根是个恶人，如果博根是的话，他为非作歹的生涯就不是从伊丽莎白开始，也不是以伊丽莎白为终结。他和贝蒂之间的联系——我们可以确定无疑的唯一联系，是可卡因。找一找其他和他有可卡因联系的人，在他治疗过的患者里查一查。"

奈杰尔打了个响指，一下子蹦了起来，走到电话前，找到一个号码。

"我刚刚想起来，"他说，"尤妮斯曾经提起，有一个姑娘找他治疗过，但在几个月后她的症状更加严重了……你好，我找尤妮斯·安斯利小姐，我是奈杰尔·斯特雷奇威。晚上好，我想请你告诉我……名字和地址。"

随后是一段简短的交谈。奈杰尔放下听筒，转回身，对乔治娅做了个鬼脸。

"你拿到了吗？"她问。

"是的。哦，是的，我拿到了。"

"别告诉我这个姑娘也被杀害了。"

"没有，但是尤妮斯说布朗特几天前问她索要了同样的信息。"

第十七章

信息

去做医生吧,浮士德,金子堆成山,

一次妙手回春便能让你美名永传。

——马洛[1]

直到一周后,奈杰尔才听闻布朗特的调查结果。这一周的时间里,

---

[1] 克里斯托弗·马洛(1564—1593),英国文艺复兴时期诗人、剧作家。引文出自他的代表作《浮士德博士的悲剧》(1588)。

他放下案子，给自己的脑子放了个假。他相信，如果没有关于博根医生和伊丽莎白之间联系的更多证据，下一步行动将不会安排。而他自己去调查也纯粹是浪费时间，因为布朗特的查案资源比他好得多。和探长打电话谈过之后，他放心了。警方正在稳步挖掘伊丽莎白的交际往来和博根的行医经历。

接下来，一天早上，乔治娅去了难民委员会做她的工作，奈杰尔则在写他的战时日记。乔治娅刚离开家门，电话铃响了。打电话来的是布朗特探长，他想让奈杰尔邀请安德鲁·里斯托里克和威尔·戴克斯当天共用晚餐，他本人则会稍后到来。

"所以我要做你的暗探，"奈杰尔说，"做你的幌子、你的替身，我能从侦缉处拿到报酬吗？"

"我只是认为……嗯……在你的公寓氛围会更放松。"布朗特说，言辞还是一如既往地简洁，随后挂断了电话。

戴克斯和安德鲁当天晚上都正好有空，奈杰尔得以完成布朗特的要求。7点30分时，安德鲁到了。几分钟后，楼下街上的一阵争吵声使他们得知威尔·戴克斯也已抵达。

"这些该死的纨绔子弟！"在和屋里的三个人相互问候后，他大声说道，"他们怎么就那么好战！"

"又被警察找了麻烦吗？"奈杰尔问。

"一个志愿警察。我刚把我的手电筒对着门，想看看门牌号对不对，就来了个穿制服管闲事的年轻人，他就差没当面说我是希特勒了。我对他说，'小伙子，我是反法西斯主义者。'我还说，'在你刚刚长大懂事、要拔智齿的年纪时我就是了,而且我很怀疑你长了智齿没有。'"

乔治娅"咯咯"地笑出声:"我猜这话没得到欣赏。"

"他说他只是在履行他的职责。我直接告诉他,'你可以履行你的职责,但请保持你的风度,我的小伙计。'我这么说了。但是怎么说呢,一旦你给了一个年轻的小资产阶级丁点儿大的权利,下一步他就会耀武扬威起来。是的,谢谢你,我不介意喝上一杯雪莉酒,现在外面还是冷得刺骨。"

"你很快会再和警察碰上,"奈杰尔说,"布朗特探长大概晚饭后到。"

"哦,他呀,我不在意他,已经习惯这伙计了。我们最近碰上很多次了。"

"是吗?他有没有和你说过什么?他的进展如何?"安德鲁问。

"他不会泄露信息,反而是索求信息。他想要一份所有我见过面的、陪伴过贝蒂的人的名单——或者清单什么的吧。嗯,我佩服把自己本职工作做得好的人。布朗特就很好,但我希望他能够下定决心逮捕我,或者取消行动。让便衣警察围着你的住所,这感受可不怎么好,邻居们会说些风言风语,你懂的。"

安德鲁眼神发亮:"你这是自行做出了典型的小资产阶级反应呀,威尔。"

小说家的下嘴唇噘了起来,像是准备好要来一番争辩。他眼神警惕、敏锐地锁定安德鲁。

"是时候让你了解生活的真面目了，里斯托里克，"他说，"其中之一就是，只要你舍弃不了体面，你就需要大量的金钱。"

"这是流淌在我血液里的认知。"

"在我生长的地方，道德准则简单直接，我敢说，你会把它称之为粗鄙，但它和我们的生活经历密不可分。它不是人为强加给我们，然后我们二话不说就接受了的，不像你们。"

"我非常怀疑我们有这样的道德准则。"安德鲁低声咕哝道。

"你瞧，明白了吧？你们承受得起率性而为的代价，我不怪你。从某方面来说，你是幸运的。我是想说，在我成长的地方，你可以遵守你的道德准则，你也可以打破这个道德准则，但你没本钱笑话这个准则。你可能是错的，也可能没错，但体面是要你去奋斗才能保住的东西，因为你不得不去奋斗才能获得体面。我恐怕讲得太多了……"说着，他对乔治娅露出个令人愉悦的笑容。他站了起来，走向书架，"你们有一些很不错的书。哇，这是什么？亨利·詹姆斯的'序言集'。我可以借这本书吗？"

"当然可以，你崇拜詹姆斯？"

"是的，我想我是崇拜他的，就像一个泰恩赛德[①]的码头工崇拜泰姬陵。他简直不敢相信这么精巧的东西竟然真实存在。詹姆斯描述出了所有这些细微的心理状态和微妙的人物关系——啊，对我来说，这就像是无中生有的魔术戏法。是的，在这方面我佩服他。他从支离

[①] 英国东北部的一个都市区。

破碎的材料中竟提取出了这么多内容！我喜欢对自己的工作熟稔于心的人。"

晚饭时，他们聊的是书籍和战争，对伊丽莎白·里斯托里克的话题避而不谈。饭局快结束时，戴克斯的心神已经越来越恍惚，语气中的激动已经得到了压制，而这也让安德鲁的声音越来越平和，动作越来越随意，然而这时，布朗特上门来访，他的到来彰显出了他对他们是有多么重要。

探长上门时的神情是从未有过的亲和欢快。他喝了奈杰尔的白兰地，咂了咂嘴，用劲拍了拍自己光秃秃的脑袋，对着炉火烤了烤自己肥壮的屁股，让自己暖和了起来。总体来说，他给人以穿着便服的圣诞老人的印象，但在眼下的情景里，这一切显得有点邪门儿。

"啊哈，白兰地，烈酒。嗯哼！多么醇香的美酒啊！呃，好吧，我希望我的手下没给你造成不便，戴克斯先生。"

"他刚刚和我们讲了他在邻居们之间的口碑是怎么被毁掉的。"乔治娅说。

"哎呀，这可太糟了，太糟了。得叫他们走开，不过也必须照应你们这些好人。"

"你的意思是说，你认为凶手可能会对我们中的某一位开冷枪吗？"安德鲁问。

威尔·戴克斯尖刻地笑了："他在说'照应'的时候,其实是在说'睁眼盯着'！"

"哦，好吧，不总是这样。清白无辜的人不会介意这种程度的小小不便。古话说得好，平生坦荡，万恶不侵。①"

奈杰尔明目张胆地把白兰地酒瓶挪到了布朗特够不着的地方："一旦你开始引经据典，通常就是散席的时间到了。我猜你来我这儿不仅仅是为了痛饮白兰地的吧？"

"说实话，不是。真是让人愤恨的提示。我想你也许对我手头在做的事情感兴趣。过去的一个星期里，又有了很多很多的消息。在戴克斯先生以及安斯利小姐的好心协助下，我得以联络到里斯托里克小姐的大部分朋友。我们还对博根医生的钱财往来做了调查。"布朗特摘掉他的夹鼻眼镜，擦了擦镜片，专注地盯着众人。看过后，他接着说了下去，"我之前要求里斯托里克先生和戴克斯先生今天晚上到这里来，因为他们和……和里斯托里克小姐都关系匪浅。我晚些时候或许需要他们的配合。当然，你们要明白，我接下来和你们说的话只能出我的口，入你们的耳。你们也绝不可以无端揣测我说的话就必然和凶手相关。"

他们全都神色肃穆地点了点头。威尔·戴克斯烦躁不安地摆弄着一个卷烟器。安德鲁坐在那儿，身体轻颤，眼神专注又入迷，就像是梗犬在盯着老鼠洞一般，口里猛吸着从奈杰尔这儿拿到的一支雪茄。布朗特开始了他的故事。他首先提起了赫里沃德亲口说的和里斯托里克家财务相关的情况，经过在别处的迂回打探，已证实他的话是真的。

---

① 原文为拉丁文，出自贺拉斯（公元前65年—公元前8年，罗马帝国时期著名诗人）的《颂歌集》。

夏洛特的财产中有相当大的比重投入到了波兰的产业中，所以在这个国家被侵略后，她的产业受到了巨大打击。赫里沃德自己的收入倒是没有什么损失，只除了所得税越来越高。然而，他们的庄园曾一度亏损经营，原因倒不是他这个大地主不称职，而是他的慷慨大方。

"我应该补充一句，里斯托里克先生，你的兄嫂并不反对我将这些事情公开说出来。"

也许是不会，奈杰尔想，但是为什么要现在说出来，在我们这里的所有人面前说出来？

"你不是真的以为赫里沃德和夏洛特有可能杀了贝蒂吧？为了她那点收入吗？"安德鲁问。

"我们必须穷极每一种可能，还有你的钱也是一种可能。"

"我的钱？"

"嗯，有人想下毒杀你，你不会否认这个吧，里斯托里克先生？"

布朗特口气里的漠然引起了奈杰尔的注意，所以这就是为什么——

"不能否认，他们有强烈的动机要除掉你和你的妹妹。我们也知道，赫里沃德在你妹妹被杀害的那天晚上去了她的房间。再者，他们有在牛奶里下毒的机会，而毒药曾经是你哥哥的东西。"

安德鲁消瘦、黝黑的面庞上现出惊骇不已的表情。

"亲爱的探长，"他开了口，"说真的，你不会真的以为我哥哥……"

"你睡眠很浅，里斯托里克先生。"

"我不明白……"

"大多数在社会上闯荡的人、住在危险地方的人睡眠都不好。当然，这点我验证过。你妹妹开始对可卡因上瘾的时候你不在英格兰,你的这份供述我也验证过了。我想表达的是——里斯托里克先生敲他妹妹的房门,喊她名字的时候,睡眠不好的人,就比如你,竟没有被吵醒,这是怎么做到的呢?哪怕假设你已经完全睡着了——这可是在你刚刚上床半小时之后的事情。"

"你是想说我在试图包庇赫里沃德吗?"

"或许呢。不管怎么说,凡是可以排除里斯托里克先生和里斯托里克夫人杀害你妹妹的嫌疑,以及试图杀害你的嫌疑的,不管任何信息,只要你可以提供的,我都欢迎。"布朗特停顿了一下,"如果可以排除他们试图杀害你的嫌疑,也就排除了他们杀害你妹妹的可能性。"

炉火映照在布朗特光亮的脑袋上,在安德鲁眉头紧锁的脸上投下了阴影,他看起来既忧虑又迷惘。

"我希望我可以给你提供些信息,"他终于开了口,"但是我那天晚上并没有听到赫里沃德的声音,我无法告诉你是谁在我的牛奶里下毒。我猜测夏洛特和赫里沃德不是仅有的两个能做到这事的人。"

"对,博根医生也可以做到,但是博根医生凭什么想除掉你呢?"

"我不知道,"安德鲁缓缓地说,"除非他觉得我手里有不利于他的证据,可以证实是他造成了贝蒂的死亡。"

"而他为什么会觉得你有不利于他的证据呢?"布朗特随口带出来这个问题,就仿佛猫悄无声息地伸出了它的爪子,"在你声称谋杀案发生时你已经睡着了的时候?"

安德鲁大笑起来,是那种击剑手承认自己被击中时轻松而又兴奋的笑声："我不知道,可能只是因为他心里有鬼。或许我有了证据,但是我自己并没有意识到。我已经给出了我认为博根是犯罪者的详尽分析。如果我有证据,我肯定不会把证据藏着掖着。"

"哦,好,那么我们先把这事放到一边。现在我要告诉你的是这个……呃……是有关你的眼中钉、肉中刺的几件事,关于博根医生的事。"

奈杰尔盯着自己的脚尖,心中大惑不解。对着嫌疑人表现得这么信任有加,这对布朗特来说太不寻常,也太不专业了。这位探长就像一个狡猾的苏格兰人,绝不会在没有回报的时候舍出去什么东西。当他看似在真心做好事不求回报的时候,他其实总是在投下足量的诱饵。他现在是在引他们上钩,奈杰尔猜想,好促使安德鲁·里斯托里克吐露更多的秘密。

布朗特说,丹尼斯·博根医生是十年前来的英格兰,在那之前他已经货真价实地取得了约翰斯·霍普金斯大学医学学位。美国警方没有他的任何案底,当然也没有涉及他和贩毒者恩格尔曼之间关联的证据。博根自述过他在恩格尔曼结识伊丽莎白·里斯托里克那段时间的经历,他们现在正在对他的说辞进行调查。迄今为止挖掘出来的唯一疑点是,尽管在美国做学生的时候,他还是个相对贫穷的人,但在抵达英国后,有迹象表明他有了丰厚的收入。他自己给布朗特的解释看似敷衍随意,却似乎很有可能是真的。获得学位之后不久,他便开始在美国行医,一位女患者把自己的遗产赠给了他,他把钱投入到华尔街,投资非常成功。在积累大量财富后,他在美国游历了一段时间——

这段时间就是恩格尔曼活跃的时间——随后他来到了英国。美国警方正在核实他的这段经历，但是，追踪那些经年累月之后变得暗淡的线索的成功概率能有多大，布朗特表示不乐观。

到了英国之后，博根又去爱丁堡深造了一段时间，并加入了英国国籍，没多久就注册成了医师。那个时候他在医学圈里的名声还不错，虽然他采取的非常规治疗手段并没有让他成为保守的同行们都认可的对象。然而，他成功的行医经历，特别是成功治疗了有钱女患者的名声渐渐得到传扬。他抓住了运气，或者说抓住了机会，在他的委托人中间开创了新的潮流，而对那些委托人来说，他们的生活就是一个个新潮流构成的。在20世纪30年代早期，精神分析的狂潮开始兴起，富裕的神经官能症患者已经准备好了拥抱新的热潮。除了颇为规律地使用催眠术，他的治疗手段说不上有非常创新的地方：患者们迷恋更多的是他这个人，而非他的本领。一个没那么个性独具的人也可以精通女性精神疾病的治疗，并没完没了地使用类似的治疗手法。他们花了大钱后当然得到了物有所值的刺激——而通常他们也获得了治愈。

布朗特说，这些就是博根医生的个人背景了。他的病人中有很多人有毒瘾这个事实并不必然表示有很多疑点，但是在里斯托里克案件中，毒品赫然出现，布朗特决定沿着尤妮斯·安斯利的供述追查下去。因此，他去联络了那个姑娘，也就是奈杰尔最近向安斯利小姐询问的求诊姑娘。布朗特软硬兼施，又是劝解，又是一副官差的强硬态度，在那个姑娘极不情愿的情况下获悉了她的亲身经历，他称呼这位姑娘为"A小姐"。

"A小姐"是一位殷实的实业家的女儿，一位紧跟潮流的可卡因上瘾者——她的父母对她有毒瘾的事情一无所知。随着她的毒瘾越来越重，她害怕毒瘾发作时的表现最终会为她的父母所发现，其后果将会是灾难性的——她的父亲是个老古板，是对人求全责备的那种性格。因此，和几个相熟的人一样，她把自己交到博根医生的手上，以求得到治愈。治疗显然是有成效的，可是，在治疗结束的几个月之后，那个姑娘的毒瘾复发得更严重了，这还不是最糟糕的。她开始收到一些信，信里威胁，如果她没有通过特定渠道交出一大笔钱来，写信者就要把她吸食可卡因成瘾之事告知她的父母。她屈服了。然而敲诈者的胃口越来越大，索要的钱财越来越多，她再也满足不了这些要求。在害怕和绝望交织的痛苦心情下，她写了一封信给敲诈者，恳求面谈。会面的时间地点定了下来，时间是晚上，地点在摄政公园①其中一个门的门外。令A小姐惊诧的是，出面相见的是个女人。她浑身上下包裹得严严实实，衣着时髦，毫无一丝怜悯之心。无论A小姐怎么哀求都不能动摇她一分一毫。

A小姐陷入了绝望的境地，她做了一开始就应该做的事情。她向父母做了坦白。她的父亲起初简直是暴跳如雷，但最后他消了气，把她送去看了另一个医生，使她彻底戒掉了毒瘾。

但在此之前，发生了另外一件事，布朗特觉得其意义非同寻常。在和敲诈者会面之后，A小姐凭着一时冲动，决定去找博根医生求助。

---

① 伦敦大型公园，1838年向公众开放。

她步行去往他的私人住所，在离那里还有五十码[①]远的时候，靠着街边路灯的灯光，她看到一个女人冒了出来，匆匆忙忙地掠过她，往街道的另一端走去，而一个小时前，她刚刚在摄政公园外见过这个女人。

当然，她没有任何符合逻辑的证据。不过就她而言，绝无认错的可能。看到那个可怕的女人，她胆战心惊地放弃了自己的计划，坐出租车回了家——她本应该看看那个女人在那里是在做什么勾当。她当时脑子里的想法是博根医生一定是敲诈者的另一个敲诈对象，她推理出来的结论是他没办法帮助她。但是不久之后，她想起来，在和敲诈者会面的时候，那个神秘的女人提起了 A 小姐和 A 小姐父亲之间的关系，而这，绝不应该是那个女人能够知道的，除非她从博根医生那儿听来，因为，在治疗过程中，医生曾要求过她把这段父女关系中最完整，最亲密的细节描述出来。

"所以，你们瞧，"布朗特给出结论，"如果 A 小姐的证据可信——我认为非常可信，我们就在博根医生和敲诈者之间建立起了联系。就如今的情况，这个证据在审判庭上站不住脚，而我怀疑，在隔了那么久之后，哪怕我们找到了这个女人，让她们两个人当面对质，A 小姐是否还能再认出她来。我的重点是，博根在某一个案件里的作为可能已经在很多其他案件里也出现过。如果他是 A 小姐被敲诈一案的背后主使，那么在伊丽莎白·里斯托里克这个案子里，也有可能出现过敲诈勒索的内容。"

[①] 英制长度单位，1 码约为 0.9 米。

安德鲁倒抽了一口气："上帝呀，真是叫人恶心的骗局！"

"如果是真的，那就是个计胜一筹的骗局，"威尔·戴克斯说，"他那种男人能够打探出所有女人的秘密，但博根做的时候是披了一层尊贵职业的完美外衣。你们觉得他是不是特意这么安排，令 A 小姐的治疗没能完成？"

"不好说，他实际确实治愈了很多病例，这是毫无疑问的。我们现在的决定是彻底调查他的私人疗养院和他的行医经历。他处在一个非常有利于他的地位，只不过是因为很多找他求医的人都希望自己的病情对外保密。"

"一想到可怜的贝蒂竟然落到了那头猪的手上，我就恨不得拧断他的脖子！"安德鲁叫道。

奈杰尔暗自想到，油然而生的真情实感经由最戏剧化的陈词滥调表达出来，这已经不是第一次了。

"我认为贝蒂可以照顾好自己。"威尔·戴克斯说。

"可对那些有毒瘾的患者，谁知道他有没有施展过他的诈骗手段？"安德鲁继续说道，"神经官能症患者。他承认他给贝蒂开过镇定药。他可以利用这种手段让病人对吗啡上瘾，然后因为病人吗啡上瘾而敲诈他们——我不排除他可能通过某些中间人来提供这些药品，很有可能。从粪坑里掏出来一座金矿。"

"我们都会进行调查。"

"调查！"安德鲁呼喊道，"在他造成更多的危害前，现在，你们必须出手阻止他。你们还没有逮捕他吗？"

"案件中有关毒品的部分已经由我们侦缉处专人接手了。我在调查的是有关凶杀的部分，里斯托里克先生。"

"当然，可是天呐，肯定——"

"不，"布朗特温和却几乎不近人情的深邃目光牢牢地锁住了他，"不，我现在看不出有什么特别的理由可以认为博根是杀人凶手。"

第十八章

失踪

> 恶人虽无人追赶也逃跑。[1]
>
> ——《箴言》

第二天早上，躺在床上，奈杰尔不得不承认布朗特的推论有理有据。博根可能恶贯满盈，但那并不能证明他就是杀人凶手。他回顾了一番布朗特的逻辑，首先，如果博根想摆脱伊丽莎白，为什么要用这

---

[1]《圣经·旧约·箴言》28∶1。

种方式，在她的家里，冒如此大的风险？如果他是在他自己的疗养院里，或者在伊丽莎白伦敦的公寓楼里杀了她，给人留下她是自杀的印象——可卡因吸食过量而死，那要简单得多；其次，博根为什么会想杀死伊丽莎白？如果敲诈成功了，他当然不需要杀她。正如布朗特告诉他们的，没有证据证明博根杀了伊丽莎白。在对伊丽莎白的银行查证后，没有发现她的银行账户里的大额支出有哪一笔是解释不清楚用途的。唯一的可能是她在收集博根的违法证据。布朗特最近的调查显示，需要收集的证据有很多。另一方面，在对伊丽莎白的朋友和博根的病人作了大量讯问后，得知博根并没有发现伊丽莎白有在收集他的违法证据，一件实证也没有。她对朋友们甚至根本没提过博根，除了说博根是她的一个朋友，是她的医生。

所以，没办法，奈杰尔心想，又回到了开头。从手段和机会来看，伊斯特汉庄园里的每个人都有可能杀死伊丽莎白，而他们也都有这样或那样的动机，不过却没有谁的动机真正称得上十分充分，而有预谋的犯罪不会在动机不牢固的时候实施。他的咖啡逐渐变冷，寒风在广场上的树枝间肆虐，一个小时过去了，他绞尽了脑汁，仔细翻寻自己的记忆，想给这出悲剧找到新的出路。随后，他走到电话机前。

四个小时后，他坐在了金鱼饭店里僻静处的一张桌子前。博根医生坐在他的对面，正持续不停地用牙签剔着牙。午饭时他们谈论了一些不痛不痒的话题，奈杰尔不止一次地回想起了乔治娅对博根的描述——一栋看门人展示给你看的大宅。在他叫人看不透的性格背后，有多少思绪，有多少秘密，又有多少不法勾当，藏在这栋大宅的主人让看门人锁起来的房间里？乔治娅在伊斯特汉庄园时还说了别的话。想起这些话，奈杰尔突然开口提问："安德鲁·里斯托里克为什么对你这么敌视？"

医生把牙签放到吃剩的巧克力蛋糕上："或许是出于对他妹妹的痴迷，我最开始的时候给过这样的推测。或许是出于其他的，类似的厌恶之情。"

"是的，我看出来了，但是这样的厌恶之情通常并不会促使人们把厌恶的对象判作杀人凶手。"

"哦，天呐，他在这么做吗？"

"你应该心里有数。"

博根医生用他细长的手指捋着胡须。他若有所思地注视着奈杰尔，仿佛在思考这个病人对什么治疗方式反应会最好。

"你说的是那个把文件烧成灰的把戏吗？"

"不止。"奈杰尔下定决心要让博根打开话匣子。

"你认为是他在牛奶里放入的氰化钾？"

"你是这么以为的，是吗？"

"自然，没有证据，对吧？"

"这不是证据的问题。如果你不是相信他在自己的牛奶杯里下了毒药，目的就为了让你被定罪，你也不会把杯子里的牛奶倒进牛奶罐里一些。"

"嗨，斯特雷奇威，你知道，我也知道，你这个论点逻辑有问题。"博根回答，突然轻笑，几乎像是用假嗓笑出来似的。他似乎完全掌控了局面。恶人当道,奈杰尔心想,犹如青翠繁茂的月桂树一般①。

"我不想和你掰扯逻辑,医生。"他说,"一个姑娘,她是你的患者,她被杀害了。有人几次三番地图谋想让你被定罪。这些图谋至少成功迫使警方对你的私人事务展开了最严格的调查。这些调查的结果,据我所知,可能会使你职业生涯尽毁,并可能让你遭受长期的牢狱之灾。然而,我对这些没有兴趣。问题在于你是否希望上绞刑架。当然,如果你希望,你现在正在往绞刑架的方向走去。"

博根医生晶莹的褐色眼眸开始茫然若失。对于奈杰尔所发起的闪电战②,这是他唯一的应对。

"作为一位鼎鼎有名的大侦探,你的纯朴真是特别,"他说,"不过,我会迎合你。我的职业声誉不劳你费心,但我自然也不想上绞刑架。我猜你的思路是不是这样——如果下毒事件和纸灰事件属于想给我定罪的图谋,那么这两件事一定是凶手做的;可若不属于,那么凶手一定是我,是吗?"

"不管怎样,这似乎是讨论的基础。"奈杰尔回答,浅蓝色的眼睛不露声色地打量着医生。

"嗯,如果帮得上你的忙,既然这里没有目击证人,我不介意告诉你,把有毒的牛奶从玻璃杯里倒进罐子里的人就是我。"

"果然不出我所料,"奈杰尔利落地问,"因为什么?"

---

① 《圣经·旧约·诗篇》37:35,"我见过恶人大有势力,好像一根青翠树在本土生发。"
② 二战中纳粹德国发明的战略战术,其特点是集中优势力量,出其不意、快速袭击。闪电战最早于1939年9月1日袭击波兰时使用。

"你精彩的想象力应该给了你答案。"

"因为你一时昏了头。你怀疑毒药可能是另一个试图让你罪证更加确凿的手段,你感觉,若是能让投毒看起来不仅仅是只针对安德鲁·里斯托里克一个人的,那么情况就会更加混乱。你自己心里也很清楚在牛奶里投毒的人是安德鲁。"

博根医生好奇地瞅了奈杰尔一眼:"恭喜你,这确实是最合理的解释,但是我并没有昏了头。实际情况是我的所作所为都是一时冲动——一时的恶作剧,我只是想看看大家都会如何表现。这是实话,但是,当然咯,我没指望你会相信。"

"既然我们都玩起了'真心话'的游戏,"奈杰尔说,他的话把经过的一个服务员给吓了一大跳,"你杀了伊丽莎白·里斯托里克吗?"

"既然这里没有目击证人——好了,服务员,你不需要听下去。确切地说,虽然事实已经存在,但我可以向你保证,我没有杀她。"

"那么是安德鲁吗?"

博根医生耸了耸肩,这个动作让人联想到他的拉丁裔血统:"谁知道呢?他是一个欲望受压抑的人。虽然表面上他魅力无边,无忧无虑,却心怀愤懑。如果是他,并非不可能。不过为什么要问我?"

"我们都认为,如果你不是凶手,那么想让你被定罪的人就是凶手。我们都认为,安德鲁很有可能正是这个安排定罪证据的人。"

"啊,不,不行。不要那么快,亲爱的小伙子。如果安德鲁想成为给人定罪的公诉人——我敢说他可能就是这么想的,那也不能说明他就是凶手。按照逻辑来说,他除了利用凶杀案的局面使我陷入麻烦,也没有其他什么了。他恨我，我承认。他希望我是凶手。以他的脾性来说，把我定为凶犯不亚于他在伸张正义。"

"你和安德鲁真可谓有志一同，"奈杰尔嘲讽地说，"虽然你们彼此敌对。"

博根医生用勺子舀了一块糖，将其投入咖啡，倒进嘴里，嚼得"咯吱咯吱"响。他的牙齿很白，保养得很好。

"不过仇视似乎只是单方面的，"奈杰尔继续说道，"我是说，在庄园里的时候，他对你的影射非常过分，而你就那么放过他了。"

"神经官能症患者天马行空的行为对我来说太习以为常了。"医生回答，又展现出了他的职业尊严。

"毋庸置疑，"奈杰尔说，"但是正常情况下你应该有所防备才是，我猜得对吗？"

"我没太明白你的意思。"

"不管安德鲁是不是杀人凶手，他对你都特别危险，不应该小瞧他。他在很努力地把罪名落在你的头上——不是这个罪名，就是别的什么罪名，我很确信。"

"你让我感到了恐惧，先生。"

"而我预计，在他掌握完整的案情之前，他对我们仍然有所隐瞒。至少，他已经多次对我们暗示这点了。"

"感谢你的关心，斯特雷奇威，但是我相信警察会给我充分的保护。"

殷勤感谢了奈杰尔请他吃的午餐，博根医生起身告辞。看到这个蓄着一脸胡须、驼背弓腰的人从饭店里走出,看到一路上他的身影从一面面镜子里掠过,奈杰尔心中思忖,不,没有人能够使他变脸动容。奈杰尔印象最深刻的不是博根讨论杀人凶手的方式,而是在收到自己给他的暗示,暗示他警察正在调查他的从业经历时,他那不动如山、冷静自若的姿态。只有一个无辜的人,或者一个犯罪老手才能够克制住寻根究底的欲望。除非布朗特的演绎错得离谱,这个男人确实是在利用职业身份做他为非作歹的伪装和工具。但是,当被告知警方正在调查时,他竟无动于衷。奈杰尔对着博根挥手告别,抬到一半时,他的身影已渐渐远去。

几分钟后,奈杰尔进了一间公用电话亭。拨完号码,他眼神放空地凝视着街道,心里感叹着,就目前来看,战争对伦敦的改变竟是小之又小。

"你好,我找布朗特探长……是的,里斯托里克案件。我是斯特雷奇威先生……喂,你好,布朗特,我是斯特雷奇威。我刚和博根医生吃完午饭,他说他没有杀人……是的,你之前听说过一次了,毫无疑问,你还会再听到一次。听着,我有一个想法……"

奈杰尔不由自主地降低了音量。等他说完,话筒的另一边传来一阵短促的反驳之声。

"不,不,"布朗特说,"不,不,不。我不可能那么做,那是自找麻烦,他们会削了我的皮。"

"这是我能想到的唯一办法。不管怎样,你必须逼他出手,迫使他行动,没有别的——"

"不，"布朗特一再强调，"这太反常了。没戏。"

"好吧，你介意由我来做吗？"

"你要负全责。我是什么都不知道的，你明白吗？"

"行，我会汇报进展，如果有进展的话。庄园聚会上的每一个人，你都派人盯梢了吗……好的，撤掉他住所的探子吧，我来负责他。"

"你最好负起责来，"布朗特严肃地说道，"回见。"

奈杰尔匆匆赶回家中制定计划，并且又打出去几个电话。行动紧随其后地落实下来：他的计划造成的后果来得太快，他根本未曾预料到，也未能控制。第二天早上，安德鲁·里斯托里克收到紧急召唤，来到斯特雷奇威夫妇的公寓，发现奈杰尔和乔治娅都是焦虑万分的样子。

"布朗特逮捕了威尔·戴克斯。"奈杰尔干巴巴地说。

安德鲁脸色一僵："戴克斯？但是岂不……那么，他那天晚上在这儿到底是在做什么？我以为他是最没有嫌疑的。"

"我不知道，布朗特的口风紧得让人讨厌。你永远不知道他的脑袋里都在想些什么。"

"你不会觉得——"

"我无法相信戴克斯是杀人凶手，怎么也无法相信。不过，布朗特必定掌握了什么我们并不了解的证据，若不是警方对他们的理由确信不疑，他们绝不会实施逮捕。"

安德鲁的手指无意识地摩挲着身边桌子上的一本书："听我说，他不是个有钱人。我愿意给他请律师，不管花多少钱，你知道的。我应该让我的律师去见一见他,并且……"

"他已经请了自己的律师,准备辩护中,但是我相信他会感激你对他的解囊相助,我会告诉他的。"

奈杰尔使尽了浑身解数阻止安德鲁做出去见威尔·戴克斯的打算。此刻,那位小说家其实根本没有身陷囹圄,在斯特雷奇威夫妇公寓里的另外一个房间里,他正快活地奋笔疾书,写他的新小说。

"好吧,如果还有什么我能做到的,尽管开口,"安德鲁说,"你准备接受戴克斯案件的委托吗?"

"自然。"

安德鲁思索了一会儿:"我有一个主意,如果这个周末你可以到伊斯特汉来,我会让夏洛特邀请尤妮斯和博根医生也来。我可以肯定,警方一定遗漏了什么重要的线索。如果我们可以聚到一起——当然,除了威尔·戴克斯,他不在……我有一个想法,然而……"

他渐渐止住了话头——这和他往常干脆利落的风格完全相反,但奈杰尔马上接纳了这个建议。如果能够让他们全都离开伦敦,那当然再让人满意不过,在伦敦,他们迟早都会发现关于威尔·戴克斯的真相。况且,有时他也相信,安德鲁对这起案件的了解比他愿意承认的更多,而他把嫌疑人聚集到庄园里的计划看起来仿佛是要给他们揭晓谜底。

当天晚上,安德鲁给他打电话过来,说聚会已经安排好。这次,奈杰尔也要在庄园里留宿。

乔治娅以有公事为由推脱不来:事实上,她要留下来照看威尔·戴克斯。布朗特的打算也是要妥善照看好他——便衣警察被派到了公寓里进行看守。除此之外,布朗特还通知了菲利普斯警司,说庄园里将会有聚会,这样当地警方就可以做好安排,对聚会进行密切关注。他能做的就是这些了,接下来就等侦缉处把博根的所作所为查个彻底,直到更多有关凶手的证据暴露出来。

星期五晚上,他们全都聚到了庄园里。安德鲁前一天就到了。博根医生一直被羁绊在城里,来得晚了,晚饭后才到。大家全都又困又乏,晚上讨论案件的条件不足。哪怕安德鲁想实施打击,他也不得不等到第二天上午。

第二天上午,打击得到了充分的实施,激烈得远超奈杰尔的想象。他被敲门声叫醒——他的脑海里好似有个锤子在使劲儿地敲击,敲门声不是那么完全同步地应和着捶击的声音。双管齐下,他简直头疼欲裂。

"进来。"他痛苦地说道。

进来的是端着茶水的女仆。他看了一眼手表,手表上的指针和数字似乎在表盘上游动。他费了一阵周折才看清指针和数字,9点了。好吧,里斯托里克家的传统是让客人们多睡一会儿。但,毫无疑问,不包括给他们烈性安眠饮料。安眠饮料!这个念头刺入奈杰尔混沌糊涂的感官。他从床上一跃而起——猛烈的动作几乎把他的脑袋给劈成了两半。女仆已经拉开了窗帘。换衣服的时候,他隐隐约约注意到昨天晚上外面又下了一场雪。

早餐的饭桌上,他看到的一张张面孔仿佛都和他一样不甚清醒,但是还有两张不在其中。

"安德鲁在哪儿？还有博根医生呢？"他问。

"他们还没有下楼……"夏洛特回答，手抚上额头。

"我们全都患了头痛吗？"奈杰尔尖锐地问。

赫里沃德、夏洛特、尤妮斯·安斯利全都点了点头。

"一定是因为吃了让我们不适的食物……晚餐……最好和厨师谈一谈，亲爱的。"

"但是博根医生没有在这里用晚餐。里斯托里克，你有备用钥匙吗？我想我们最好去——"

"哎呀，上帝！不要再来一次，不要再来一次，拜托。"里斯托里克夫人在桌子的尽头站了起来，身体晃了一晃。她的声音听着缥缈而又幼稚傻气。

"稳住，稳住，亲爱的，"赫里沃德说，"没有什么好惊慌的。放轻松，两个人只是早饭迟到而已，为什么——"

"贝蒂也是那天早上早饭迟到了。"夏洛特的眼神转向室外。她似乎没有注意到尤妮斯·安斯利正徒劳地揉搓着双手，喃喃自语地自我安慰着。

楼上，从赫里沃德的肩头望过去，奈杰尔看到博根的卧室里空旷得很。不但博根不在屋里，他的衣服，他的随身物品，他的行李箱似乎都不知所踪。屋里清理得干干净净。

"我想是这个房间没错。"

"就是这个房间，"赫里沃德恼火地答道，"我只是不明白——"

"我们去看看安德鲁的房间吧。"奈杰尔说，咬紧了牙关。最好眼前就是最坏的情况，但他失算了，失算得彻彻底底，不可原谅。赫里沃德将钥匙插进隔壁房间的锁孔。安德鲁的房间并没有空空荡荡：衣服、书、鞋子、床上用品被扔得到处都是。所有东西，就大家所知道的，都还在房间里。所有东西，除了安德鲁本人。荒谬的是，赫里沃德还往床底下窥探了一番；打开衣柜看了看；他甚至还把枕头从地上拾起来，仿佛安德鲁的尸体可能藏在枕头下面。

"不，没用，他们失踪了。"奈杰尔说。

"胡扯，这……这简直荒谬绝伦！我们……你肯定还在做梦。"

"我希望是。"

他们搜寻了主屋里的卧室、盥洗室，以及每一个房间，但是博根和安德鲁——这一对怪异的仇敌，消失得无影无踪。

第十九章

布局

总而言之,他是个难题,必定能使魔鬼费尽猜疑。

——彭斯[1]

这个令人震撼的发现犹如魔法一般,奈杰尔的大脑彻底清醒过来。他的头还有点痛,但是安眠饮料的其他副作用已经像一阵山峦间的轻雾般被吹散不见。不过,现在还不是考虑庄园里已发生事件这一新发

---

[1] 罗伯特·彭斯(1759—1796),苏格兰诗人。

展的时候。他必须行动起来,而第一件事就是找到罗宾斯这个本地警察,他应该盯着庄园的,可是却没有给出警报。

很快,奈杰尔打了个电话给菲利普斯,告诉他发生了什么事情。菲利普斯向他担保罗宾斯昨天晚上就在庄园里执勤。他会立刻联系布朗特,然后开车到伊斯特汉来。奈杰尔下一个召唤来的是男管家,男管家告诉他,前一天晚上,他们是在仆人活动大厅里招待的罗宾斯。他们全都睡觉去后,男管家让他留在那里,他知道他得整晚都待在楼下,再时不时地到庭院里转一转,直到警司第二天派人过来让他歇息。

奈杰尔立刻发起对附属建筑和仆人活动区的搜查。他和赫里沃德很快找到了失去踪影的警员。他们发现他被人塞到了锅炉房的一个死角里。他嘴里被塞了块堵嘴布,身上还结结实实地绑着绳子,那绳子正和用来把伊丽莎白·里斯托里克吊起来的绳子一模一样。他的样子怎么看都像是死了一样。但是,等他们碰到他的脸、拿掉堵嘴布的时候,他的脸上摸着是暖的,他还有呼吸。罗宾斯警员睡得很沉,焦炭的烟气让他整晚都安安静静的,所以,哪怕短工一大早就进来给锅炉重新装满了水,他也没有任何动静,没有暴露出自己的存在。

奈杰尔狠命地摇了摇罗宾斯,他苏醒过来,打了个哈欠,当看到周围的环境时,脸上一副不可置信的滑稽表情,随后,他因为捆绳松绑后手腕上和膝盖处的疼痛而抽搐不已。赫里沃德急忙跑出去取了些咖啡过来。奈杰尔告诉罗宾斯发生了什么事情。这位警员仍旧还没有从极度的惊诧中回过神来,他的手轻柔地揉着一侧脑袋。

"我被人打昏了头。"罗宾斯蠢乎乎地说,"这一昏我可有麻烦了。"

"先放松一会儿,这不是你的错,"奈杰尔说,检查了这个男人头上的伤痕——骨头没有被伤到。这一闷棍打得干脆利落,就和把他捆绑及丢弃的手法一样干脆利落。实际上,下黑手的人把他放到锅炉房里似乎还是对他的关照,在锅炉房里,他不至于在苦寒之夜遭罪。罗宾斯也证实了这一点,喝了咖啡,意识恢复清醒后,他说他不是在锅炉房里被袭击的。

凌晨1点05分,在庄园里简单巡视过一圈后,他回到了屋里。他在仆人活动区的炉火旁坐下,这时,一阵响声引起了他的注意。那声音仿佛是从正堂大厅传来的,他走去查看是怎么回事。在那之前他已经摘掉了头盔。在穿过从厨房通往正堂大厅的双开式弹簧门时,袭击发生了。一定是有人藏在了这扇门后——这个人,奈杰尔心想,故意制造出了声响,好引诱罗宾斯警员走到容易受到袭击的地方。总而言之,在罗宾斯摁下手电筒的按钮时,一个身影在他旁边稍微靠后一点的位置对他发起攻击,对方的动作令他抬起手臂进行自卫,但时机晚了,他被击倒,然后便什么也不记得,直到在锅炉房里醒来,脑袋上方是俯身看着他的奈杰尔和赫里沃德。

"这么说,你一点也没有看到那个家伙长什么样子?"

"没有看到,先生。不过,等下……你说博根医生匆忙离开了?那一定是他偷袭的我,先生。我现在想起来了,抬起胳膊自卫的时候,我手触摸到了他的胡须。啊,对的。真好笑,竟把这事给忘了。"

把警察留给赫里沃德照顾,奈杰尔跑出了门。正如他所料,刚下的一场厚厚的大雪让辨识脚印变得不切实际,但大雪并没有完全遮盖住汽车拐弯驶向车道的车辙印。他急忙绕到房子的背面，找到了赫里沃德的司机。他们一起进了车库，发现安德鲁·里斯托里克的汽车不见了。

"我想不出——你昨天晚上听到车开出去的声音了吗？"

"没有，先生。我这段时间睡在庄园主屋里，老爷这段时间在让人整修车库上面的房间。"

"那辆车的车牌号是多少？"

司机告诉了他车牌号和车辆信息，奈杰尔打电话告诉给了菲利普斯所在警察局的局长。菲利普斯警司本人已经在来伊斯特汉的路上了。奈杰尔随后回到车库。他希望有一点可以符合他的预料，即袭击罗宾斯警员的人是博根。博根和安德鲁都失踪了，他们要么是一起逃跑，要么是博根杀了安德鲁，把他的尸体抛弃在了某个地方。如果后一个猜测为真，博根为什么不开自己的车逃逸呢？此时，看着汽油计量尺，奈杰尔发现油桶里只剩下了几加仑①汽油。

罗宾斯还没到可以歇息的时候，奈杰尔建议他应该骑上自行车再次出发，跟踪里斯托里克的汽车轮胎印。如果博根杀了安德鲁，把他的尸体转移到了汽车上，他很可能在不远的地方抛尸，但是罗宾斯警员更希望等待菲利普斯警司的命令。

一刻钟后，警司本人出现了。无论是严寒的天气，还是两个嫌疑人的失踪，他都没有改变亲和友好的态度。他呼出一口寒气，笑眯眯地看着奈杰尔，说道："又碰面了，先生。很可笑，不是吗？我打电

---

① 英制容（体）积单位，1加仑约为4.5升。

234

话给布朗特探长的时候，他的口气听着有点老气横秋。"

"我很确信他是那样的人。"

"他在过来的路上。现在，先生，如果你能告诉我发生了什么，我们可以看看能先做点什么。你看起来似乎精神不太好，先生。"

"是你，你的精神也不会好，如果你喝了过量的安眠饮料的话。"

"啧，啧！"警司饱含同情地咂舌。

奈杰尔告诉他最新的事态发展，菲利普斯随后对他带过来的几个人手发出一些命令，他自己则去打了一会儿电话。然后，他走进书写室，奈杰尔正在里面整理自己的思路。菲利普斯伸手烤着火，惬意地说道："好啦，斯特雷奇威先生，现在我们来聊两句。假如你把一切都告诉我，我想我们俩可以把事情先行解决，等探长到的时候给他一个惊喜。"

"那必须是个好到绝顶的惊喜，要不然他会给我好看。你知道，这个把所有嫌疑人聚到一起的聪明主意是我出的。我原想在聚会上宣布，威尔·戴克斯已经因杀人而被逮捕。我们要迫使安德鲁·里斯托里克出手。我从一开始就确信他因为某种原因没有把实话全部说出来。唉，该死的，我没料到第一个晚上他们就上演了一出失踪的戏码——"

"'他们'？你认为他们两个在这件事里都有份儿吗，先生？"

"不，我就随便说说。我还不大清楚——不管怎样，事情就这么发生了。安德鲁前天抵达，安斯利小姐和我是昨天下午来的，博根医生晚饭后到。晚饭时间是7点30分。如果安眠饮料是那时候给了我们，假定安眠药的剂量非常大，那是必然的——我们犯困的时间会提早很多。博根医生来的时候，里斯托里克夫人给了他一份热饮——那是一份阿华田饮料,我们也全都决定喝一杯。饮料制作的过程中,我们分散活动。赫里沃德领博根医生去他的房间,安德鲁出去把博根的轿车开进车库,里斯托里克夫人在厨房——她亲自制作阿华田饮料,安斯利小姐和我留在客厅里。几分钟后赫里沃德回到了客厅,安德鲁在他之后也很快返回,之后是博根,再接下来是里斯托里克夫人和端着托盘的男管家。"

"你的意思是说,谁都有可能把安眠药加进去吗?"

"不,麻烦就在这里。里斯托里克夫人发誓说,除了她和男管家,厨房里没有其他人——女仆们都睡觉了,饮料在制作过程中,她眼睛从头到尾一直盯着。如果是她自己放的安眠药,你想想看,她是绝不会这么说的;如果安眠药不是她放的,那一定是在托盘端到客厅之后放入的。但是饮料已经倒进了杯子里,而且,上帝啊!我怎么这么笨,我忘了糖——绵白糖。你可以把安眠药粉撒进去,撒上厚厚的一层,可是我们当时全都在四处走动交谈中,我不知道谁有机会这么做。"

"他们全都在饮料里加了糖吗?"

"我不记得有谁拒绝加糖,安德鲁把糖递了一圈儿。"

"所以好像是走进了一条死胡同,除非我们拿到更多证据。"

"我不觉得我们会拿到更多证据。在安德鲁的牛奶杯投毒事件之后,如果有谁看到某位女士或某位先生挖了一勺白色粉末倒进白糖里,他会立刻说出来。然而问题就在这里——下安眠药这事儿可能不是临时起意做出来的。不论是谁,若是他想确保昨天晚上我们全都睡得死死的,他就不会一直把安眠药粉拿在手上,寄希望于恰好出现一个合适的时机让他可以把安眠药粉用掉，会吗？"

"不会，除非他是凶手。"警司说道。

"而这正好驳斥了博根医生动手的可能性。另一方面，博根敲了罗宾斯警员的闷棍，博根又确凿无疑地消失不见。所以该怎么办呢？所以我们要找到博根的同谋——某个预先藏身于庄园内，并且拥有大量准备时间好让我们陷入酣睡的人。"

"那就是安德鲁·里斯托里克了，显而易见，因为他也销声匿迹了。"

"确实如此。这就能解释为什么他和博根一直刻意给大家造成他们是死敌的印象。事实上，安德鲁做得过了头。不过他们肯定精心谋划了，防止别人怀疑他们有可能是同谋，哪怕是一时片刻的怀疑。"

菲利普斯警司挠了挠头："是的，先生，也许是的，但是他们同谋干什么呢？杀死伊丽莎白·里斯托里克吗？他们为什么要杀死她？"

"布朗特已经发现博根可能在秘密贩毒，但是我们还不知道他是从哪里拿到的货源，谁是他的下线。假设安德鲁也参与其中呢？而伊丽莎白发现了秘密？安德鲁有大量时间待在国外，这里面大有文章可做。"

"这话有些道理。我想也许是的，先生，但是为什么博根和安德鲁·里斯托里克偏偏要在这个时间这个地点出走呢？"

"在伦敦，他们知道有人跟踪他们，想要摆脱侦缉处的探子既困难也危险。到了这儿，逃跑会相对容易些，但他们为什么在这个时间行动，要弄明白就更困难了。也许他们的理由是认为威尔·戴克斯遭到'逮捕'对他们来说有危险。"

"我本来以为有人被逮捕后，他们应该觉得更安全了。"

"是的，除非他们看穿了我的小计谋。"

"好吧，先生。我最好去看看我的人在楼上进行得如何了。我刚才让他们对安德鲁·里斯托里克的房间进行彻底搜查。"

警司出去了，奈杰尔开始意识到自己的推理听起来是多么站不住脚。接下来的一个小时里，他和庄园中的人员逐一谈话。夏洛特·里斯托里克似乎已经从刚才受到的震惊中回过神来，但是她对事件的转折仍旧感到迷惑和不安。奈杰尔仔细问了她安德鲁最近一次回到庄园后的表现。他对戴克斯被捕的消息表现得很悲痛，她说，事实上，他们全都很悲痛，但是他没有做出任何会出力的表示。实际上，回来后的第一个下午，他大部分的时间都用来教约翰怎么用气枪射击，气枪是他从伦敦买回来送给约翰的。夏洛特再次对他确认，她前一天晚上准备的热饮料不可能在厨房被人动手脚。

赫里沃德·里斯托里克没有更多的信息提供，除了说他的弟弟昨天似乎相当"神经紧张"。昨天晚上他领博根去房间的时候，博根没有说什么有意义的话，倒是尤妮斯·安斯利给了奈杰尔关于事实真相的第一个线索，不过他起初的时候根本没有意识到这是个线索。她告诉奈杰尔，他们谈论起威尔·戴克斯。她说她从一开始就知道凶手一定是他，他对伊丽莎白嫉妒得发狂——那些沉默寡言、让人看不透的小个子男人最后都会变成罪犯——看克里平[①]就知道了……诸如此类

[①] 霍利·哈维·克里平（1862—1910），通称"克里平医生"，美裔英国人。在伦敦毒死妻子后逃往加拿大，警方通过无线电报在加拿大将他抓获，这是首次使用无线电报抓捕罪犯。克里平后来被处以绞刑。

的话。她又说道，安德鲁不是很愿意发表自己的想法。不过，到了最后，奈杰尔觉得他打破缄默是因为这个让人受不了的女人。安德鲁说了，"你别自以为是了，亲爱的尤妮斯。如果你以为戴克斯会被绞死，我恐怕你这次会失望。"

"好像是我想让那个可怜小个子上绞刑架似的。"尤妮斯语气委屈地补充道。

奈杰尔不失礼数地、快速地摆脱了她，他走出房子，在白雪覆盖的露台上来回地走，对周围的一切无动于衷，思索着新得到的信息。

新的信息证明了他之前一直认定的想法——他认定安德鲁隐瞒了和谋杀相关的关键信息。安德鲁说戴克斯不会被绞死，他这么说毫无疑义地确定了他知道谁是真正的凶手。奈杰尔的计谋奏效了，但是为什么安德鲁不见踪影呢？合理的答案似乎只有一个，那就是昨天晚上他们全都上床入睡之后，他去指责X犯下的罪行，而X在杀害他后携尸逃跑了。

可是为什么博根也逃了呢？简单，随便哪个小学生都可以告诉你。因为博根就是杀人凶手X。但是，至少这一次，任何一个小学生都会出错。安眠饮料颠覆了所有的推论。哪怕假设博根可能会在阿华田饮料里下药，可他为什么要那么做呢？他那个时间刚到庄园，安德鲁也不会有时间找他摊牌。

不，这没有道理。在他们两人都在伦敦时，安德鲁或许曾经暗示过他知道博根的罪恶秘密，有可能是在他邀请博根来过周末的时候。你最好去一趟庄园，否则我就全说出来。敲诈你挺有趣，但是现在聚会结束了，我不能让他们绞死错的人。是的，安德鲁暗中行动也许是为了敲诈。博根有了一个新经历——成为被敲诈的一方。他大概因此决定一定要除掉安德鲁，并付诸了行动。

这么一来，如果这个推论的方向是对的，博根利用了阿华田饮料使得庄园里的人陷入沉睡，那么接下来呢？显然，他自己拒绝取用任何白糖（备注：查一查有没有人注意到他拒绝了白糖）。他去了安德鲁的房间，在他睡着时杀了他，然后下楼去解决罗宾斯警员，给自己的逃跑扫清障碍，接着把安德鲁的尸体搬到车库，随后一路开往海角天涯，顺便在路上找到一个合适的高大雪堆抛尸。

行吧，行吧，奈杰尔脑海里的对话者说道。你真是了不起。然而如果博根是在安德鲁睡着的时候杀了他，为什么安德鲁的房间像是有一打自由式摔跤手在里面举行了一场即兴爵士乐演奏似的？

很简单，奈杰尔回答。博根把房间翻了个底朝天，为的是确保安德鲁没有留下任何对他致命的书面证据。

真是奇怪！他大费周章，就为了破坏他犯下的第一起谋杀案可能有的证据，然后又以如此方式逃跑，宣判了自己犯下的第二起谋杀案。

但是他绝不是想让我们这么认为。他希望我们相信他和安德鲁是一起逃跑的，两个人都好端端地活着。

从而默认他们在第一起谋杀案中是共谋？

啊，别这么费劲儿吧！

奈杰尔问了假想中的反方辩友一个问题，语气强烈得让从露台下方经过的短工猛地停住了脚，询问这位先生需要什么帮助。

240

"是的，我需要，"奈杰尔说，"我想要一个简单明了的线索。我的要求不过分，我早该这么想，但是从来没有人给我这样的线索。"

那个短工一脸同情地摇了摇头，穿着粗麻布的他弓着后背走开了。在他走开的时候，约翰·里斯托里克端着气枪从房子的拐角冲了过来。

"嘿，约翰少爷！你是不是偷拿了我的铁锹——放在锅炉外面的那把？你有没有看见搁哪儿了？"短工吆喝着问他。

"没有，我不知道铁锹在哪儿。看，我射中了那只黑鸟！"

"捣蛋鬼，"男人嘀咕道，"那可是一把上好的铁锹。搞不懂这边出了什么事。他们把罗宾斯放到我的锅炉后边，他们还拿了我的铁锹！"

奈杰尔喜出望外地凝视着那个男人的背影。终于，祈祷得到了应答，但是必须确定确实是有人拿走了那把铁锹。

第二十章

追踪

人世间不能使我们共存,

同一个天堂也无法容纳我和我的死敌!

——骚塞[①]

"行吧,斯特雷奇威,你这次可是作茧自缚。我说过这是个冒险的计划,看来我是对的。我们的两个嫌疑人不见了,而我们对此一点

[①] 罗伯特·骚塞(1774—1843),英国湖畔派诗人之一,1813 年被封为桂冠诗人。

头绪也没有。"

布朗特的心情糟透了，夹鼻眼镜后面的一双眼睛冷冰冰地盯着奈杰尔。

"说不上一点头绪也没有，我们已经把他们从暗转明，而且你很快就能发现他们，如今想要离开国内难度不是一般的大。我猜，在这之前你应该已经把协查通报发出去了吧？"

"嗯哼，让我又多了一些活儿干。下个星期，我们会收到全国各地声称见到络腮胡须男人的目击者的报告，我就知道。"

"那会让你把注意力从战争上转移开。不管怎么说，你干的就是这份工作，不是吗？"

"有时候我真想被人下毒的是你，可以让你安静点儿不要找事。"

"好吧，如果你是这么想的，那我就得拒绝合作了。我会忍住不告诉你到哪儿去找安德鲁·里斯托里克的尸体。"

"这是主动招供吗？你想找个速记员到这屋子里来吗？"布朗特摆弄了一会儿手上的铅笔，口气尖酸地问道，"你刚才说的是安德鲁·里斯托里克的尸体是吗？"

"是的，尸体。"

"哦，好吧，尸体在哪儿呢？"

"埋在雪堆下面。"

"这……非常有用。哪一个雪堆？你可能没有意识到，这片村野里的雪堆可不止一个。"

"别不放在心上。这儿的锅炉房丢了一把铁锹。短工信誓旦旦地说他昨天晚上还用了那把铁锹。本地的警察被塞进了锅炉房里,在被敲昏的前一秒钟,他触碰到了袭击者的胡须。那么还原后的故事只有一个,博根杀了安德鲁,拿走了铁锹,好用来埋掉尸体,但是地面冻得太硬了。刚下的大雪可以帮助遮盖他的活动痕迹。'自从莫里斯死后,我将再也不会喜欢雪'[①]。"

"事情可能是这个样子,"布朗特点评道,语气缓和了一点儿,"但并不能让我们离尸体更近一步。"

"你必须得等,等到他逃逸时开走的轿车被找到。如果车里有头发、血迹或者其他什么东西,你就会知道博根并没有把安德鲁埋在庄园里。你追踪轮胎轨迹的手下可以告诉你他把车开往了哪个方向。"

"在车里找到安德鲁的头发不难,要知道那是他的车。"布朗特说道。

"嗯,但是不可能样样东西都找得到,我只是在努力提供帮助。我知道我只是个牛津毕业的傻瓜而已。"

"说得好,接下来,也许你可以告诉我博根为什么要杀了安德鲁?"

"我的荣幸,因为所谓的威尔·戴克斯被捕一事促进了安德鲁和博根走到明面上来。"

"如果安德鲁的确有针对博根的致命证据,并且想让戴克斯恢复自由,那他到底为什么不直接告诉警察呢?"

"我还不知道,我也在想这个事。这件事,以及博根是怎么做到

[①] 出自《我将再也不会喜欢雪》,作者是罗伯特·西摩·布里吉斯(1844—1930),英国诗人、文学批评家,1913年成为桂冠诗人。

在阿华田饮料里添加安眠药粉的事。我问过尤妮斯和里斯托里克夫妇，但他们没有一个人注意到他有过什么小动作。"

布朗特从口袋里掏出一件精致的卷烟工具，开始给自己卷烟。把烟点起来后，他从舌头上剔掉几丝烟草碎丝，说道："安眠饮料是个有趣的观点。安眠饮料只能通过加入阿华田从而起到作用，我很高兴你能明确这点。能够不慌不忙地在阿华田或者糖霜里加入安眠饮料的人，只有里斯托里克先生。"

"啊，哈！"

"得了，这点你能推理得出来。里斯托里克夫妇第一次尝试杀害安德鲁失败了。他们抓住众人再次聚会的机会又尝试了一遍。不过怀疑必须导向别的方向，所以他们既杀了安德鲁，也杀了博根，把他们的尸体搬到车上——顺便一提，昨天晚上博根的车停好之后，车库就上了锁，所以，我不太明白他是怎么再打开车库门的。我说到哪了？哦，是的，赫里沃德开车带走了尸体，挖了个坑把他们埋了，扔了车不管，然后步行回家。里斯托里克夫人则在安德鲁的房间里翻箱倒柜，让屋里看起来像是发生过了打斗。她和她的丈夫当然是早已把博根医生的物品转移并藏了起来，好让大家以为博根逃之夭夭是他自己自愿作出的决定。里斯托里克夫妇现在将继承的财产既有伊丽莎白的，也有安德鲁的。"

奈杰尔睁圆了眼瞪着布朗特。

"我的确认为，"最后，他终于开口说道，"我的的确确认为你是在取笑我。布朗特探长终于成功说了个笑话。这岂不是开创了纪录？

好，好，好。不过，奇怪得很，你的这个不合时宜的小玩笑说得恰到好处，你让我心里有了一个非常有趣的思路。"

急匆匆绕到主屋的背后，奈杰尔找到了司机，他正吊儿郎当地倚着里斯托里克家的戴姆勒轿车站着。几个问题之后，他得到了信息，车库一共有三把钥匙，第一把司机拿着，他说昨天晚上钥匙在他的兜里；第二把由里斯托里克先生保管；第三把一般放在后门门边的挂钩上。奈杰尔要求这个男人带他看看挂钩上的钥匙。他们走进室内。

"真有意思，"司机说，"钥匙没了。"

"安德鲁先生昨晚为博根医生泊车的时候，没有向你借钥匙吗？"

"没有，先生。"

奈杰尔找到赫里沃德，问了他同样的问题，答案同样是"没有"。如此看来，安德鲁一定是用了第三把钥匙。

"你的司机跟你多长时间了？"

"嗯？哦，三年了，人非常可信。我希望他不会生出什么不切实际的想法。"赫里沃德回答。

奈杰尔没空回应他，因为书房外有人敲门，布朗特进来了。

"我想你最好知道，里斯托里克先生。你弟弟的车刚刚被找到了，被遗弃在三英里之外去往切姆斯福德的路上。"

赫里沃德皱眉。

"看来他们似乎并没有走远。"他说，"这真是叫我摸不着头脑。"

"轿车冲到了雪堆里。"布朗特紧紧地盯着赫里沃德。

"什么？冲到……你是说，是故意的？"

"可能是故意,可能是事故。"

"很有可能,如果开车的是博根的话。他的车技烂得一塌糊涂,你懂的。总是要让豪威尔斯或者安德鲁替他把车开进车库里或者从车库里开出来。当然,开到雪堆里的动作这么娴熟,有点诡异。我应该把停车场地拓宽。"

"我明白了,嗯,我们正在把车拖到切姆斯福德,我们会在那里做个快速检查。也许我们会有些线索。"

"那个……呃……你们发现车子的时候里面是空的吗?"

"是的。也就是说,没有手提箱,什么都没有。"

"你现在就去切姆斯福德吗?"赫里沃德摸了摸亚麻色的小胡子,思考后,他看向布朗特,"如果你乐意的话,我开车带你去。"

"那可太感谢你了。"

奈杰尔坐进了戴姆勒轿车前排副驾驶位,轿车小心翼翼地驶上积雪堆了厚厚一层的转弯路,轮胎上的防滑链"叮叮"作响,奈杰尔陷入了沉思。假设布朗特小小的诙谐妙语变成了事实的正确注解。安德鲁的车被丢弃在了区区三英里之外。这样一来,赫里沃德步行很短距离就可以回到庄园,如果他是那个——奈杰尔偷偷瞥了一眼他旁边的这位人物,他穿着粗呢小方格猎狐装,坐姿僵硬笔挺,奈杰尔努力设想着赫里沃德凌晨时分载着两具尸首,顶着暴风雪驾驶着汽车的情景。

"在如今有灯火管制的情况下,我想黑夜里这条路会很难开。"他轻柔地说道。

"是的,难怪博根会撞了车。我吃惊的是他竟把我们给难住了,切切实实的。"

赫里沃德眯起眼睛,眉心紧皱。好吧,奈杰尔心想,这说明不了什么。也许是安眠药服用过量后又碰上雪光刺眼造成的效果,或者他可能就是装成这个样子;又或者,就这件事来说,昨天晚上,在载着两具尸体进行完短途旅行后,返回庄园的他很容易就可以喝下安眠饮料。

"他没有自己的司机吗?"

"哦,是的,我相信他有自己的司机,不过没带到这儿来。和你说说我不明白的事吧。"车子一个侧滑,差点没让奈杰尔摔到汽车油门踏板下面,行驶正常后,赫里沃德继续说道,"你问我车库钥匙时,我想到了这事。博根昨晚是怎么打开车库的呢?"

"据推测他用了第三把钥匙,也就是安德鲁拿来锁车库门的那把钥匙。"

"但最核心的问题就在这里了,他和我们一起的时候是绝不可能去车库停车或者把车从车库开出来的。他怎么会知道第三把钥匙放在哪里呢?"

"如果他昨天晚上计划好了要逃跑,他会想办法找到钥匙的。"奈杰尔敷衍地回答他。他没有再花时间去想钥匙的事,他在思索为什么赫里沃德刚才会让车侧滑了一下,是听到他问有关司机的问题,本能地吃了一惊从而侧滑的吗?但是为什么问起博根有没有雇一个司机这个问题会让赫里沃德这么警惕呢?

他们开车穿过一片柳树,柳树上挂满了晶莹剔透的雪凇,一个想法在他的脑海里结晶生成。假设博根的司机实际已经来了,一路上开车把他从伦敦送到了这儿。如果博根是昨天晚上诸多事件的主要受害人,罪犯会希望他的司机最好别碍事。安德鲁去泊车,"处置车辆"的时候是不是把司机也顺便给"处置"了?他和赫里沃德是同谋吗?故事里的人物表再次发生了变化。不,这是不可能的。反对的观点可以有一打。随便找人一问就足以发现司机是和他的主人一起来的伊斯特汉——到时候安德鲁和赫里沃德能躲到哪里去呢?

他们到了一个拐弯处,有个汽车协会救援人员示意他们减速行驶。角落里有辆汽车深深地插进了路边的一个雪堆里——那是安德鲁·里斯托里克的车。一名警长和警员站在车旁边对着布朗特敬礼。

一个在逃的罪犯,奈杰尔心想,不会故意把车开到雪堆里——在还需要走几英里才能到达离得最近的车站的时候不会。听到布朗特的指令,警察和救援车上的汽车修理工开始把雪从事故车辆上挖开。稍后,车会被拖到切姆斯福德,专家们会在那里启动他们的工作。

同时,所有菲利普斯能腾出来的人手都来了,他们拿着棍棒和铁锹,在四周的雪堆里戳来戳去,他们围成一个松散的半圆形,沿着车辆从搁浅位置到汽车一路开过来的方向向外散开。除非开车的人兜了个大圈去埋尸,或者带着尸体走得离这条路很远——漆黑的夜色和他想速战速决的本能想法使这不太可能,他们应该很快就能找到尸体。

赫里沃德抚摸着自己的小胡子,几乎面无表情地盯着被遗弃的车辆。他看着有点怪怪的无助感,仿佛那是他自己的车被困在了那里,周围没有人能救他脱离困境。

"不要太担心,里斯托里克先生,"布朗特说,"我们还没有得到事情的结论，也许会有其他的说法。我们可以离开了吗？"

等他们到了警察局，布朗特得到了一些消息。菲利普斯的人一直在周边地区的各个车站问话，当被告知博根和安德鲁的相貌时，没有人记得有符合描述的人在凌晨时上了火车。不过刚刚从苏格兰场来了一个电话，在这条火车线路的终点站伦敦，有个验票员，在侦缉处的人问他的时候，辨别出了他们描述的博根医生的模样，是个从5点20分的慢车上下来、想要穿过路障的乘客。那个人一脸胡须，皮肤灰黄，驼背。他对这个乘客尤其关注，因为他是在路障处付的车票钱，他说他在切姆斯福德的时候没来得及买票。这辆车上乘客很少，在得知安德鲁·里斯托里克的样貌描述后，验票员赌咒说他不在乘客之中。

布朗特意味深长地看了奈杰尔一眼，走向电话机。

"没必要去跟踪，"奈杰尔说，更多的是出于固执己见而非从善如流，"安德鲁大概已经从另一个车站逃了。或者，他可能根本就没乘火车。如果他们是同伙，最不可能的事就是两人在伦敦一起现身。"

"不，这个推理站不住脚。最显而易见的解释才是正确的解释，博根杀了安德鲁·里斯托里克。他不会全身而退——这次不会了。"

布朗特拨通了苏格兰场的电话，发出了命令。搜捕丹尼斯·博根医生的行动要加大力度。每个港口，每个机场都要派人盯着。现在只是时间的问题了⋯⋯

但是过了一天又一天，一个星期过去了，没有任何发现活着的博根或是死了的安德鲁·里斯托里克的征兆。他们两个就像融进了遮蔽住整个村落的大雪里，彻底消失不见了。

第二十一章

往事

> 我们的心,亲爱的,
> 天生具有双胞胎的共情之能,
> 共通共感,交相呼应。
>
> ——托马斯·穆尔[1]

奈杰尔非常容易受天气的影响。他之后辩解说,这两个月来的天

---

[1] 托马斯·穆尔(1779—1852),爱尔兰诗人、讽刺作家、作曲家和音乐家。

寒地冻，冻得他整个人都麻木了，严重阻碍了他的头脑正常运转。大块的事实片段哪怕已经甩到了他的脸上，也没在他那迟钝的头脑中留下任何印象。不管听到的人信还是不信，毫无疑问的是，他对里斯托里克案件的解决肇始于安德鲁和博根消失后第十天的晚上，那时，菲利普斯警司用他乡下人所剩无几的仪式感仰望着天空，对他说："天气很快就会发生变化，斯特雷奇威先生。"

奈杰尔的脑海里浮现出一连串影像：他们第一次到达伊斯特汉村，见到银装素裹的多弗尔庄园；克拉丽莎·卡文迪什装点得光鲜亮丽的面孔和她脑袋上高叠的雪白发髻；威尔·戴克斯和他在白桦树树丛里溜达；安德鲁堆雪人时，尤妮斯·安斯利在一旁努力显得欢快；约翰·里斯托里克端着气枪在庭院里搜索；赫里沃德看向窗外一片平坦、光秃的白色地貌，随后回过身来，温和地提出普丽西拉钢琴弹错了一个音符；夏洛特穿着威灵顿靴，手臂上挎着篮子，去扮演乐善好施的丰夫人[①]，仿佛她天生就是如此；博根医生最后一次进入大厅时掸去衣领上沾到的雪花。

"下雪了，一场雪之后又是一场雪，又是一场雪。"大雪遮盖了案件的全貌，大雪飘向了案件的每一个角角落落。不仅是白雪，还有"白粉"[②]。在过去的一周里，如果说布朗特的调查没有取得别的成效，那也至少完整揭露了丹尼斯·博根的堕落人性。现在已经确定无疑，多

[①] 爱尔兰作家乔治·法夸尔（1678-1707）的剧本《两个纨绔子弟的计谋》(1707) 中的人物，是位热衷慈善的富太太。

[②] 可卡因的另一种说法，和雪（snow）是同一个词。

年来，博根医生利用自己的职业身份，利用自己近乎天才罪犯的缜密心思和善用机会的能力，为分销可卡因和敲诈勒索提供了掩护。侦缉处毒品小组最终追溯到了他的贩毒下线和供货上线。布朗特查阅了他那长长一串的患者名单，发现了他作案的具体手段。也许最令人叹为观止的是博根有着挑选受害人的卓绝天赋。他绝大部分的治愈病例都是真实的——比例高得从来没在这点上引起过怀疑。虽然如此，病人在治疗过程中对他吐露的私密内容却被频繁用作敲诈的手段。尤妮斯的朋友约见的那个女人正是博根敲诈勒索事业的几个傀儡之一。他的毒品受害人——那些"没能成功治愈"的病例——也是按照同样技巧进行筛选的。他们都是那些尤其害怕毒瘾暴露的人——一般来说都是年轻的女人，有钱父母的女儿。

但是博根这些行为的最邪恶之处在于恶意蓄谋。他正常的专业治疗费用已经收得够高了，足以让他成为富翁，而不必去干任何非法的副业。布朗特的调查找到了充足的证据，显示他完全符合安德鲁所说的，是个名副其实"沉迷在罪恶"中的人。吸引他的不是财富或者身份地位，而是摧毁人的肉体和精神这样恐怖的满足感。在他那晦暗的个性背后，在他那特立独行的行事风格背后，是一个对权力汲汲营营的恶人，一个唯有在堕落中才能享受快乐的变态天才。

于是，奈杰尔心想，我们又回到了伊丽莎白·里斯托里克——回到裸身吊死在飘浮着白檀香的房间里的那具耀眼夺目的尸体上，那是个风流淫荡、喜怒无常、爱慕虚荣、不知羞耻，但是从来不悭吝小气，也从来不胆小怯懦的女人。他和卡文迪什小姐的几次长谈已让这点非常清晰。这些谈话也使他确信，不管伊丽莎白和博根之间有什么，都不可能有敲诈勒索；他不可能去勒索一个已不剩一丝半点儿名誉，一个从来不逃避生活中任何问题的女人。

"一旦开始解冻，我们应该用不了多久就可以找到他的尸体。"警司说。

"是用不了多久，但很奇怪，你的人已经花了几天时间搜索。博根一定是找到了某个特别有创意的地方来隐藏尸体。我觉得能够明确下来，他不可能会把尸体埋到几英里之外，然后把车开到伊斯特汉附近的沟里，把我们引向歧路。"

"啊，是的，先生。毋庸置疑，他没有这个时间。刚刚过了凌晨1点，罗宾斯警员就被敲昏了，而厨师，你记得吗，给出的证词是他在离2点还有一刻钟的时候，听到有车子从车库里开出来的声音。那么他急转弯撞进雪堆的时间至少也得是1点50分。最近的车站切姆斯福德离那个地点还有七英里，雪这么厚，他至少要步行两个小时，那就是3点50分。他在伦敦抵达的那趟火车从切姆斯福德发车的时间是4点05分，他最多只有十五分钟的时间来埋尸体，他甚至连把车开得偏离伊斯特汉和火车站之间的直线距离之外都不行。"

"从敲昏罗宾斯警员到开着安德鲁的车离开，这中间隔了很久。"

"我们也在全力调查。这段时间里，他必须杀了里斯托里克先生，在他的房间里搜查——你也亲自看到了房间里被翻找得有多彻底。"

"是的，确实很彻底。"

两人沉默了很长时间。他们正在伊斯特汉村的酒吧里喝酒。此刻刚刚6点30分，除了他们，这个小小的私人酒吧还没有客人光临。

是的，一切都很合理，奈杰尔开始和自己争论，但是为什么博根一定要逃走呢？按照推测，是因为他没有在安德鲁的房间里找到对自己不利的证据。安德鲁，无疑，告诉过他，有这么一份书面证据存在，而他现在则认为，安德鲁已经把证据放在了某个地方保管，万一他出了什么意外，这份证据就会公之于众。然而这份证据永远不会公之于众了。无论是安德鲁的银行，还是他的律师，又或者他在伦敦的公寓，都没有任何有关这份证据的信息。

警方的推论是，博根从安德鲁的房间找到了证据，并且拿走了证据。也行。但是，如果是这样的话，他为什么要因为携尸逃走而变相承认杀害了安德鲁呢？他有好几个小时可以将尸体伪装成另一起明显的自杀事件。警方说这是因为他胆怯了。博根是个万恶之人，他绝不会胆怯。即使是他和奈杰尔在伦敦的饭店吃午餐的时候，即使是他绝对明白了奈杰尔说的警方在调查他的从业经历，知道或许有一天他以行医为掩护所做的腌臜事儿都会被发现的时候——即使是那个时候，他也没有显露出任何惊慌失措的迹象。

毋庸置疑，像在其他大案子里的罪犯一样，他有一个自以为颠扑不破的疯狂信念，但是这并没有削弱奈杰尔的辩驳。博根不是那种会变得胆小的人。在杀了伊丽莎白·里斯托里克后，他没有逃走，恰恰相反，他的言谈举止几乎完美无瑕。

那么好吧，他究竟为什么杀死安德鲁？当然不是因为安德鲁有他贩毒和敲诈勒索的证据，因为或早或晚，警方已经把这些犯罪行为差不多摸清楚了。不，一定是因为安德鲁可以咬死他就是害死伊丽莎白·里斯托里克的凶手。为什么安德鲁犹豫不定了这么长时间？只是个猫抓老鼠的游戏吗？还是一场复仇？

复仇！他离猜中不远了。如果是博根杀了安德鲁，就为了将他灭口，让他不要说出杀死伊丽莎白的凶手是谁，认为随着安德鲁一死，他知道的秘密也会跟着他一起埋进坟墓，那么博根就不会逃走。但是，如果他知道不管怎样他都完蛋了，确信安德鲁已经打败了他，他会在杀了安德鲁之后逃跑。这个推论能用来说通博根为什么等了这么久，直到再次收到去往伊斯特汉的邀请，得到了实施谋杀和随后逃跑的机会。在伦敦，他被全方面地紧密监视着，逃跑的机会小得多。

但是还有几个难以跨越的障碍。博根是如何将安眠药粉加入阿华田或者糖罐中的呢？如果凶手只是单纯地报复，那么就没有必要去安德鲁的房间搜寻他的犯罪证据，博根离开庄园之前为什么逗留了那么久？而实际上，究竟为什么安德鲁的房间要弄成那么乱的样子？不可能有打斗，因为按照推测，安德鲁和其他人一样喝了安眠饮料。而且，假设博根没能给安德鲁喝下安眠药，他们打斗了起来，女仆怎么会什么也没听见？

奈杰尔大声发着牢骚。警司把视线从啤酒杯上抬起，同情地望了他一眼。

"感觉挺差劲的是吗，先生？"

"我的感觉就和拉奥孔①一样。我的感觉就像一个专业的柔体杂技演员,给自己打了七十个结,却忘了怎么把结给解开。"

他们起身离开酒吧,来到了村里的街上,菲利普斯再一次说起天气要有变化。奈杰尔没法老老实实地说他能看出来这一片无边无际、似乎永恒不变的荒凉有什么改变,但是他的心口涌起一丝细微的兴奋,一种期待,就像一个诗人给自己的诗作开了个头。

和警司告别之后,他穿过街道,去了多弗尔庄园,安德鲁·里斯托里克失踪之后,他在那里居住。晚餐结束后,他鼓动克拉丽莎·卡文迪什再聊一聊伊丽莎白和安德鲁。过去的一个星期里,他们成了关系忠实的朋友。在克拉丽莎的精致客厅里,一次次长谈巩固了他们的友谊,卡文迪什小姐向他剖白了自己对两个年轻的里斯托里克的全心喜爱。他们的人生有一些偏离方向,有一些不稳当,而她自己的人生悲剧已经得到升华。她从来没有暴露过他们的隐私,也没有利用过他们对她的亲近感。他们一直是她"梦想中的孩子",他们丝毫没有察觉克拉丽莎对他们父亲的爱慕之情,而在他们整个童年时期,以及在他们长大成人后每次回到伊斯特汉时,她都以一个母亲的激情和热情,以一种智者足够的冷静超然,关注着他们。

现在,她笔挺地坐在高背椅上,双手拄着象牙手杖,又一次回到了自己最喜欢的话题上。

---

① 希腊神话中的特洛伊祭司,因警告特洛伊人不要中木马计,与其二子一起受惩罚,被两条大海蛇缠死。

"可怜的贝蒂,她晚生了两百年,在我那个时代……"她伸出一根手指,摇了摇,露出懊悔的微笑,"我喜欢把那些时日称为我的时代,她的蓬勃活力会得到承认。史籍上说,我们发现热忱令人憎恶。但是,至少,我们不会因为我们自己的感觉而感到羞耻。陷入爱情时,我们欣喜若狂;应对悲伤时,我们涕泪滂沱;纪念死亡时,我们镌刻典雅的墓志铭。喝酒我们就要喝趴到桌子下面,不去神父的告解室,也不去药店。贝蒂可能做过国王的情妇。没错,你想起的是马尔伯勒公爵夫人[①]……"她用晶亮的黑色眼眸顽皮地瞥了奈杰尔一眼:"她竟然和朋友说,'公爵今天打完仗回来,穿着他的下翻式高筒靴[②],让我开心了两次'。我发现这样的行为令人感到极其愉快——而且,我怀疑,还远远胜过我们这个时代的公众人物。我想,我们可以理直气壮地说,如此有英雄气概的冲动之举只在过去才有。用一句套话来说,男人已经不是男人了。"

"这就是贝蒂看中威尔·戴克斯的原因吗?"

"非常有洞见的观察,亲爱的奈杰尔。戴克斯先生的教养远远不能令人满意,但是至少他身上保留了他出身的那个阶层的阳刚之气。他对待女人,我猜想,既不会像是对待天使,也不会像是对待上位者,更不会是像对待一头母猪。我越看赫里沃德和夏洛特相处,就越觉得

[①] 莎拉·丘吉尔(1660—1744),马尔伯勒公爵夫人,其丈夫是第一代马尔伯勒公爵约翰·丘吉尔将军(1650—1722),多次打败法国国王路易十四的军队,从而制止了路易十四称霸欧洲的企图。

[②] 上部用不同材料制作,因而看上去像向下翻的高筒靴。

新世界的引入动摇了旧世界的平衡。在自己主导的事业中，女性多半希望她的丈夫只是个睡觉的伴侣，但是这不合常理，所以她很快就会发现这点。威尔·戴克斯会拿棍棒打贝蒂——而她很大程度上也会更青睐这一套，而不是她之前的那些满是脂粉气的年轻男人。我不赞成对女性气质做这种现代式的屈膝逢迎，那是不道德的，丑陋的。贝蒂需要的是一个性格坚定的男人——能对她的激情洋溢既给予支持，又予以指引的男人。"

"你认为安德鲁也是一个时代的错误吗？"

克拉丽莎神情悲伤地凝视着闪烁跳跃的炉火，她的眼睛里流出了眼泪："安德鲁是一个真正的悲剧。贝蒂至少还领略过一些生活的趣味，哪怕只开花没有结果。安德鲁的生命之花却从来没有绽放过。你或许会说他拥有一切——魅力、金钱、时间、头脑，但是哪怕所有这些都有了，他的生活也是贫瘠的，完完全全的贫瘠。我这话不是夸大其词，自从贝蒂在美国的那件事发生之后，他就被复仇女神操纵了。"

"你是说，他从来没有原谅过自己那时没能拯救妹妹吗？"

"是的，而且不止。我请你想想，这个年轻人从来没有面对过真正的邪恶，贝蒂的轰动丑闻让他见识了。哪怕是我最宠爱的孩子，我也必须允许他失败上几次，可安德鲁却是个思想上的道学先生。我的意思是他的理想——他的理想要求非常高，他的理想是继承来的，而不是从经验中采掘出来的，但即便如此也远远无法表明他们的身份有多特别。就如同我和你说过的，他们像是双胞胎。我到现在还记得他们孩提时，贝蒂做噩梦的时候，安德鲁常常去她的房间安慰她。他有一次对我讲过，她如果在做噩梦，他通常都能感应到，然后他就会醒过来，就像调动自己的所有感官从自己做的噩梦里醒过来一样。所以，你明白，当贝蒂在那儿经历如此严重的痛苦的时候，安德鲁，我相信，他的感受——身体上的感受，会更深，并且更直接，可以这么说吗？比一个正常的好哥哥更深。"

"你是否觉得，从最广泛的意义来讲，他的精神健康受到了这件事的影响？"

"精神健康？"她的语气里带着往日的清脆，"这是个非常模糊的词。精神健康和其他的性格特征一样，藏在观察者的眼神里，以及偏见中。比如说，你本人，你第一次来这里的时候，心里想我是个精神错乱的人。你没想过吗？"

奈杰尔对她露出笑容。

"就像手持天平的正义女神[①]，"他回答道，"我没有妄下定论。"

"啊呀！你的搪塞真可怜！"老夫人兴高采烈地说道，"不。我说的不是精神健康。我们这么说吧，对他来说，贝蒂经历过的事等于是他自己的纯洁遭人强暴掳去了。他心灵上的这道伤口从来没有愈合过。他也没有与之对抗的力量来使自己的性格更加坚强。从那天之后，他的整个人生……"克拉丽莎的声音变成破碎式的低语："都是在自我赎罪中度过，他赎的是贝蒂犯下的、几乎等于是他自己犯下的罪孽。

---

① 希腊神话中维护正义与秩序的女神形象，她身着白袍，左手持剑，右手拿着天平，蒙着眼睛，不受感情和感官的影响，只靠理性作出判断。

他似乎成了一个被阉掉的人。"

奈杰尔心中感到怪异的震动,克拉丽莎破碎的声音说出来的话语里带有强大的力量,几乎有点吓到了他。她的眼瞳如同黑刺莓一般闪烁着壁炉里的火光,拄着象牙手杖的双手交握,十分平静。

"我记得有一次,贝蒂十岁的时候⋯⋯"她再次开口。

一个小时后,躺在床上,奈杰尔又点了一支烟,开始把脑子里所有围绕伊丽莎白·里斯托里克之死的推理和疑惑不解之处全都特意清空了。这些推理和不解之处就像是围绕着睡美人的荆棘丛,它们渐渐地消逝得无影无踪。一堆混杂的画面占据了他的脑海,克拉丽莎·卡文迪什今天晚上对他说过的那件事的画面仿佛变成了一个指挥,站在了舞台的前方,似乎它有了自己的意志力。他躺了回去,静静地看着它,它喊了一声"安静",示意乐器跟上,并开始了领奏。所有一切有序起来:每一幅画面都回应了领奏,各自奏响了它们在交响乐中的音符,给正在搭建的势在必行的主题做出了贡献。燃着的香烟烫到了他的嘴唇,他无意识地捻灭烟头,又取出一支香烟。可能是一支含有大麻的香烟,因为他知道得很清楚,他还尝过⋯⋯

第二天早上,流水的声音唤醒了他。水在水沟里汩汩流动,从房檐下"滴答"流淌,处处都有水流的声音。菲利普斯警司是对的,天气已经变了。

吃完早饭后,奈杰尔立即蹚着融化的雪水向伊斯特汉庄园走去。在那里,他和赫里沃德·里斯托里克谈了谈,也和几个仆人交谈了一番,还和约翰与普丽西拉聊了几句,又去看了看道具柜。下午,他早早赶到伦敦，去见了布朗特探长。

"你看起来非常志得意满。我猜案件解决了？"

"是的，实质上，从某种程度来说，我把案件解决了，但我不会接受任何表扬。我是昨天晚上刚想出来的。"

"眼下我非常忙，斯特雷奇威——"

"好的，坦诚点，不开玩笑。我今天上午和里斯托里克家的孩子们——和那个男孩儿聊了聊。他一直都有一把解开问题的钥匙，却毫不自知。"

布朗特探长特意把桌子上的文件推到一边，他擦了擦夹鼻眼镜，仿佛是要把奈杰尔看得更清楚些，他冷嘲热讽地说道："我又要逮捕谁？"

奈杰尔说了个名字。布朗特平淡的表情猛地又拧又皱，他的夹鼻眼镜也晃悠起来。

"为什么，你这家伙，你在说什么呀？这是不可能的，我们已经……"

在布朗特的桌边坐下，稍事休息，奈杰尔开始了讲解。

第二十二章

真相

要是我有一天抓住他的把柄,
一定要痛痛快快地向他报复我的深仇宿怨。[1]

——莎士比亚

第二天早上,奈杰尔与威尔·戴克斯和卡文迪什小姐一起,步行前往伊斯特汉庄园。路上,雪融后隐约的"潺潺"流水声和钢琴弹奏

---

[1] 出自《威尼斯商人》第一幕第三场。

的"叮咚"声交错着。一小节乐章被弹奏完毕,弹奏得相当费力,两遍之后,琴声停顿下来。再之后,音乐声又流畅地轻轻漾开。

"赫里沃德在给普丽西拉上音乐课。"克拉丽莎说。

"他的琴弹得很好,不是吗?"威尔·戴克斯说,"想一想,他竟然弹得一手好琴,真有意思。"

"你不会以为我们没有一技之长了吧?"

戴克斯没有回应,凝神看向庄园的主立面,瞧着高耸的屋顶上积雪消融成一道道长条,他说道:"我从没有想到还会有再回来的一天。我希望不要再来看它了,这个庄园沾上了诅咒。"

几分钟后,从多弗尔庄园过来的一行人在伊斯特汉庄园的客厅里落座,一同落座的还有里斯托里克夫妇和安斯利小姐。普丽西拉的音乐课刚刚暂停了。

奈杰尔扫了众人一眼。赫里沃德的手指仍旧在扶手椅的把手上无意识地弹着乐章。夏洛特从外面庭院进屋来时,忘了换下威灵顿靴——靴子上沾上的雪水化开,淌到了地毯上。尤妮斯公然挑衅似的瞪着奈杰尔。威尔·戴克斯正坐立不安地摆弄他背心上的一颗纽扣。只有克拉丽莎·卡文迪什似乎镇定自若——她身上穿了好几层衣服,把自己裹得圆滚滚的,那打扮得异常精致的脑袋像是一颗小小的椭圆形多彩浮雕宝石。

奈杰尔后背对着落地窗站在客厅中,落地窗开着,看得见外面的露台。

"虽然方式各有不同,"他说道,"但你们都对伊斯特汉庄园过往发生的事件有些兴趣,所以我认为让你们全都听一听谜底是最公道的。不过,难的是从哪里开头说起。"

他顿了顿,全身上下都有一种痛苦的拘束感,并表现在了他的面部表情上。

"首先我最好告诉你们我是如何抓住事实的,是约翰告诉我的。"

夏洛特做出伸手遮住自己嘴唇的动作,但又立即停止。

"当然,"奈杰尔说,"他不知道他说的话是什么意思,而他也不需要知道。我昨天上午和他聊了聊。至于原因,那就是,我相信他或许可以告诉我一些至关重要的信息,而他也确实给了我至关重要的信息。他说伊丽莎白死的那天晚上,她的鬼魂去了他的房间。"

"鬼魂?"卡文迪什小姐不耐烦地问,"我们不会在这个关头去折腾超自然现象吧?"

"不会,他认为那是她的鬼魂,因为第二天上午他听到她去世的消息,也是因为……注意这一条——'她的脸白得跟死人似的'。这是他的原话。我想让你们在脑子里记住这一点。当时,约翰根本不会想到去见他的人不是有血有肉活生生的伊丽莎白。他没有害怕。她就那么进了他的房间,神情非常悲伤,在他的床前俯下身来,然后出了门——而他当时假装睡着了。一个正常的男孩在那种情况下应该是要和她说说话的。我问他为什么没有和她说话,他没办法解释得清楚,但我感觉得到是她的模样吓到了他——你们都知道,如果对大人怀有的抗拒之情非常强烈,孩子们会如何反应,他们会敛声静气,安静如鸡,所以他假装睡着了。"

"可是那孩子为什么没对警察说这事呢？我真是不明白。"赫里沃德说。

"他们问他那天晚上有没有听到有人路过他房间的声音，你知道孩子们的脑筋只能听得出字面意思。他没有听到任何人经过他房间的声音。另外，我说过，那次半夜进门是他内心不愿意提及的事情。要不是我的妻子说起，我自己根本想不到会有这件事。孩子们对她说起鬼魂。普丽西拉不知怎么听说了主教房间和涂涂的事情，但是乔治娅感觉约翰对这个话题有些紧张不安，他对普丽西拉说的一无所知——他的心里有别的'鬼'。所以，前天晚上卡文迪什小姐对我说了些事情后，我设法从他嘴里把真话引出来。"

"我对你说的事情？"克拉丽莎漆黑的眼睛惊讶地看向奈杰尔。

"是的，我们说到安德鲁和贝蒂之间的共情反应。他们如同双胞胎一般。你告诉过我，他们还小的时候，贝蒂一做噩梦，安德鲁就会醒过来，并且去她的房间里安慰她。"

夏洛特突然发出一声惊呼。

"怎么了？"奈杰尔鼓励地问。

"你是说贝蒂被谋杀时，她的痛苦传递给了安德鲁。他去她的房间，然后发现她——她成了那副样子。"

"可是，该死的，房门是锁住的。"赫里沃德执拗地说。

"是的，房门是锁住的。至少 11 点 30 分时是的，但是安德鲁相当不谨慎地对我们承认过，他很善于开锁。请接着说，里斯托里克夫人。"

她眼神锐利地锁牢奈杰尔。

"那之后我一直心里不安。我们那天上午发现贝蒂的时候,安德鲁非常冷静,并且十分周到。他把一切都安排得有条不紊。我那时想过他和贝蒂感情那么好,他怎么能做到那么冷静。你会想到这样的反差,不过,当然了,如果他在夜里已经进过她的房间并且看到了——我恐怕,"她继续说道,情绪有点不稳,"恐怕他就是那个——但是现在,关于他进入房间的原因,你对我们的解释是另一套说法。"

"你已经触及绝大部分真相了,但还不是全部真相。我应该更早一些注意到安德鲁把控局势的古怪之处,但是——"

"还不是全部真相?"夏洛特叫道,眼神恳求地看着他,"你不是说安德鲁他——"

奈杰尔已经开口准备回答她了,这时候,他们全都被头顶上的一声叫喊给吓了一跳,接着是有人跌跌撞撞下楼的脚步声。

"爸爸!爸爸!"约翰叫道,"快来!雪人里有个人!"

"该死的!"奈杰尔大声叫道,"看来他是把尸体藏在那儿了。我真是个笨蛋!就在我们眼皮子底下!"

赫里沃德已经到了屋外,他命令孩子们不要离开主屋。尤妮斯·安斯利的双唇抖动着,低声说道:"哦,上帝呀!可怜的安德鲁!他堆雪人的时候,我还在一旁呢,我真是太不忍心了!"

奈杰尔已经到了门口,他转回身对她说:"在雪人里的不是安德鲁,是博根……"

午餐后,他们再次在客厅里汇合。警察来过又走了,尸体已经被带走。奈杰尔的眼前浮现出恶魔医生的那张从雪人里面往外看的呆滞脸孔，那张脸上湿漉漉的胡须下藏着一条绕着脖子的绳索。

"是的，"他说，"安德鲁杀了博根。我本应该知道他把尸体藏到了哪里。谋杀是有预谋的，藏尸地也早早地想好了，所以安德鲁才会从伦敦带一把气枪来给约翰。雪人站在儿童房的窗户下面，约翰可以在窗户那儿对着飞鸟开冷枪。在漫长的霜冻期里，小鸟们会饥饿难耐——安德鲁想驱赶它们，不让它们暴露出雪人里的尸体。"

夏洛特·里斯托里克浑身发抖，她那明媚爽朗的面庞因恐惧而失去了颜色。

"安德鲁，"她低声喃喃道，"但是为什么——"

"安德鲁把尸体藏到雪人里，只是为了争取时间。他想逃离国内，他安排得一环扣一环，这样我们就会以为被谋杀的人是他，从而把搜寻的重点放到博根身上。"

"你什么时候知道的？"威尔·戴克斯问。

"我是逐渐确定下来的。随着博根杀了安德鲁的想法先入为主，很多事情都弄错了。博根是怎么做到在阿华田里下药的？为什么安德鲁的房间那么乱？自然而然，这些都是安德鲁干的，为了把更多的怀疑推到博根头上。博根怎么会知道车库有第三把钥匙，那把挂在后门上的钥匙呢？里斯托里克先生，你告诉我，他是个车技很差的司机，总是得让别人把他的车停进你的车库或是从车库里开出来，因为那地方要求很高超的驾车技巧。我昨天上午问过仆人们。他们，还有司机都非常确定博根从来没有过问过钥匙。那么，既然另两把钥匙里的其中一把在你的手里，另一把由你的司机保管，这种情况下，他是怎么做到打开车库门的呢？再一点，博根为什么竟然在打昏罗宾斯警员后，滞留了那么长时间才开车逃逸？"

"可是罗宾斯告诉我们，打昏他的是博根啊！"赫里沃德提出反对意见。

"不，他没有说打昏他的人是博根。他说的是他摸到了袭击者的胡须。那个胡须，是——顺便说一句，是你的道具柜里丢失的那一副，也是你们玩角色扮演游戏的时候，安德鲁戴上扮演坏叔叔的那一副。那是一副很厚很大的黑色胡须，很容易修剪成类似博根的胡须。"

"所以安德鲁把那段时间用来推倒原来的雪人，在它旁边——围着被杀掉的那个男人又堆了一个雪人，"尤妮斯说。"哦，真是让人不敢相信！我不知道他是怎么狠得下心，下得了手的。"

"安德鲁的双手非常灵敏，也非常灵活。那种活对他来说不算难。博根来这里的时候已经开始下雪了，新下的雪让安德鲁幸运地掩盖了在雪人周围留下的痕迹。他有没有事先计划好要利用雪人，我说不好，约翰的气枪表明他是事先就有了计划。即便没有一场降雪来助他一臂之力，那块草坪也踩满了脚印。"

"我在想为什么我们没有一个人发现雪人比原来大了，"夏洛特说，"新的雪人一定是更大了，对吗？"

"雪人放在那里那么长时间，大家已经习惯了，就连孩子们也不怎么玩儿了。新下的一场大雪自然会使其变得更大，形状也没那么清晰，所以我们可以复原那天晚上安德鲁的行动。他已经预先在阿华田或者白糖里加入了安眠药粉，因此他弄乱自己的房间，二楼的各个房间里也没有一个人会醒过来。他戴上假胡须,干脆利落地敲昏罗宾斯警员,把他藏到锅炉房,然后进了博根的房间,趁他睡着时把他勒死,接着把博根的物品打包进他的行李箱,堆起雪人,把尸体藏好,然后离开。"

"他为什么要把轿车开到雪堆里?"赫里沃德打断他,"安德鲁的车技很好,看不出来他有什么必要那么做。"

"那是另一个精巧的安排,一个造成博根仓皇逃跑印象的手段——博根的开车技术很糟。好了,接下去我们听说这个亡命之徒到了伦敦终点站,他买了一张火车票。嗯,我问你们,如果真的是博根的话,他会这么明目张胆地引起别人对他的注意吗?但如果是安德鲁,他则会这么做,而且,戴着胡子,在灯光暗淡的车站,他那张黝黑的面孔会被看成土黄色,再加上装出来的驼背,你可以很容易对应上警察对验票员描述的博根形象。正是这件事让我第一个想到是不是有人在假冒博根。"

威尔·戴克斯眉头紧皱:"你的推论是佯装对我的逮捕逼得安德鲁采取了行动?但是为什么呢?我没法把这二者联系起来。为什么佯装逮捕我促使他杀了博根?"

"这是极其重要的一点。看出来了吗,安德鲁必须在杀博根之前就知道了你的'被捕'不是真的。"

"但我以为整件事有赖于——"

"如果警察真的逮捕了你,第二天早上报纸上就应该有了报道。虽然现在是战争时期,但里斯托里克案件有很大的知名度,安德鲁大概看了报纸。"

"啊，是的。"夏洛特说。

"报纸上没有提，所以，戴克斯并没有被逮捕，但是安德鲁还是实施了他杀死博根的计划。因此，他的动机就可能和拯救一个无辜的人免于冤假错案没有什么关系。你知道，一直以来，我们都受到了误导，我们以为安德鲁有博根杀死伊丽莎白的证据，可事实上——"

夏洛特·里斯托里克的声音插了进来，她的声音沙哑，颤巍巍的，她努力稳住自己的声音，稳住自己的双手和表情，却徒劳无功。她的声音说出了他们全都在想的事情。

"劳驾，斯特雷奇威先生。我拜托你，不要再让我们悬着心了。你想要告诉我们的完全是另一回事。是不是？是博根有不利于安德鲁的证据，所以他才必须死，是吗？是安德鲁杀了贝蒂，是吗？"

房间里所有的人都一动不动，他们都极端痛苦焦虑地注视着奈杰尔，仿佛他即将告诉他们至亲之人的手术结果。奈杰尔严肃地注视了夏洛特·里斯托里克很久。

"不。"他最终说道，"不，里斯托里克夫人，安德鲁没有杀害伊丽莎白。"

众人百思不得其解。威尔·戴克斯打破了这份沉默："可这也太莫名其妙了。你是在告诉我们，博根之死和贝蒂之死没有关联是吗？"

"不，有关联。让我提醒你约翰告诉我的内容——他说伊丽莎白那天晚上去了他的房间。他说她脸色苍白，神情悲伤。他说她的脸色在月光下白得如同死人一般。我仔细地询问过他，他没有改口。可是我们发现她的时候，她的脸上妆容齐整。你们还没明白吗？"

众人你瞅瞅我,我瞅瞅你,全都摇了摇脑袋。

"那么,我再给你们一个提示。那天晚上女仆离开她的时候,贝蒂卸了妆,她似乎有些'兴奋'。这条信息,以及接下来的事件,指引我们相信她在期待她的情人去她的房间,而她卸妆是在蒙骗女仆。但是,你们没有发现吗?如果她是在期待情人,她最不会做的就是半夜去孩子们的房间,看起来神情悲伤得仿佛——"

"仿佛——"威尔·戴克斯嘴里的话似乎是出自内心深处,不听使唤地拖长了声调,"仿佛是在和他们告别。"

"和他们告别,"奈杰尔几乎和他同一时间说了一样的话,"是的,那正是她在做的事情。在上吊之前,那是她做的最后一件事。"

他们全都目瞪口呆地说不出话来。最后,赫里沃德找回了自己的声音:"上吊?可是你告诉过我们——大家都说……说那是一起伪装成自杀的谋杀案不是吗?"

"是的,伪装得非常聪明,但是事实恰恰相反,是伪装成谋杀的自杀。就算是博根,他有时候也说出了真相。他告诉过我们,伊丽莎白对他暗示过要自杀——'希望你会高兴起来,你要照顾的人里少了一个歇斯底里的女人',你们还记得吗?"

"我不相信,"克拉丽莎脆生生的声音说道,"不相信贝蒂会舍弃自己的生命。她不是个怯懦的人。"

"她不会为了自己而自杀,这点我同意,但是处在危险境地的还有别人,也就是孩子们,所以她会去对孩子们告别,所以女仆觉得她似乎有些'兴奋'。其实不仅仅是兴奋,那是一个即将去做一项无私

272

行为的人所生出的激情。"

"嗯？无私？我不明白，"赫里沃德说，"你的意思是她为了孩子们牺牲了自己？"

"说得没错。请注意，她可能也已经到了穷途末路。我怀疑我们现在是否还能弄清楚，但是可能的情况是，她相信博根可以随意地摆布她，也许是通过催眠术治疗，也许是通过控制她的毒瘾。博根有什么目的，我们可能永远也不知道了。或许他想让她做他的情妇，或许纯粹是他起了贪心邪念，想要折磨人的精神。不管怎么说，在我心里，我毫不怀疑，在他威胁要毁了约翰和普丽西拉的时候，伊丽莎白的关键时刻就到了。大麻的事已经很清楚地表现出了他的企图。"

"可是我不明白，"夏洛特说，"贝蒂为什么不能切断和他的联系，告诉我们他威胁要对孩子们做什么呢？"

"首先，因为她可能真的相信了催眠疗法让他可以随意摆布她。其次，因为除了她的家人，没有人——也许连家人也不会听信一个精神病人、一个有毒瘾的人针对一位有名望的医生的诋毁之辞。她没有实质性证据来检举他，你们知道。如果她试图揭发他的话，他会说她的情况属于病态的错觉。最重要的是，她对博根惧怕之极，她知道这点，即使她设法对家人们败坏了他的名声，他早晚也会把他的名声再赢回来。"

"我现在明白了，"戴克斯说，"她必须彻底地、永远地摆脱博根，所以她用那样决绝的方式自杀，把嫌疑推到了他身上。"

"哦，不，并非如此。你把实质性证据这块给甩开了。不，她上吊自杀了，并且留了一份遗书，把责任推到了博根的头上。博根的名声能够抵得住任何精神错乱的病人的攻击，但是抵不住由于病人自杀而引来的警方盘问。"

"等一等，"赫里沃德说，"不对呀，你知道，没有自杀留言，从来没有找到过。"

"没有。安德鲁销毁了自杀留言，或者换而言之，拿走了自杀留言。"赫里沃德睁圆了眼睛看向他。

"啊，现在我懂你说两个可怜孩子之间有共情是什么意思了。"克拉丽莎说。

"是的。身体上的痛苦，剧烈的感情波动，这些贝蒂在自杀时所经历的情感传递给了安德鲁，就像他们小时候她做了噩梦那样。他醒了过来，去了她的房间，发现她的房门上了锁，他叫她也没有应答。他解开门锁，进了房间。她的尸体已经吊在了梁下，另有一份自杀遗书。读了遗书后，他知道他对博根的所有怀疑都是对的。卡文迪什小姐和我曾经就安德鲁的性格有过长谈。我不会对你们把谈话的具体内容再重复一遍，不过我可以告诉你们，卡文迪什小姐对他的描述巩固了我的想法，那就是贝蒂在美国的经历使他的精神不再健全，并且永远扭曲了他的精神。我的观点是，在他发现妹妹已经死亡，以及读了她的遗书后，他心里存在了多年、把博根当成死敌的想法更强烈了。"

"你是说，博根确实就是恩格尔曼——那个毁了贝蒂的人吗？"夏洛特问。

"也毁了安德鲁自己的生活。是的。他对我们承认过，他觉得他认出了他，他就是那个卖大麻的商贩。他一直以来都非常巧妙地毫不掩饰对博根的怀疑和厌恶。他强调这份憎恨之情，纯粹是因为他知道自己根本不可能压下对他的憎恨。我深信他一见到博根就认出了他。你绝不会忘记和你打过架的人，绝不会忘记对你造成致命伤害的人。安德鲁的涂涂插播剧，以及《林中幼童》的角色扮演游戏，一部分目的是为了找出博根在贝蒂的事情上搞了什么鬼，还有一部分目的是为了吓唬博根。接着，贝蒂之死给了他机会，由于博根对他和贝蒂的伤害，他有理由找博根报仇。"

"是安德鲁把她的自杀做成像是被谋杀的样子吗？"威尔·戴克斯问。

"是的，他设计了圈套。他把她放了下来，然后用绳子把尸体往上提，这样，当我们检查尸体的时候，我们就会相信那是凶手用绳子把她吊起来造成的痕迹。他可能把房间也重新布置了一番——记住，他的目标是要让现场看起来是伪装成自杀的凶杀。他最精彩也最可怕的手笔是他给尸体的脸化妆了。"

"老天呀！"赫里沃德惊呼道。

"是的，这般做法相当冷酷。我注意到她嘴上的妆容并没有描画得很完美。可见哪怕是安德鲁，在那样的场景下，心绪也有一点波动。不过那个时候这一点并没有让我感到有什么意义。他用铅笔和线绳做了机关，从门外反锁上了房门——另一个暗示凶杀案的绝妙手段，离开时他还带走了自杀遗书。那之后，在查案过程中，他静静地待在幕后，却并非毫不作为。显然，博根房间壁炉里烧糊的文件就是他放在里边的，但是警方仍旧未能逮捕博根。而博根自己，他对正在发生的事情和背后的推手是谁必然有着非常敏锐的认知，还决定在其中插上一脚。他把戴克斯睡衣流苏上的一根丝绦丢在了房间里。他得把自己身上的嫌疑给转移走，但他并不敢暗示我们安德鲁在试图构陷他，因为那会让他的秘密全部暴露出来。与此同时，安德鲁推导出了博根和伊丽莎白之间的关系，他的推论非常接近事实。他不动声色地把博根杀死她的动机递到了我们面前，然而我们还是未能逮捕博根。于是安德鲁笨手笨脚地安排了一出在牛奶中下毒的戏码，他希望我们可以将其理解为博根要下手将他灭口，但结果并没有按照他的意图出现。事实上，下毒事件让警方把注意力转向了里斯托里克先生和里斯托里克夫人。"

"啊？你是说他们确实——"赫里沃德怒气冲冲地开了口。

"他们确实调查了，亲爱的，"夏洛特说，"接着说下去，奈杰尔。"

"博根此时对安德鲁有了防备，所以他应对这一攻击的举动是把有毒的牛奶从玻璃杯里倒了一些到牛奶罐子里。这是一场在暗中针锋相对的较量，相信我，博根在猜测安德鲁的下一个行动是什么，安德鲁则围着博根绕圈子，窥伺他露出新的破绽，而同时，两人又都对警方有所遮掩。我确信安德鲁在享受这一过程，但是他犯了一个错误。他自恃聪明，没有对博根穷追猛打，也因此，他的做法显得轻描淡写。没多久，他开始意识到他没有给我们足够扳倒博根的证据，但那个时候想要炮制更多的证据已经来不及了。当然，麻烦的是，如果博根真的有意杀害贝蒂——他有很多办法可以做到。比起安德鲁想要让我们相信他会采取的手段，作为一个医生，他的手段更加保险，而这也正是让我们一直如鲠在喉，无法接受的一点。"

"等一下，"威尔·戴克斯说，"在你的公寓里，你告诉了我和安德鲁，警方对博根的调查取得的进展——他进行的非法活动有敲诈勒索和贩毒之类。我想知道安德鲁听说后有没有就此收手。博根几乎肯定会被判处很长时间的监禁,他的整个职业生涯也会毁于一旦,不是吗?"

"是的,但对安德鲁来说这还不够。他要的是那条蛇的命,而非将其镇压。其中有一部分原因是出于他私人对此人的仇恨,还有一部分原因是发自内心并且可能也是合情合理的惧怕,他害怕如果任由博根活着,他早晚会进行报复——报复到约翰和普丽西拉身上,也报复到安德鲁本人身上。所以,在博根不可能因为杀人而遭逮捕这点越来越明确后,安德鲁决定不再顾忌法律,而是自己动手。毫无疑问的是,警方佯装逮捕戴克斯加速了这一过程。但是,既然报纸上没有任何报道,安德鲁一定很快明白过来逮捕是假的。然而,此时的他完全沉湎于自己给自己报仇、亲手杀掉博根的想法里不可自拔,收不了手了。正如克拉丽莎对我所讲的那样,安德鲁是个被复仇女神驱使的人。"

众人沉默了很久,正如康复期筋疲力尽的沉默那般。奈杰尔心想:他们终会恢复过来的,哪怕是威尔·戴克斯,也许威尔·戴克斯是最确定无疑的那个,因为在他心里最坚定的原则是写作。他们隐约可以听见屋顶上的雪扑簌簌裂开,融化成"潺潺"流水的声音。穿过落地窗,越过露台,奈杰尔看向低远处的村落,看向那两个形影不离的孩子曾经游荡过的树林和田野。虽然他们如今天人永隔,可是死亡会让他们再次相聚。他低声哼着《恩尼斯基伦龙骑兵》[①]的调子——

[①] 爱尔兰民歌,讲述的是一个姑娘爱上驻扎在恩尼斯基伦(英国北爱尔兰西南部城市弗马纳郡首府)的英国陆军团龙骑兵的故事。

她的笑容光芒四射就像太阳照耀在海面，
直到整个世界的分量隔在了她和我的中间。

接下来是什么？第二个诗节吗？

唉，若是世界与他为敌，他该如何做，
她的子民们看向他的目光如同淬了冰雪，
难道要勇敢地扬眉抬头，奔向远方，
在战争中去追逐财富和名望？

仿佛是在延续刚才的想法，威尔·戴克斯低声说了起来："不知怎么回事，我倒是有些高兴，高兴这不是一起凶杀案。高兴贝蒂不是被谋害。我不知道为什么。不，我知道。自杀——是一项自愿行为，哪怕我可怜的爱人，她在这么做的时候已经一半清醒一半疯魔了。但是被谋杀——被人结束了生命……不，那不是她应该有的结局。她……一切都乱了套，就好似一位公主被赶出了她的宫殿。我对宫殿没有那么看重。啊，好吧，真相大白，一切都结束了。"

"还没有真相大白，"克拉丽莎说，"安德鲁会怎么样？"

"我们打听不到，"赫里沃德说，态度出乎意料地和煦，"对他们来说，他太狡猾了。过去的安德鲁总是足智多谋。"

"是的，我敢说他已经逃出生天。警察在追捕博根的时候，他给自己争取到了大量时间。以他闯荡世界各地的能耐，他有办法离开一个国家，哪怕是在战争时期。不过我们会收到他的消息的。他不是那种让别人代为受审，承担杀死博根罪名的人。"

的确如此，事实上，消息很快就来了。几天之后，布朗特收到一封信，信封上面盖的是西班牙的邮戳。信里，安德鲁对贝蒂自杀和杀死博根写了详细的说明。奈杰尔对那些事件的推论完全正确，就连布朗特这位探长也得承认这点。

"不过，开头的时候，我们全都犯了大错，"他说，"毕竟，除了那圈缠着脖子的绳印，尸体上没有施暴痕迹。我们不应该让他得逞，让他那么轻易地就令我们推翻了自杀的推论。"

奈杰尔正看到安德鲁来信的最后一段，他抬起头来，心不在焉地点了点头，随后他又低头看信去了。

"真是奇怪，复仇有走向戏剧化的本能。我想这场复仇的戏剧化程度低劣得一目了然，然而我又忍不住感到得意，那个魔鬼，他冰冷的心和他的'白粉'应该和雪人成为一体，不过我承认我把他放到雪人里的做法是为了自己的方便，不是为了什么行为艺术……再见了，各位。我不会'接受正义的审判'，我宁愿用更富有成效的结局来终结我这悲哀而又一无所成的人生。你收到这封信的时候，我应该已经到了德国——我知道不少入境的办法。在那里，我会尽量搞破坏，直到他们逮住我。我有一些朋友，他们会和我一起工作。祝你健康。"

图书在版编目（CIP）数据

雪藏祸心 /（英）尼古拉斯·布莱克著；颜朝霞译
. —— 上海：上海文艺出版社，2023
（尼古拉斯·布莱克桂冠推理全集）
ISBN 978-7-5321-8717-1

Ⅰ.①雪… Ⅱ.①尼… ②颜… Ⅲ.①推理小说－英国－现代 Ⅳ.① I561.45

中国国家版本馆 CIP 数据核字（2023）第 040302 号

雪藏祸心

著　　者：[英]尼古拉斯·布莱克
译　　者：颜朝霞
责任编辑：丁娴瑶
装帧设计：周艳梅
版面制作：费红莲
责任督印：张　凯

出　版：上海文艺出版社
出　品：上海故事会文化传媒有限公司
　　　　（201101 上海市闵行区号景路 159 弄 A 座 3 楼 www.storychina.cn）
发　行：上海文艺出版社发行中心
　　　　（上海市闵行区号景路 159 弄 A 座 2 楼 206 室）
印　刷：上海中华印刷有限公司
开　本：889 毫米 x1194 毫米　1/32　印张 9.25
版　次：2023 年 6 月第 1 版　2023 年 6 月第 1 次印刷
ISBN：978-7-5321-8717-1/I.6867
定　价：45.00 元

版权所有·不准翻印

上海故事会文化传媒有限公司出品（01115）www.storychina.cn
想看更多精彩故事？
扫码下载故事会APP

上海故事会文化传媒有限公司所有图书可办理邮购，免收邮费（挂号除外）
汇款地址：上海市闵行区号景路 159 弄 A 座 2 楼 206 室（201101）
收款人：上海故事会文化传媒有限公司出版发行部
联系电话：021-53204159
如发现本书有质量问题，请与印刷厂质量科联系 T.021-60829062